Saskia Luka · Tag für Tag

SASKIA LUKA

Tag für Tag

ROMAN

KEIN & ABER

Coverdesign: Maurice Ettlin
Satz: Dörlemann Satz, Lemförde
Druck und Bindung: CPI – Ebner & Spiegel, Ulm
ISBN: 978-3-0369-5803-3
Auch als eBook erhältlich

www.keinundaber.ch

Für Ivan, den Mutigen

FRÜHLING

1

Sie blieben nicht lange und es gab nicht viel Zeit für Erinnerungen. Nachdem Maria die Sachen ihrer Mutter in zwei Koffern verstaut und diese vor die Tür getragen hatte, führte sie Lucia an der Hand hinaus. Sie verschloss die Tür des Steinhauses mit dem absurd schweren, verzierten Schlüssel, der auch in eine Schlosstür oder zu einem geheimen Verlies gepasst hätte. Maria stopfte ihn in ihre Handtasche, fischte nach ihrer Dose mit den Zigarillos und dem Feuerzeug und steckte sich eins an. Während sie tief inhalierte, blickte sie in Richtung der Felder, dorthin, wo das Geröll zur Straße wurde. Sie schaute den Weg entlang und zu den Bergen am Horizont, erinnerte die Weite und speicherte die Farben ab, unendliche Blau- und Grüntöne. Sie blies den Rauch aus, der einen Moment schwer in der Luft hing, und ihr Blick kehrte zurück zum Schotterpfad, der so lange der einzige Weg in ihrem Leben gewesen war. Sanft geschwungen, ohne Abzweigungen und jeder Stein unter ihren nackten Kinderfüßen mit seinem eigenen Klang, wenn sie barfuß zum Stall gelaufen war, zum Backhaus, zu den Nachbarn. Au, au, au. Ein Weg, der überall hinführte, hinauf zur Kirche, zum Laden, zu den Feldern, zum nächsten Dorf und durch die blauen Berge.

Maria schaute ihre Mutter an und überlegte, wie viel sie davon noch sehen konnte. Verloren stand Lucia unter dem Wein, der auf der Veranda rankte und saure hellgrüne Früchte trug. Sie war sehr klein geworden und trug wie immer mehrere schwarze Röcke und Unterröcke übereinander, und ein schwarzes Kopftuch, das heute nicht ihren Mund bedeckte, sondern auf die Schnelle unter dem Kinn geknotet war und ihr faltiges rundes Gesicht umschloss. Ihre schwarzen Knopfaugen blickten aus dem knittrigen Gesicht durch Marias Rauchwolke, dann ließ Lucia den Kopf hängen und es gab für sie nichts mehr zu sehen, außer schwarze Socken und klobige Schuhspitzen neben einem Grasbüschel, das aus den Steinen wuchs. Maria griff nach Lucias Arm und hakte ihn unter. Sie rauchte weiter und beobachtete die ersten Insekten, die sich in die Mittagsstunde verirrt hatten. Wie Minihelikopter. Sonst war es still. Diese Stille war es, die Maria immer als Erstes wiedererkannte. Und die sie aus allen Stillen der Welt erkennen würde. Diese Stille war so tief, dass jedes Geräusch umso klangvoller war. Vogel-Dolby-Surround hatte Anna das in einem Sommer genannt. Aber dieser Sommer war lange her.

Maria blickte zum Auto hinüber. Sie sah ihren Mann Georg, der lässig und mit dem Rücken zu ihr an der Beifahrertür lehnte, auch er schaute in die Berge. Aus den geöffneten Autofenstern wehte Musik herüber, und Maria schüttelte sich leicht, bis die Georgblase zerplatzte. Sie würde wenden müssen, dachte sie. Und, dass dies der Ort war, an dem sie immer an früher dachte. An das Gefühl bei der Ankunft, an das Gefühl bei der Abreise, als sie ihre Tochter Anna bei Lucia gelassen hatten, an den Sommer, als Anna neben dem Haus die Walnüsse vom Baum geschlagen hatte, immer auf der Hut vor den Schlangen, und sie schrecklich mit ihr geschimpft hatte, weil der grüne Saft der Früchte die Kleider ruinierte, und jetzt an Georg.

Anna saß im Wagen auf dem Beifahrersitz. Sie hatte Kopfhörer auf den Ohren und blätterte in einem Magazin. Es geschah noch ab und zu, dass Maria vergaß, was passiert war, und sie Georg vor sich sah, in der Stadt, im Garten, im Haus. Einige Wochen lang hatte sie sich eingeredet, dass er nur fortgegangen war, vielleicht für etwas länger, weil sie wusste, dass es sich mit dieser Leere nicht leben ließ. Wenn sich das Bild auflöste, war der Moment schlimmer als der davor. Maria trat das Zigarillo aus und kramte erneut in ihrer Handtasche. Diesmal holte sie eine kleine Tablette heraus, die sie auf der Zunge zergehen ließ.

Maria zog Lucia am Arm und führte ihre Mutter die kleine Steintreppe zum Weg hinunter. Lucia trippelte in kleinen Schritten neben ihr zum Wagen.

»Wir lassen deine Augen operieren«, sagte Maria.

Lucia antwortete mit einem uneindeutigen Laut, und Maria versuchte, ihre Mutter zum Einsteigen zu bewegen. Fortbewegungsmittel ängstigten sie und vom Benzingeruch wurde ihr schlecht. Sagte sie jedenfalls. Maria redete auf Kroatisch auf sie ein, aber Lucia blieb davon völlig unberührt neben dem Auto stehen. Maria redete weiter. »Jetzt mach schon, Mama. Das Flugzeug wartet nicht.«

Anna stieg aus, nahm die Kopfhörer ab. »Baba«, begrüßte sie ihre Oma und ihre Stimme klang schüchtern. Sie küsste sie auf die alte Haut, und Lucia betastete sie mit steifen Fingern.

»Steig ein«, unterbrach Maria. Was für eine bekloppte Idee. Maria versuchte jetzt, ihre Mutter ins Auto zu schieben, aber Lucia rührte sich nicht.

»Los jetzt«, sagte Maria unwirsch. »Ajde.«

Lucia kannte keine Eile. Maria blickte auf die Uhr. Zeit tickte davon. Die Berge schwiegen. Wenn ich nur einen von euch zur Seite schieben und das Meer sehen könnte, dachte Maria, dann würde ich es hier vielleicht aushalten. Anna kletterte auf die Rückbank und streckte den Arm nach Lucia aus. Maria schob. Lucia nahm ihr Kopftuch ab und umwickelte damit sorgfältig ihren ganzen Kopf und das Gesicht. Nur die Augen ließ sie frei. Mit einem jammervollen Seufzer kletterte sie endlich zu Anna auf die Rückbank. Maria schloss die Tür hinter Lucia und ließ sich erschöpft auf den Fahrersitz fallen, warf die Tasche neben sich und startete den Motor.

»Die Koffer, Mama«, sagte Anna.

Maria zog die Handbremse und sprang noch einmal aus dem Wagen, eilte den Weg hoch und holte die Koffer.

»Los gehts«, murmelte sie, und langsam fuhren sie durch das Dorf, das jetzt den Schlangen gehörte. Vorbei an der ehemaligen Dorfkneipe und dem einzigen Laden, der schon lange geschlossen war, an leeren Steinhäusern und Ställen, an verwaisten Feldern und überwucherten Wegen. Maria hatte gedacht, dass Lucia hier sterben würde, aber sie war die letzte Überlebende. Und alles lag nun verlassen da. Der weiße Stein knirschte unter den Rädern und knallte gegen das Blech, als sie an der Kirche die Kurve nahmen.

»Baba in München«, sagte Anna. »Das kann ich mir gar nicht vorstellen.«

Im Rückspiegel sah Maria, wie Anna ihre Oma betrachtete. Maria sagte nichts.

Anna schlug ihr Magazin auf. »Das ist wie ein Astronaut –«, sie hielt inne, »im Zirkus.«

Maria musste lachen. Sie öffnete die Fenster. »Sie wird sich schon daran gewöhnen.« Sie lächelte Anna im Rückspiegel zu.

Und wir auch, dachte sie. Irgendwie. Hoffentlich. Es war zumindest nicht ausgeschlossen. Sicher war es gut für Anna, dass ihre Oma jetzt in der Nähe war. Ganz bestimmt. Der Gedanke begleitete sie die Berge hinunter, Kurve um Kurve, während Lucia auf der Rückbank stöhnte.

Im Tal fuhren sie durch enge Straßen.

»Hier hast du die Katze überfahren«, rief Anna plötzlich, »erinnerst du dich?«

»Nein«, sagte Maria, um die Geschichte abzukürzen.

»Sie war noch ein Baby«, sagte Anna.

»Das ist doch ewig her«, erwiderte Maria genervt.

Im Flugzeug hielt Anna die knochige Hand ihrer Baba, die, den Kopf an das Fenster gelehnt, leise vor sich hin wimmerte. Ihr Gesicht war noch immer unter ihrem schwarzen Tuch verschwunden und Maria wusste nicht, ob sie weinte, weil sie traurig war oder weil ihr auch im Flugzeug schlecht wurde. Doch schon rollten ihre eigenen Tränen unter den großen Gläsern der Sonnenbrille hinab, die sie den Flug über anbehielt, und ließen sich nicht stoppen. Sie weinte um ihre Mutter, die nicht mehr ohne sie leben konnte, und weil sie nicht mehr nach Dalmatien zurückkehren würde. Jedenfalls nicht lebend. Und sie dachte an Milan, ihren verstorbenen Bruder, der auch nicht mehr nach Hause gekommen war. Und an Georg, der sie überredet hatte, ihre Mutter zu holen und sich um sie zu kümmern. Weil Familie Familie ist. Ganz einfach, hatte er gesagt. So einfach war das. Und so schwer.

Am Flughafen in München mussten sie Lucia für die Passkontrolle das Gesicht freimachen. Als sie endlich zu Hause ankamen, wirkte sie in dem großen Haus noch kleiner und in ihren Röcken sonderbar und fremd. Anna warf die Jacke auf den Stuhl in der Diele und verschwand sofort in ihrem Zimmer.

»Nimm die Tasche mit«, rief Maria hinter ihr her, aber da schloss Anna schon die Tür. Wie ein Koffer stand Lucia im Flur. Maria schob sie in die Küche und setzte sie auf einen Stuhl. Sie hatte aufgehört zu wimmern und war nun vollkommen stumm. Maria wickelte Lucia aus ihrer Jacke, dann die Flasche Olivenöl und den Rakija aus ihren Schutzumhüllungen, mehreren Lagen Zeitungspapier und Plastiktüten, mit festem Klebeband verzurrt und wie für eine Weltreise vorbereitet.

»Sie wird sich schon daran gewöhnen«, sagte Maria wie zu sich selbst und packte die üblichen Mitbringsel aus, Pršut, Käse, Kekse, Kaffee, Brot.

Maria wusch sich die Hände in der Spüle, schnitt ihrer Mutter Brot und Schinken ab und goss sich selbst ein Glas

Schnaps ein. Sie betrachtete Lucia, die unbeweglich am Küchentisch saß. Der Rakija brannte.

Lucia hatte ihr Kopftuch ein paar Mal auf- und zugebunden und schließlich unter dem Kinn verknotet. Jetzt saß sie da, die Hände auf dem Bauch gefaltet, und man sah ihr gar nichts an. Maria öffnete die Fenster und die Tür, die von der Küche in den Hof führte, und herein kam die erste warme Luft des Jahres. Maria hatte ein mulmiges Gefühl. Ihre Mutter war hier.

»Lass mich kurz eine rauchen«, sagte sie. »Dann zeig ich dir dein Zimmer.«

Sie ging hinaus. »Es wird schön«, sagte sie, »du wirst schon sehen.«

Lucias Ankunft wirbelte viel Staub auf. Das Obergeschoss des Gartenhauses war fast fertig ausgebaut, damit Marias Werkstatt nach oben ziehen und unten Wohnraum für ihre Mutter entstehen konnte. Ein heller Raum mit Blick in den Garten. Ein kleines Bad wurde eingebaut. Zur Küche musste Lucia nur über den Hof. Zu Marias Arbeitsraum führte eine Außentreppe, und sie hatte nun sogar eine kleine Veranda. Ihre Skulpturen und Schalen waren mit ihr in den oberen Stock gezogen, sie hatte ihrer Mutter nur eine dagelassen: ein Wesen, das an einen Engel erinnerte. Ihre Mutter hatte ihm ein Kruzifix um den Hals gehängt. Daneben lag ihre Bibel, in der sie oft blätterte, obwohl sie nicht lesen konnte, und über deren Seiten sie mit ihren Fingern strich, als ob sie in Blindenschrift beschrieben wären. Der Schaukelstuhl, den Maria für ihre Mutter auf dem

Flohmarkt gekauft und aufwendig restauriert und blau angestrichen hatte, blieb leer. Maria hatte gedacht, dass ihre Mutter hier ihre kratzigen Wollsocken stricken würde. Die Kniestrümpfe für kalte Wintertage, von denen einige unbenutzt in dem antiken Schrank in der Diele lagen, in dem Maria ihre Winterjacken und Schuhe verstaute und vor dessen Spiegel sie den Lippenstift nachzog und ihr langes Haar richtete, wenn es klingelte. Aber Lucia strickte nicht mehr.

Die ersten Wochen, bis ihre Wohnung fertig war, schlief Lucia im Wohnzimmer, weil sie die Treppe zum Gästezimmer nur mühsam hinaufkam. Sagte sie. Lucias wenige Dinge waren Maria im Weg. Sie stolperte über ihre Hausschuhe. Auch dass Lucia eine alte Wolldecke über das Sofa breitete, bevor sie sich setzte, störte sie. Und dann schloss aus irgendeinem Grund die Tür des Dielenschranks nicht mehr und sie öffnete sich ständig knarrend wie durch Geisterhand. Als Maria sie schließen wollte, erblickte sie im Spiegel Lucia, die auf dem Sofa saß und ihr Haar kämmte. Ihre Mutter war vollkommen weiß geworden. Schneeweiß. In den Nächten schlief Maria schlecht. Sie hörte, wie Lucia auf dem Weg zur Toilette an den Türrahmen oder die Garderobe stieß, wie sie sich in dem kleinen Bereich der Diele verlief, wie sie irrtümlich die Küchentür öffnete und mit schlurfenden Schritten kehrtmachte.

Dann wurde Lucias grauer Star operiert, und es wurde ruhiger. Nach ein paar Wochen konnte sie in ihr Zimmer einziehen und nun drang nur noch früh am Morgen der leise Ton des Radios aus der Küche zu Marias Schlafzimmer herauf. Ihre Mutter würde nun hier sein, bis zu ihrem

Tod. Maria überlegte, wie lange das sein würde und wie sie ihren toten Körper nach Kroatien bringen würde. Im Flugzeug oder im Auto. Die Tote im Kofferraum. Bevor sie unter der kalten Steinplatte liegen würde, wo ihr Mann und einer ihrer Söhne schon auf sie warteten. Maria rollte sich auf die andere Seite des Bettes und vergrub, ohne die Augen zu öffnen, den Kopf in Georgs Kissen. Anna musste zur Schule und Maria zwang sich aufzustehen. Sie duschte, zog sich an, weckte Anna auf dem Weg nach unten in die Küche. Georg und Anna hatten immer gemeinsam gefrühstückt, während sie selbst nur einen Mokka getrunken hatte. Vor elf Uhr aß sie nichts. Jetzt versuchte sie, Anna etwas Gesellschaft zu leisten und zumindest ein Brot mit ihrem Kaffee hinunterzuspülen. »Anna«, rief sie nach oben, um sicherzugehen, dass Anna auch wirklich aufstand. Langsam war sie alt genug, aber gerade war nicht der richtige Zeitpunkt, noch mehr Gewohnheiten zu ändern, außerdem hatte sie in diesem Schuljahr bereits viel Unterricht verpasst. Erst kurz vor der Kroatienreise hatte sich herausgestellt, dass Anna wochenlang nicht in der Schule gewesen war, und Maria wusste immer noch nicht, wo sie die ganze Zeit verbracht hatte. Aber sie traute sich einfach nicht, Anna zu fragen.

Von oben schallte nun Musik, trotzdem stellte Maria auch in der Küche das Radio an. Auf dem Küchentisch lag ein Stapel Fotoalben. Maria blätterte durch ein paar Seiten, schob sie beiseite und deckte den Tisch, nahm ihren Kaffee und trat aus der Küche in den Hof, um das erste Zigarillo des Tages zu rauchen. Es war Frühling geworden. Asche fiel zwischen ihre nackten Füße. Sie sah hinab auf ihre sorgfältig lackierten Nägel. Der zweite Zeh war länger als der erste. Bei Anna auch. Ihr Blick fand das Muttermal an der Außenseite ihrer rechten Ferse. Wie bei Anna. So oft hatte sie sich vergewissert, es so oft mit Anna verglichen. Sie löschte das Zigarillo in ihrem Kaffeerest, als Anna in die Küche kam.

»Warst du in Georgs Zimmer?«, fragte Maria und setzte sich zu Anna an den Tisch.

»Ja. Warum?« Anna beschmierte ein Brot mit Nutella.

»Ich weiß nicht, nur so. Du hast einfach die Fotos rausgeholt?«, fragte Maria.

»Ich hab sie mit Baba angeschaut, ist das jetzt verboten?« Anna sah sie an. Die dicken blonden Locken waren frisch gewaschen und geföhnt, die Augen geschminkt. Sie hatte versucht, die Sommersprossen mit Make-up zu überdecken, und die Fingernägel rot lackiert.

»Nein.« Maria schüttelte den Kopf. »Natürlich nicht. Ich bin nur dabei, alles zu sortieren, und will nicht, dass da irgendwas durcheinanderkommt«, sagte Maria streng und ihre Stimme zitterte ganz leicht.

»Ich hab nur die Fotoalben rausgesucht und ich glaube, Baba fand das schön.« Die Haare standen wie eine Mähne um Annas Kopf und ließen ihr Gesicht noch zarter erscheinen. Die blauen Augen leuchteten in ihrem schwarzen Rahmen aus Kajal und Mascara.

»Ja, das ist doch eine sehr gute Idee.« Maria fasste sich wieder. »Fotos haben wir uns ewig nicht angesehen.«

»Sie waren jedenfalls super staubig. Überhaupt ist das Zimmer komplett eingestaubt, da muss man wirklich unbedingt sauber machen.« Anna kaute.

»Ich bin dabei.« Maria goss sich eine neue Tasse Kaffee ein, biss in ihr Brot und spülte sofort mit Kaffee nach.

»Willst du Kaffee?«

»Lieber Tee.« Anna schaute sie plötzlich aufmerksam an. »Ich sehe dich nie in dem Zimmer.«

Maria schaute zurück. »Doch, doch, ich bin schon dabei, das braucht etwas Zeit.« Sie versuchte es mit einem überzeugenden Ton, sprang plötzlich auf und schaltete den Wasserkocher an.

»Wir können das auch zusammen machen«, sagte Anna. »Du musst dich nicht allein durchquälen.« Sie beschmierte ein weiteres Brot mit Nutella und packte es in eine Papiertüte.

»Hast du gehört, Mama?«

Maria zögerte. »Ich will das allein machen. Ist doch schön, sich zu erinnern.«

Was sollte daran schön sein, Erinnerungen in Kisten zu legen. Maria schauderte. Sie hatte Angst, dass die Tür zu ihrer Erinnerung zufiel und sie für immer verschwand.

»Für immer gibt es nicht«, murmelte sie, »das weißt du doch.«

»Was meinst du?«, fragte Anna

»Ach nichts«, sagte Maria.

»Du redest ständig mit dir selbst.«

Maria hängte einen Teebeutel in Annas Tasse und goss heißes Wasser drüber.

»Verwandle das Zimmer nicht in ein Museum, so mit anfassen verboten, okay?« Anna zog am Faden und ließ den Teebeutel wippen.

Maria nickte.

»Mist«, sagte Anna plötzlich, »ich muss los.« Hastig packte sie die Brottüte in ihre Tasche, stieß den Stuhl zurück, dass er wackelte, und stürmte in die Diele.

»Bis später.«

Anna öffnete die Haustür.

»Anna«, rief Maria in den Flur.

»Ja?«

»Vielleicht können wir die Fotos doch zusammen durchsehen. Ich würde sie gerne sortieren und vielleicht digitalisieren.« Maria zögerte. »Was meinst du?«

»Klar«, kam es aus dem Flur. Ungeduldig.

»Da sind auch noch so viele Dias. Wir können sie auch noch mal Lucia zeigen …«

»Ich muss los.«

»Wenn ihr das Spaß macht …« Maria goss den Tee in die Spüle, und Anna schlug die Tür zu. »Tschüss.« Das Gartentor quietschte wie üblich, dann war es still. Hatte sie das Radio ausgestellt? Maria erinnerte sich nicht.

Bis zum späten Nachmittag arbeitete Maria in ihrer Werkstatt. Es war ein unerwartet heißer Tag geworden und der Schweiß tropfte auf ihre nackten Füße. Maria wischte sich mit dem Handrücken die Stirn ab, hielt die Scheibe an, holte einen Block Ton. Sie bereitete ihn sorgfältig vor und fertigte eine tischhohe Skulptur, die schnell Gestalt annahm, aber der richtige Ausdruck des Gesichts brauchte Zeit und Maria wurde ungeduldig. Sie ging auf die Veranda, und der Ton trocknete an ihren Händen, als sie sich ein Zigarillo ansteckte und einen tiefen Zug nahm. Anna war nach Hause gekommen. Maria beugte sich weit über das

Geländer, um besser sehen zu können. Anna saß mit Lucia in der Küche. Unschlüssig pflückte Maria einige Blätter des Flieders ab. Im letzten Frühling, als Anna dachte, sie würde ihren ersten Liebeskummer nie verkraften, hatten sie den Flieder in den Hof gepflanzt. Wochenlang hatten sie Annas Weinen ausgehalten und irgendwann hatte sie Hendrik vergessen, so hieß die unglückliche Liebe, und sie hatten darüber gelacht. Der Flieder wuchs üppig. Maria legte sich Worte zurecht für Anna, aber zurzeit erreichten sie sie meist nicht. Anna hörte ihr einfach nicht zu. Wie gegen eine Wand rennen. Maria zog ein weiteres Zigarillo aus der Tasche ihres Kittels, stützte die Arme auf das Geländer und dachte an Georg und ihre Diskussionen um das Rauchen. Sie rauchte zu viel, Georg hatte recht gehabt. Seit er tot war, gab sie ihm in allem recht. Als er lebte, wollte sie recht haben. Um jeden Preis. Was hast du davon?, hatte er gefragt. Den Kopf geschüttelt. Recht haben nützt niemandem. All ihre Gespräche war sie noch mal durchgegangen und alle hatten nun einen anderen Schluss, und sie wünschte, er wäre in der Nähe, jetzt, da sie so großzügig mit der Wahrheit war.

Ihr Großvater war Schmuggler gewesen. Er hatte eine Scheune voller Tabak gehabt und die Kinder hatten ihn in Zeitungspapier gewickelt geraucht. Da war sie sieben Jahre alt gewesen. Sie konnte nicht aufhören zu rauchen, mit einem Schmuggler als Großvater. Ende der Diskussion. Warum wollte Georg das nicht verstehen?

Maria streute die Blüten auf den Boden, ging die Verandatreppe hinunter und über den Hof in die Küche. Sie würde Anna sagen, dass sie nun noch besser wusste, wie sich das angefühlt hatte mit Hendrik. Im Vorbeigehen strich sie Anna über den nackten Arm und spürte eine Gänsehaut. Sie wusch sich an der Spüle die Hände und setzte Wasser für Kaffee auf. Die Mokkakanne hatte Lucia mitgebracht, ein Relikt aus Marias Kindheit. Maria stand barfuß auf den kalten Fliesen. Wenn sie als Kind morgens noch im Nachthemd vor dem Herd gestanden und darauf gewartet hatte, dass das Wasser zu kochen begann, hatte sie sich einen Mittelscheitel gezogen, als stünde sie vor einem Spiegel. Sie hatte die eleganten Frauen betrachtet, die sie aus Zeitschriften ausgeschnitten und an die Wände gehängt hatte. In Gedanken flocht sie nun die langen Haare zu zwei schweren Zöpfen, nahm die Haarnadeln nacheinander aus dem Mund und steckte die Zöpfe an ihrem Kopf fest.

Anna konjugierte serbokroatische Verben, bildete Sätze, und plötzlich lag Maria ein Wort auf der Zungenspitze. Sie wollte ihre Tochter verbessern und ihr die dalmatinische Aussprache vorsprechen, aber sie hatten schon einmal über einen Buchstaben gestritten. Das verschwundene J in Marias Namen. Maria schluckte das bittere Wort herunter und ließ den Mokka vom kleinen Löffel in das sprudelnde Wasser gleiten. Sie zählte die Löffel ab, rührte, Maria genoss das zischende Geräusch, als der Kaffee hochkochte, und nahm ihn erst im letzten Moment vom Herd. Als der Krieg plötzlich in den Wörtern war und sie verrieten, woher man kam, war die Sprache für Maria unmöglich geworden. Sie goss den Kaffee in drei kleine Tassen und stellte sie vor Lucia und Anna auf den Tisch.

Seit Lucia da war, besuchte Anna einen Serbokroatischkurs, das Gelernte erzählte sie Lucia. Sie waren eine ungewöhnliche Lerngruppe. Lucia schwieg oder schnalzte mit der Zunge, von der ganzen Grammatik hatte sie noch nie in ihrem Leben gehört, Anna hingegen machte große Fortschritte. Lucia und Anna verstanden sich ohne viele Worte, aber nun hatten sie ein eigenes Thema. Es war auch das Thema, das Maria ausschloss aus ihrem Bund, schließlich war sie es gewesen, die es versäumt hatte, Anna die Sprache richtig beizubringen. Das war der schwarze Fleck, um den nicht nur Lucia, sondern ferne Verwandte, Dorfbewohner, Fremde, alle Menschen, denen sie je in Kroatien begegnet waren, gekreist waren wie die Fliegen. Ein Makel, der an ihr klebte, den sie nicht loswurde und der zu Marias Erstaunen nicht nur Missgunst, sondern sogar Hass erzeugt hatte.

Die Sonne schien durch das Fenster auf Annas Haar, und Maria musste plötzlich an diesen Sonntagnachmittag auf dem Spielplatz denken. Anna war damals vielleicht vier oder fünf Jahre alt gewesen. Mit einer Freundin hatte sie Stöcke für ein Spielhaus gesammelt und war völlig in ihr Spiel versunken gewesen. Drei größere Jungen waren dazugekommen, hatten sich vor den Mädchen aufgebaut und gefragt: Seid ihr eigentlich Deutsche? Die Frage hatte Maria kurz zusammenzucken lassen. Sie hatte die Mädchen beobachtet, wie sie dastanden, in Sonnenlicht getaucht. Anna hatte schon damals wilde blonde Locken gehabt, und Maria erinnerte sich sehr genau an ihren Blick. Neugierig und fragend. Anna hatte die Jungen angeschaut, bis sie selbst geantwortet hatten: Wir sind nämlich Ausländer.

Die Jugoslawen gingen auf die Realschule, die Türken auf die Hauptschule. Anna ging aufs Gymnasium. Maria hing ihren Gedanken nach.

»Fehlt er dir wirklich so, der Migrationshintergrund?«, fragte sie Anna und drehte die kleine Kaffeetasse.

»Was ist das denn wieder für eine Frage?«, fragte Anna genervt. Sie konzentrierte sich auf ihre Vokabeln.

Die Küchentür stand noch offen. In den Kübeln im Hof steckten die ersten Blumen ihre grünen Spitzen aus der Erde. Anna und Lucia saßen auf der Küchenbank, an den großen Kachelofen gelehnt. Die Fotoalben waren verschwunden, ein paar von Annas Schulbüchern lagen nun auf dem Tisch. Anscheinend hatte Anna schon Hausaufgaben gemacht. Maria saß ihnen gegenüber. Anna sah blass und müde aus.

»Hast du was gegessen?«, fragte Maria.

»Ja.«

»Was macht die Schule?«

»Okay.« Nur das Rühren der Löffel in den Tassen war zu hören, das Ticken der Wanduhr über der Küchentür, in der Ferne klopfte ein Specht.

Lucia nippte an ihrem Kaffee.

»Hast du was gegessen?«, fragte Maria ihre Mutter.

»Später«, sagte Lucia. »Später.«

Wie immer trug Lucia Schwarz. Sie hatte ein Kopftuch umgebunden und die Hände auf dem Bauch unter ihren hängenden Brüsten gefaltet. Später war eins ihrer Lieblingswörter. Lucia hatte alle Zeit der Welt.

»Warst du spazieren?«

»Später.«

»Wollt ihr Kuchen?«

»Nein«, sagte Anna, und Lucia schüttelte den Kopf.

Maria betrachtete den unberührten Schokoladenkuchen und fühlte sich plötzlich einsam. Sie schnitt sich ein großes Stück ab, aber als sie hineinbiss, bekam sie den Kuchen kaum hinunter.

»Du warst nicht ehrlich«, sagte Anna.

Maria schluckte schwer.

»Warum?«, fragte sie erstaunt. Mit Ehrlichkeit nahm gerade Anna es eigentlich nicht sehr genau.

»Wir sind keine Deutschen«, sagte Anna, mit diesem für sie in letzter Zeit so typischen Ernst.

»Ach.«

»Nicht wirklich jedenfalls.«

»Das erstaunt mich. Und wer entscheidet das?«, fragte Maria.

»Du jedenfalls nicht.« Anna zog die Beine hoch auf die Küchenbank und umschlang ihre Knie mit beiden Armen.

»Das kann doch wohl jeder für sich selbst entscheiden«, sagte Maria.

»Nein. Eben nicht«, sagte Anna.

»Dann eben nicht«, sagte Maria. Sie hatte oft genug versucht, es Anna zu erklären.

»Anna, ich will hier nicht fremd sein. Punkt.«

»Stattdessen hast du es allen so verdammt leicht gemacht«, sagte Anna. »Man kann nicht einen Buchstaben aus seinem Vornamen streichen, dazu ein deutscher Mann und ein neuer Nachname und das wars dann.«

»Fang nicht schon wieder damit an«, fuhr sie Anna an.

»Was ist schlimm daran, es sich etwas leichter zu machen? Ich hänge nicht an dem Buchstaben.« Maria murmelte etwas auf Kroatisch, und Lucia bekreuzigte sich. »Ich habe damit überhaupt kein Problem.«

Anna sagte nichts mehr.

»Was ist eigentlich genau *dein* Problem?« Sie blickte Anna an. »Es gibt doch gar kein Problem. Wir müssen auch nicht ständig Unterschiede kreieren und uns abgrenzen. Du wirst dich im Gegenteil erst finden, wenn du mal über Grenzen hinausgehst.«

»Sag mir nicht immer, was ich tun soll.«

»Was suchst du denn?«

»Vielleicht meine Wurzeln«, sagte Anna leise.

»Bist du hier nicht verwurzelt? Was für ein Quatsch, Anna.«

»Für mich nicht.«

»Hättest du gerne was Exotisches?«

»Nein.«

»Willst du anders sein als die anderen?«

»Nein.«

»Oder sein wie die anderen? Anna, ich verstehs nicht.« Marias Ton war scharf.

Anna schwieg.

»Sagst du jetzt nichts mehr?«

Anna presste den Mund zusammen.

»Das Leben hier ist allein meins.« Maria sprach nun ruhiger. »Mein Leben hat keine Nationalität.«

»Doch, deutsch«, warf Anna ein.

»Ich bin Mensch. Darüber diskutier ich nicht mehr. Und übrigens, Anna, noch heute schicken sie Flüchtlinge in ein unbekanntes Land zurück. Ist das ihre Heimat? Du bist frei, mit deinem deutschen Pass kannst du gehen, wohin du willst, tun, was du willst. Ganz schöner Luxus, plötzlich um deine verlorene Identität zu weinen.«

»Das ist nicht fair.« Anna weinte inzwischen. »Du kannst nicht alles entscheiden.« Vor Wut brach ihre Stimme.

Sie ist so sensibel, dachte Maria.

Lucia gab klagende Laute von sich und nahm Anna in den Arm, drückte sie an sich. Dann lutschte sie weiter an einem Zahnstocher.

»Für mich ist Kroatien wichtig. Ich interessiere mich eben für deine und Omas Heimat.«

»Das kommt etwas plötzlich.«

»Na und«, gab Anna zurück.

»Vielleicht habe ich es den anderen einfach gemacht, aber das interessiert mich nicht. Du denkst, ich habe mich angepasst?«

»Ja.«

»Und ich finde, ich bin mir verdammt treu geblieben.« Maria strich die Krümel zusammen, die vom Frühstück übrig geblieben waren.

Sie stand auf und warf die Krümel in die Spüle. Anna hatte den Kopf auf die Knie gelegt und schaute sie nicht mehr an.

»Streitet nicht«, mischte sich Lucia ein.

»Das verstehst du nicht«, sagte Maria laut. Sie sprach Kroatisch mit Lucia und Deutsch mit Anna.

Sie erklärte Lucia kurz, worum es ging, und Lucia sah traurig aus.

»Schrei doch nicht so«, sagte Anna. »Sie ist nicht taub.«

»Lass sie«, sagte Lucia. »Lass sie einfach.«

»Ein einziges Durcheinander«, sagte Maria und fuhr sich durch die Haare.

»Du hast mir die Sprache ja nicht richtig beigebracht«, sagte Anna.

»Das weiß ich«, sagte Maria.

Anna zuckte mit den Schultern.

»Ich bin die Einzige, die dafür sorgt, dass wir überhaupt miteinander sprechen«, sagte Maria.

»Das stimmt doch gar nicht«, protestierte Anna. »Ich bemühe mich auch.« Sie war wütend und pfefferte ihr Vokabelheft durch die Küche.

Lucia sah aus, als ginge sie in Deckung.

»Jetzt schau nicht so«, fuhr Maria ihre Mutter an, dann baute sie sich vor Anna auf.

»Als Ausländerin hätte ich es hier nie geschafft.« Maria ging durch die Küche hinaus in den Hof. Sie zündete ein Zigarillo an.

»Ich habe versucht, ich zu sein«, sagte sie zu sich selbst. »Mehr nicht.« Die Vögel sangen in den Bäumen und in weiter Ferne brummte ein Rasenmäher. Aus der Küche kam Schweigen. Sie inhalierte tief, den Rauch und den Duft des Flieders.

2

Nach dem Abendessen trafen sie sich in Georgs Zimmer. Auch Lucia kam herauf und nahm auf dem Sofa Platz. Maria fand eine Flasche im Bücherregal, selbst gebrannten Rakija, der für die Reise mit mehreren Lagen Plastikfolie umwickelt und sehr gewissenhaft mit Klebeband verklebt worden war. Ein Mitbringsel von irgendwann. Maria befreite den Schnaps vom Plastik und nahm Gläser von einem goldfarbenen Tischständer, der sechs Schnapsgläser trug. Ein kitschiges Souvenir. Sie goss ein und schüttete, da die Gläser staubig waren, den Inhalt aus dem Fenster, füllte die Gläser erneut und reichte sie Lucia und Anna. Dann nahm sie selbst eins und stellte die Flasche neben sich.

Anna holte einige Kisten mit Fotos. Sie setzten sich auf den Boden und begannen den Inhalt der Kisten durchzusehen.

»Ganz schön durcheinander alles«, sagte Anna. »Warum willst du sie denn ausgerechnet jetzt sortieren? Hier gibt es doch genug zu tun.« Sie sahen sich um. Überall im Zimmer stapelten sich Dinge. Auf dem Boden und den

Regalen türmten sich Bücher, Zeitschriften, Platten, Notizbücher, auf dem Schreibtisch Rechnungen und Papiere, vergilbte Zeitungen und ausgeschnittene Artikel. Der Papierkorb war voll, Papierkugeln lagen daneben. Nicht getroffen. Georg hatte viel gearbeitet und wenig aufgeräumt. Er mochte Durcheinander und Bücherstapel. Er hatte oft an seinem Schreibtisch gesessen, Musik gehört und nach draußen in den Garten geschaut, oder auf dem Sofa gelegen und gelesen. Die Tür hatte immer offen gestanden. Auf dem Schreibtisch vertrocknete der Blumenstrauß, den Maria ihm zum Hochzeitstag geschenkt hatte. Über dem Stuhl hing Georgs Jacke.

»Ich will jetzt alles sortieren. Das kann nicht für immer Georgs Zimmer bleiben«, sagte Maria entschieden.

»Warum denn nicht?« Anna sah unglücklich aus.

»Ohne ihn gibt es kein Zimmer.« Draußen wurde es langsam dunkel und Maria machte Licht an.

»Du willst es jetzt schon ausräumen?«

»Die Fotos will ich seit zwanzig Jahren sortieren, endlich Fotoalben haben.«

»Das sind aber viele«, sagte Anna, als wäre ihr die Lust vergangen. Sie öffnete eine weitere Kiste.

»Ja.«

»Schau mal. Das ist schön. Kann ich das haben?«, fragte Anna und reichte Maria ein Foto.

»Da haben wir uns gerade erst kennengelernt.« Maria wischte das Bild mit dem Ärmel ihres Pullovers ab. »Leg es dort in die Kiste.« Maria gab Anna das Foto zurück.

»Ich will mir die alle noch mal in Ruhe ansehen, danach kannst du damit machen, was du willst.«

Anna legte das Foto behutsam in die weiße Schachtel, die Maria ihr reichte.

Georg an diesem Aussichtspunkt oberhalb von Trogir, von wo aus die Straße staubig den Berg hinabfloss zum Meer. Die Hitze hatte sie leer gefegt. Zur anderen Seite lag die Altstadt. Georg hatte die Augen zusammengekniffen, als stellte er den Blick scharf. Vielleicht hatte er versucht, die unzähligen Kirchtürme der kleinen Altstadt unter ihm zu zählen, Kirchen waren seine Leidenschaft, oder er hatte den Punkt gesucht, wo später die Sonne ins Meer eintauchen und das Wasser färben würde wie flüssiges Gold.

Eigentlich brauchte Maria keine Fotos. Sie hatte die Erinnerungen in ihrem Inneren gespeichert.

»Oh, das bin ich – und Lucia.« Anna freute sich.

»Wie du aussiehst! Offensichtlich hast du Beeren gepflückt und Walnüsse. Das da ist der Walnussbaum.« Maria tippte auf das Bild.

Anna zeigte das Foto Lucia, die sehr schläfrig wirkte.

»Der Walnussbaum, ach, ach, wisst ihr, der wurde gefällt.«

Maria war überrascht, dass Lucia plötzlich so munter wurde.

»Was für ein schöner Baum«, sagte Anna.

»Was? Warum haben sie ihn gefällt?«, fragte Maria.

»Irgendeiner hat was von negativen Energien erzählt, da war es um den Baum geschehen. Ein Jammer, so viele Jahre hat er dort gestanden.«

»Und du glaubst das nicht?«, fragte Anna.

»Ein Walnussbaum?«, fragte Lucia. »Was soll an einem

Walnussbaum schlecht sein? Misstrauisch und abergläubisch waren die Leute nach dem Krieg.«

»Misstrauisch und abergläubisch waren sie auch schon vor dem Krieg«, entgegnete Maria.

Lucia zuckte mit den Schultern.

Sie wischten die Fotografien ab. Maria hustete.

»Schon krass, dass du da aufgewachsen bist«, sagte Anna und studierte das Foto, das Georg, Maria und Anna, vielleicht zweijährig, vor Lucias Haus zeigte. Maria trug ein schickes blaues Kostüm, Schuhe mit sehr hohen Absätzen, schwere goldene Ohrringe und roten Lippenstift, Georg Cordhosen und Vollbart. Er hielt ihre Hand und Annas.

»Und warum ist das so krass?« Maria lachte.

»Du siehst einfach nicht aus, als kämst du von da.«

»Aha. Wie sieht man denn aus, wenn man von da kommt?«

»Wie Baba zum Beispiel. Du willst immer aussehen, als kämst du aus New York.«

»Ach wirklich?« Maria musste grinsen.

»Was Papa da anhat. Cordhosen! Und dieser Bart. Aber du siehst wirklich wunderschön aus, Mama.«

»Ehrlich? Gib mal her. Wie aus New York?«

»Wie ein Star«, sagte Anna.

Beide betrachteten das Foto. Jung war sie, das Haar reichte ihr fast bis zur Taille. Wann war all die Zeit vergangen? Es fühlte sich an, als wäre ein ganzes Leben vorbei.

»Hier ist ja auch nicht gerade New York«, stellte Anna fest.

»Nein.« Maria lachte. »Nicht wirklich.«

»Warum lebst du dann hier?«, wollte Anna wissen.

»Georg wollte hierher, hauptsächlich wegen dir. Raus aus der Stadt. Dann haben wir dieses Haus gefunden.« Maria sprach nicht weiter. Georg war gelernter Restaurateur. Er hatte an Kirchen im ganzen Land gearbeitet, auch im Ausland. Oft war er monatelang fort und Maria einsam gewesen. Schließlich hatte er den Job an den Nagel gehängt. In den letzten Jahren hatte er Artikel über Kunst und Architektur veröffentlicht, aber seine Kirchen fehlten ihm. Die Handarbeit. Deshalb hatten sie das Haus gekauft. Es war ein alter Hof und stand teilweise unter Denkmalschutz.

»Ich fühle mich wohl hier«, sagte Maria. »Der Anfang war nicht so leicht.« Sie dachte nach. Der Anfang war nun lange her. Das Leben hatte große Schritte gemacht, und es ließ sich nicht ergründen, was genau Anfang war und was Ende.

»Ich kann hier gut arbeiten.« Maria machte eine Handbewegung, als verscheuche sie eine Fliege.

»Bila!« Anna schwenkte ein Bild.

Das Tier blickte mit seinen klugen Augen direkt in die Kamera.

»Das hat Georg gemacht. Das kommt auch in die weiße Schachtel«, sagte Maria.

»Weinst du, Mama?«, fragte Anna und rückte näher.

»Ach, ich mochte diese Kuh einfach.« Maria musste plötzlich lachen. Sie hickste. Lachen und Weinen ergaben bei ihr immer Schluckauf.

»Meine Güte, schon wieder ein Foto vom Walnussbaum. Auf jeden Fall auch von Georg. Weißt du, was lustig ist?«, fragte Maria plötzlich.

»Nein«, sagte Anna.

»Lucia hat ihr ganzes Leben nie geflucht. Jedenfalls nicht wie die Kroaten, du weißt schon, so anstößig, laut und fantasievoll.«

»Du findest das gut?«

»Es ist ein Spiel, ein Wettbewerb, sie stacheln sich an und werden immer einfallsreicher …«

»Sexistisch. Und vulgär«, sagte Anna.

»Ja. Jedenfalls hat Lucia das nie gemacht, aber einmal war sie so wütend – ich habe vergessen, worum es ging – da hat sie aus voller Seele geschrien: Möge dir eine Walnuss auf den Kopf fallen! Dann ist sie davongestapft, und wir haben uns halb totgelacht, Milan und ich.« Anna schaute sie an.

»Stell dir das vor.« Maria dachte an die Szene und lachte laut.

»Findest du das nicht wahnsinnig witzig?« Maria vermisste Milan und goss sich einen weiteren Schnaps ein. Lucia schlief ruhig und tief auf dem Sofa, und Maria trank das Glas leer. »Es war lustig«, sagte sie sehr ernst.

Anna stand langsam auf und imitierte Lucias Hand- und Körperhaltung, auf Kroatisch schrie sie den Fluch.

Dann sagte sie: »Eine Ameise soll dich beißen, in den dicken Zeh. Nein, ein Adler soll dich holen und mit dir davonfliegen.«

Sie betrachteten Lucia.

Lucia schlief unbehelligt wie tiefes Wasser, auf dem sich die Wellen hoben und senkten. Anna breitete eine Decke über sie.

»Sie sitzt nur herum«, sagte Anna plötzlich ernst.

»Vielleicht mag sie herumsitzen einfach. Das hat sie in ihrem Leben sehr wenig getan.«

»Den ganzen Tag? Ich weiß nicht«, sagte Anna. »Ist ihr nicht langweilig?«

»Sie führt jetzt ein Leben wie eine Königin.«

»Schrecklich.«

»Sie ruht sich aus. Sie muss nichts tun und hat es warm und gemütlich. Alles ist gut, Anna. Sie ist schon okay.«

»Vielleicht hat sie Heimweh.«

»Ja, sicherlich.«

»Meinst du, sie ist traurig?«

»Ja, das wird sie vielleicht sein.«

Anna streichelte die schlafende Lucia.

»Weißt du, Heimweh ist einfach nur Liebe, Anna.«

»Ich finde, sie sollte was tun.«

»Sie hat ein langes Leben hinter sich, über das sie nachdenken kann. Erinnerungen.«

»Wie alt ist sie eigentlich?«

»Wenn ihr Geburtsdatum richtig eingetragen wurde, wird sie im Sommer siebenundachtzig.«

»Ganz schön alt.«

Draußen hing die Nacht wie ein Vorhang. Weder Mond noch Sterne waren zu sehen. Maria ging zum Fenster, durch das die Dunkelheit hereinkam, und zündete sich ein Zigarillo an.

Sie schwiegen.

»Wie meinst du das, wenn das Datum richtig eingetragen wurde?«, fragte Anna.

»Ich weiß ja nicht mal, ob bei mir alles stimmt«, scherzte Maria.

»Ach komm.«

»Na ja, als mein Bruder Mate geboren wurde, war der Onkel, der losmarschierte, um Geburt und Name in der Stadt eintragen zu lassen, so betrunken, dass er eigenhändig den Namen geändert hat.«

»Nein!«

»Ja wirklich, das hat Lucia mir mal erzählt. Sie hatte einen ganz anderen Namen für ihren Sohn ausgewählt. Traditionell heißt der erste Sohn aber wie der Großvater, also hat der Onkel das geändert.«

Anna schaute sie ungläubig an. »Das glaube ich nicht.«

»Doch. Echt.«

»Dann kamst du und dann Milan.«

»Ich glaube, dass es noch Kinder dazwischen gegeben hat. Mate war acht Jahre älter als ich. Ich habe Lucia nie danach gefragt. Unsere Eltern haben gearbeitet, wir haben gearbeitet, wirkliche Gespräche gab es eigentlich nicht. Mit meinem Vater hatte ich kaum Kontakt. Er hatte kein besonderes Interesse an uns Kindern, so schien es jedenfalls. Er war unterwegs oder hat mit den anderen Männern Karten oder Balota gespielt. Er war verschlossen und mürrisch. Ich bin ihm eher aus dem Weg gegangen. Mit dir habe ich ihn das erste Mal ganz anders erlebt. Auf Händen hat er dich getragen, verzückt war er von dir. Und du warst verrückt nach ihm. Dida war dein erstes Wort.« Maria schluckte. Sie drückte das Zigarillo aus und schloss das Fenster.

»Lass uns mal ins Bett«, sagte Maria.

Anna rührte sich nicht.

»Was haben sie eigentlich gearbeitet?«, fragte Anna.

»Auf den Feldern eben, hatten einige Tiere. Und sie waren fliegende Händler, sie sind von Markt zu Markt gereist und haben alles Mögliche verkauft, vor allem Töpfe und Pfannen.«

»Daher also Lucias Faible für Töpfe.«

»Ja, wahrscheinlich.«

»Sie waren viel unterwegs.« Maria nahm sich einen neuen Stapel Fotos vor.

»Und du warst mit Milan allein?«

»Ja, da war er noch ein Baby.«

Maria dachte an die Nacht, als Milan aufgehört hatte zu atmen und die Zeit stehen geblieben war. Er hatte so friedlich dagelegen, als wäre er in einen noch tieferen Schlaf gefallen. Als er mit einem Seufzer und einem kurzen Schauer, der seinen kleinen Körper schüttelte, erwacht war und die Uhr sich wieder in Gang setzte, hatte ihr Herz so laut geschlagen, dass sie ihr Ohr an seinen Mund legen musste, um seinen Atem hören zu können. Ein paar Mal noch hatte Milan die Uhr angehalten, aber sie war wachsam gewesen, hatte die winzigen Hände genommen, ihn sanft gerüttelt und die Zeit wieder zum Laufen gebracht. Milan hatte den giftigen Schlangenbiss überlebt und ein starkes Fieber. Aber nicht den Krieg.

Maria fröstelte und zog ihre Strickjacke enger um sich. Anna holte eine Decke und legte sie sich über die Schultern.

Nach ihren Reisen hatte Lucia die verdienten Münzen vor Maria ausgebreitet und gesagt, sie gehörten alle ihr. Sie sollte sich nehmen, so viel sie wollte, und lange Zeit hatte Maria geglaubt, sie wären reich. Doch sie erinnerte sich genau an den Moment, als sie plötzlich wusste, dass das, woran sie geglaubt hatte, lächerlich war. Sie hatte verstanden, wie arm sie waren. Die einsamen Wochen ohne ihre Eltern waren umsonst gewesen, sie würden sie nicht in die Stadt zur Schule schicken können. Maria suchte ein Bild von sich selbst als Kind. Sie fand keins und hörte stattdessen die Worte: *Vergiss nie, wo deine Wiege stand, in der Fremde findest du kein zweites Heimatland*, die auf eine flüchtige Erinnerung aufgestickt waren. Heimat, dieses Wort knirschte zwischen den Zähnen wie Sand, den es an den Stränden dort gar nicht gab. Georg hatte es nichts ausgemacht, über die spitzen Steine ins Wasser zu laufen. Leichtfüßig. Wer Badeschuhe trägt, ist auf jeden Fall nicht von hier, hatte er gesagt, lachend in einem glücklichen Urlaub. Anna und sie trugen Badeschuhe, da war nichts zu machen.

»Da schau, Urlaub am Meer«, rief Anna. »Coole Schuhe, Mama.«

»Das war unser letzter Urlaub dort. Danach kam der Krieg.«

»Ich weiß.«

»Das Wasser sieht so schön aus.«

»Das ist kein Wasser«, sagte Maria. »Das ist Meer.«

»Und Meer ist kein Wasser, oder was?«

»Meer ist Meer.«

»Von mir aus.«

»Tja, wir sind fast durch.«

»Gibt es eigentlich kein Bild von dir als Kind?«, fragte Anna.

»Es gibt nur wenige. Wir hatten keinen Fotoapparat. Wir hatten eigentlich nichts.«

»Ich weiß.« Anna lächelte verständnisvoll.

Als Anna sich aus der Wolldecke wickelte, um ins Bett zu gehen, ging schon die Sonne auf. Maria betrachtete die Kisten. Sie hatten alle Fotos sortiert, zwei waren übrig geblieben, die sich ähnelten. Das erste zeigte sie selbst als kleines Mädchen. Sie konnte gerade laufen und ging an der Hand ihres Großvaters den Weg hinab. Im Hintergrund waren die Berge zu sehen, vor deren Kulisse sie beide klein aussahen. Das zweite Foto hatte sie selbst geschossen und es zeigte zufällig fast das gleiche Bild. Es war leicht verwackelt, denn Maria hatte geweint dabei: Anna ging an der Hand ihres Großvaters – Marias Vater – denselben Weg hinab. Maria brauchte kein Foto, um sich an diesen Moment zu erinnern. Wie ein Film hatte er sich viele Male vor ihrem inneren Auge abgespielt. Zielstrebig war Anna den Weg hinabgewackelt, und als Maria die Arme nach ihr ausgestreckt hatte, hatte sie sich hinter den Beinen ihres Opas versteckt. Anna hatte sie nicht erkannt, und Maria hatte den Moment verpasst, als sie laufen gelernt hatte. Bis sie knapp ein Jahr alt war, hatte Anna ein paar Monate bei Marias Eltern gelebt. Bei der Arbeit hatte sie deswegen oft geweint. Und auch als sie versucht hatte, Gefühle und Erinnerungen in Formen festzubrennen, schmerzte es sie, dass es nicht gelang. Wenigstens ihre Skulpturen sollten für immer sein, aber sie zeigten sich jedes Mal in neuem Licht. Anna hatte als Kind oft in der Werkstatt gespielt und war erschrocken aufgesprungen. Ich wische dir die Tränen ab, Mama, hatte sie gesagt, und ihr mit dem Ärmel das nasse Gesicht abgetupft, weil ihre eigenen Hände im Ton gesteckt hatten.

Alles verging, und Anna fragte: »Warum habt ihr mich weggegeben?« Die Frage zerfiel in feine Partikel. Staub tanzte im ersten Licht.

»Weggegeben?« Maria spürte den Rakija und die Nacht ohne Schlaf. »Wir haben dich doch nicht weggegeben.«

Anna zog die Decke hinter sich her und ging in ihr Zimmer.

»Es war doch nur für eine Weile«, murmelte Maria müde. »Ein paar Monate.«

Lucia schlief noch immer auf dem Sofa. Maria erinnerte sich oft an den Tag, als sie Anna abgeholt hatte. An Lucia, die weinte und winkte. Sie war erst zum Haus zurückgegangen, als sie außer Sicht waren, weil sie den Weg nicht vor ihnen hatte kreuzen wollen. Vielleicht hatte das noch mehr Unglück verhindert. »Sretan put.« Gute Reise. Die Jahre waren voller Abschiede gewesen.

Maria saß auf dem Fensterbrett, rauchte und wartete, bis Lucia aufwachte. Sie brachte sie in ihr Zimmer, wusch sie und zog ihr frische Kleider an. Dann tranken sie in der Küche Kaffee.

»Hast du Heimweh?« Maria hörte die Vögel zwitschern.

»Nein, nein.« Lucia wiegte leicht den Kopf.

Maria ging in ihr Zimmer und legte sich aufs Bett. Sie nickte ein und träumte von Anna.

Warum war ich nicht bei euch? Warum habt ihr mich weggegeben? Annas Frage flog in alle Räume und in

Marias Kopf, setzte sich auf alles und stob erneut auf, wann immer Maria etwas berührte. Es war, als hätte jemand mit großer Kraft an dem Tischtuch gezogen, auf dem ihr Familienleben mal wie für einen sommerlichen Sonntagnachmittag arrangiert gewesen war. Unter dem alten Apfelbaum, mit dem guten Porzellan, von dem in den vergangenen zwanzig Jahren nur ein Teil zerbrochen war. Der Deckel der Zuckerdose. Kuchen mit Erdbeeren aus dem Garten säuberlich auf Tortenpapier drapiert, darüber der altmodische Fliegenschutz, daneben der Kuchenheber aus Silber, der im Frühling poliert worden war. Vielleicht hätte sie das Tischtuch nehmen und die ganze Sauerei in den Müll schmeißen sollen. Statt die Scherben von Erdbeermatsch zu säubern und sie dann zusammenzukleben. Es war ein schlechter Zeitpunkt, siebzehn ein schwieriges Alter. Lucias Anwesenheit machte alles noch komplizierter. Und sie selbst war plötzlich ebenfalls, so fühlte es sich an, in ein sehr schwieriges Alter gekommen.

SOMMER

3

Der Sommer kam mit heißen Tagen, und Anna erklärte, dass sie nicht mehr zur Schule gehen würde. Sie verbrachte ihre Zeit in der Hängematte im Garten, die im Schatten von Haselnuss- und Kirschbaum gespannt war. Sie starrte in den Himmel über ihr, die Sonnenbrille auf der Nase, die Kopfhörer auf den Ohren, oder sie schlief. Sie nahm nur wenig Notiz von Lucia oder Maria und sprach kaum. An den Abenden verschwand sie in ihrem Zimmer. Maria besorgte ein Attest für die Schule, der Hausarzt schrieb Anna bis zu den Sommerferien krank.

»Sie fängt sich schon wieder«, sagte er, »gib ihr etwas Zeit – und dir auch.« Er schob Maria ein Rezept für ihre Tabletten über den Tisch.

»Danke«, antwortete sie und nahm ihre Tasche.

»Das wird schon wieder«, sagte der Arzt, der Anna seit ihrer Geburt kannte und der eine Tochter in Annas Alter hatte. Maria wollte ihr Name einfach nicht einfallen, aber plötzlich machte es mitten in der Leere klick: Linda.

»Wie geht es Linda?«, fragte sie und stand auf.

»Gut, danke. Sie will nächstes Jahr studieren. Medizin.«

»Vielleicht mag sie mal wieder vorbeikommen?«

»Ich frage sie.«

»Gut. Bis dann.«

»Machs gut, Maria«, sagte er noch, bevor die Tür zufiel.

Sie fuhr mit dem Fahrrad nach Hause, erledigte auf dem Weg ein paar Einkäufe und holte ihre Tabletten in der Apotheke. Das Städtchen lag erhöht auf einer Ebene und hinter der Kirche fiel der Sonnenschein in ein grünes Tal. Georg nannte es Dorf, aber Maria hatte gesagt: Ich weiß, was ein Dorf ist. Glaub mir, das hier ist keins. An den Balkonen der Fachwerkhäuser, die rund um den Marktplatz standen, wuchsen üppige Geranien. Das Rad holperte über das Kopfsteinpflaster und auf den Bänken am Platz saßen ein paar Alte in der Sonne. Die Kinder hingen über dem Rand des Brunnens, der in der Mitte des Marktplatzes plätscherte, um die Fliegen herauszufischen. Nur ihre Beine und dreckigen Füße waren zu sehen. Vor der Eisdiele waren noch mehr Kinder. Schokoladeneis tropfte, die Spatzen wuschen sich im Sand, dort wo einige Pflastersteine fehlten. Maria rollte durch die Fußgängerzone, am Markt vorbei, bog hinter der Kirche in den Sandweg ein, der entlang der Felder zurück nach Hause führte. Sie machte sich Sorgen um Anna, aber als sie ihr Fahrrad am Zaun vor dem Haus abstellte, die Stufen zur Eingangstür hinauflief, die Einkäufe in der Küche abstellte und in den Garten trat, wo Anna in der Hängematte schaukelte, packte sie eine solche Wut, dass sie Angst hatte, sie würde Anna erwürgen. Sie rannte über die Wiese und wollte sie aus der Hängematte schmeißen, ihr die Kopfhörer von den Ohren reißen, doch sie beherrschte sich.

»Steh endlich auf!«, schrie sie Anna an. Lucia, die auf einem Stuhl unter dem Kirschbaum saß, zuckte zusammen und quietschte vor Schreck, was Maria noch mehr in Rage brachte.

Anna schaute nur müde zurück und nahm die Kopfhörer ab.

»Weißt du eigentlich, wie hart ich mir das hier alles erkämpft habe?«

Annas Blick blieb teilnahmslos und sagte: Erzähl es mir nicht schon wieder. Also drehte Maria sich zu Lucia um, die die Geschichte natürlich auch längst kannte.

»Weißt du es?«

Maria musste sich zügeln, nicht zu Lucias Stuhl zu springen und sie zu schütteln.

»Du?« Maria drehte sich wieder zu Anna. »Sie hat mich nicht mehr zur Schule geschickt.« Maria zeigte auf Lucia. »Aus unserer Familie durfte nur einer gehen – und was ist aus ihm geworden?« Maria sprach nun wieder zu Lucia.

»Ein Feigling.« Sie spuckte das Wort auf Kroatisch vor Lucias Füße. Anna setzte sich die Kopfhörer wieder auf die Ohren und wandte sich ab.

»Er hat sich umgebracht! Das hat sich wirklich gelohnt.« Sie klatschte in die Hände. »Bravo, Mate.«

»Es war ein Unfall«, sagte Lucia leise und senkte den Kopf. »Der Krieg.«

»Ja, der Krieg war furchtbar, trotzdem bin ich mir gar nicht sicher, ob Mate die Dinge furchtbar fand, die normale Menschen furchtbar finden.«

Maria holte Luft, sprach jedoch ruhig weiter.

»Er war Alkoholiker, Mama. Ob er sich nun selbst in diesen Fluss gestürzt hat, oder ob er betrunken hineingefallen ist, macht am Ende wenig Unterschied.«

Maria war heiß. Sie zog ein Bein hoch und versuchte, die Schnalle der Sandale zu öffnen, wobei sie die Balance verlor. Sie beugte sich hinunter, zerrte ärgerlich an den Schnallen, befreite schließlich die Füße, richtetet sich wieder auf, pustete eine Haarsträhne aus dem Gesicht und wischte sich mit dem Handrücken über die Stirn. Sie öffnete die oberen beiden Knöpfe ihrer Bluse und fächerte sich Luft zu.

»Er ist im Krieg gefallen«, sagte Lucia leise.

War sie nun vollkommen verwirrt? Maria wurde noch heißer.

»Was redest du da?« Sie stützte kurz den Kopf in die Hand. Der Garten drehte sich, ihr war schwindelig. Zum Glück wehte in dem Moment ein Wind. Verwechselte sie ihre Söhne?

»Was redest du da?«, fragte Maria wieder. Aber Lucia blieb dabei.

»Bist du verrückt?« Maria sprach leise und kniete sich neben Lucias Stuhl, blickte sie an. Der Wind rauschte durch die Baumkrone. Lucia hatte den Mund mit ihrem Kopftuch bedeckt, sie murmelte leise in ihr Tuch und hielt die Hände auf ihrer Bibel gefaltet. Sie bestand darauf, dass auch Marias älterer Bruder Mate im Krieg gefallen war. Maria war entsetzt, dass ihr das Trost sein konnte, doch sie ließ es gut sein für heute. Sie sprang auf, lief zurück ins Haus und packte die Einkäufe aus, legte Möhren, Paprika,

Brokkoli und Erbsenschoten bereit, putzte das Gemüse und bearbeitete es in rasender Geschwindigkeit mit ihrem größten Messer. Alles ließ sie zischend in den Wok fallen und setzte Reis auf. Auf ihrem Handydisplay sah sie, dass sie einen Anruf verpasst hatte, und während sie die heiße Pfanne mit Sojasoße ablöschte, hörte sie die Nachricht ihrer Agentin ab. Der Termin für ihre Ausstellung stand fest, hörte sie durch das laute Brutzeln. Maria nahm den Wok vom Feuer, schüttelte das Gemüse kurz durch und ließ es einen weiteren Moment garen. Die Galerie im Ort war mit allen Konditionen einverstanden, trotzdem sollte Maria doch bitte noch mal überlegen, ob eine Ausstellung in München oder Berlin nicht passender wäre. Flehender Ton der Agentin. Maria legte auf und drehte das Gas ab. Sie warf eine Handvoll Nüsse in die Pfanne und ging erneut in den Garten, um Lucia ins Haus zu holen.

Anna starrte unbeteiligt in die Luft, als sei sie gar nicht da.

Maria beugte sich über sie, hob den Kopfhörer ein Stück an und bemerkte, dass es Georgs alter Walkman war.

»Ich will, dass du jetzt zum Essen kommst, klar?«, sagte Maria nun sanfter, Anna schaute an ihr vorbei in die Bäume. Die Lockenmähne lag um ihren Kopf. Was für eine bildschöne junge Frau. Woher nur hast du so blonde Locken, dachte Maria.

»Ich hab dir ein Attest besorgt.« Maria zog an dem Kabel und fischte den Walkman aus Annas Schoß. Sie drückte die Stopp-Taste, unterdrückte den Impuls nachzusehen, was Anna hörte.

»Bis zu den Sommerferien.«

Anna blickte weiter an ihr vorbei. Aber der genervte Gesichtsausdruck wich einem coolen.

»Danach will ich wissen, was du vorhast mit deinem Leben.« Maria ließ den Walkman zurückfallen und stemmte die Hände in die Hüften.

»Kapiert? Das kann so schwer ja nicht sein.«

Anna bewegte sich nicht schnell genug, und Maria dachte, sie würde erneut die Beherrschung verlieren.

»Bring deine Baba mit«, sagte sie, angelte ihre Schuhe aus dem Gras und flüchtete zurück in die kühle Küche.

Tatsächlich kamen beide zum Essen, und Maria goss Lucia ein kleines Glas Rotwein ein.

»Tut mir leid«, murmelte Maria, und Lucia tat, als sei nichts gewesen. Nur ein trauriges Gesicht hatte sie aufgesetzt, ein einziges Seufzen.

»Was ist das?«, fragte Lucia, nachdem sie sich gesetzt hatte.

»Was?«, fragte Maria

»Chinesisch«, antwortete Anna.

»Wo ist das Fleisch?«, fragte Lucia.

»Es ist ohne Fleisch«, erwiderte Maria. »Und extra für dich auch ohne Tofu.« Ihre Stimme war in der letzten Zeit merkwürdig schrill. Es gab Situationen, in denen sie sich nicht wiedererkannte, aber die Situationen waren ebenfalls nicht wiederzuerkennen. Sehnlichst wünschte sie sich das Leben mit Georg zurück.

Georg war Vegetarier gewesen, Maria auch. Jedenfalls bis sie mit Anna schwanger war. Sie erinnerte sich an Lucias Aufregung. Sie isst Fleisch, hatte sie gerufen. Sie isst Fleisch!

Ich bin schwanger, hatte Maria gesagt.

Sie isst Fleisch, hatte Lucia gerufen. Wieder und immer wieder.

Mama, hör zu, wir bekommen ein Kind.

Maria war unsäglich hungrig und verschlang das Essen.

»Es ist lecker, Mama.« Anna legte ihr kurz die Hand auf den Arm. »Deine Agentin ist übrigens auf dem AB.«

»Ja, ich hatte sie auch auf der Mailbox.« Maria fischte ein Stück Möhre aus der Soße.

»Du machst eine Ausstellung?« Anna bemühte sich.

»Ja.«

»Das wusste ich gar nicht.«

»Nein?«

»Toll. Wo denn?«

»Hier, im Ort.« Maria sprach mit vollem Mund.

»Echt?« Das Blitzen in ihren blauen Augen hatte Maria lange nicht gesehen. Das war es, was verschwunden war, dachte Maria. Die Begeisterung.

»Die neue Galerie, du weißt schon, direkt neben der Kirche.«

»Ja.«

»Ich dachte, es wäre gut, sie zu unterstützen.«

»Ist doch super.« Anna schien sich wirklich zu freuen. »Das würde Georg super finden«, sagte sie leiser, sie nahm einen Bissen und verschluckte sich fast daran.

»Ja, das glaube ich auch«, sagte Maria und strich Anna kurz mit der Hand über den Rücken, der sich unter der Berührung aufrichtete. Eine Ausstellung für Georg, aber das sagte sie nicht.

»Nur gibt es bisher nichts, was ich ausstellen könnte. Ich muss dringend anfangen zu arbeiten.« Maria zog die Hand zurück, bemühte sich um einen unbeschwerten Ton.

»Ich dachte, du arbeitest? Was machst du sonst den ganzen Tag?«

»Ich probiere so rum.« Maria aß schnell und war als Erste fertig.

»Schön, dass es euch schmeckt.« Sie sprang auf und begann die Spülmaschine aus- und wieder einzuräumen.

Lucia pickte im Reis.

»Wollt ihr auch?« Maria setzte Wasser für Mokka auf.

»Ja«, sagte Anna.

Lucia sagte nichts.

Maria beobachtete das Wasser und rollte mit den Augen.

Bis Lucia Ja sagte, musste Maria ihr es meistens drei bis fünf Mal anbieten, aber da sie dazu keine Lust hatte, stellte sie ihr schweigend eine kleine Tasse vor die Nase.

»Lieber Himmel, wenn du mal reden würdest«, fuhr sie Lucia an. Erschrocken verknotete Lucia ihr Kopftuch über dem Mund.

»Wenn du nur einfach nicht reden würdest.« Maria suchte nach Worten. Sie gestikulierte. »Damit käme ich klar, aber bitte hör endlich auf mit diesem verdammten Schweigen.«

Anna kicherte.

»Das ist ein großer Unterschied«, schrie Maria.

Anna versuchte, sich das Lachen zu verkneifen.

»Du bist still«, knurrte Maria.

»Ich sag ja gar nichts«, sagte Anna.

»Lach nicht über deine Mutter, ich warne dich.«

Wütend stapfte Maria hinaus. Der Kaffee war kalt.

»Reg dich doch nicht so auf«, rief Anna.

Am Abend schrieb Maria ihren ersten Brief an Georg. Sie adressierte ihn an Lucias Haus, den einzigen Ort im Nirgendwo, den sie kannte. Sie saß an Georgs Schreibtisch, auf dem sich immer noch unerledigter Papierkram stapelte. Als es draußen kein Licht mehr gab, legte sie sich im dunklen Zimmer auf das Sofa, wo er gelesen oder Musik gehört hatte. Ein Plattenspieler stand in einem einfachen Bücherregal, das bis unter die Decke gefüllt war. Das Zimmer sah aus, als habe er es eben erst verlassen und als käme er jeden Moment zurück. Maria rauchte und folgte dem Rauch, der durch das Zimmer zog, mit ihrem Blick. Als sie fertig war, blieb sie einfach regungslos sitzen und schaute in die Nacht. Dann schlief sie ein. Sie träumte von ihrer Kindheit. Mit ihrem Bruder Milan ging sie den Weg zum Haus entlang, Milan hüpfend neben seiner Kuh, plötzlich hüpfte er voran, sie rief ihn, doch er drehte sich nicht um. Sie schrie nach ihm, doch er hörte sie nicht. Sie schrie lauter und lauter und Milan verschwand.

»Mama, was ist los?« Anna weckte sie. »Du schreist das ganze Haus zusammen. Was hast du denn geträumt?«

Maria begann zu weinen.

»Was machst du hier auf dem Sofa?«

Maria weinte weiter und Anna brachte sie ins Bett. Maria fand ihre Tabletten unter dem Kopfkissen. Bevor sie wieder einschlief, dachte sie an das Obst, das jetzt neben Lucias Haus schwer von den Bäumen hing und von Insekten zerfressen wurde. Sie hörte ganz deutlich ein Trappeln, als wären die Mäuse in dieses Haus eingezogen. Und sie hörte die Nachtigall.

Noch drei Mal kam Anna, weckte sie und versuchte, sie zu beruhigen, am frühen Morgen kam der Arzt und gab Maria ein starkes Beruhigungsmittel. Er schaute auch die nächsten Tage nach ihr, die Maria in ihrem Zimmer blieb und dahindämmerte, unwillig aufzuwachen. Lucia versorgte sie und blieb auch in den Nächten bei ihr. Anna ließ sich nicht blicken. Die Hitze des Morgens, an dem Maria sich fragte, wie lange sie wohl geschlafen hatte, war fiebrig, sie wusste nicht, ob es Tage oder doch Wochen gewesen waren. Als sie die Treppe hinunterstieg, trug sie einen frischen Schlafanzug. Ihr Körper fühlte sich kantig an und sie fror.

Anna hatte offenbar ihr Hängemattenlager aufgegeben, denn als Maria in die Küche kam, schraubte sie im Hof. Maria schaute nur kurz nach draußen, holte eine Pfanne, Eier und Butter aus dem Kühlschrank. Lucia saß stumm auf der Küchenbank. Die Butter zerrann brutzelnd in der Pfanne, Maria schlug zwei Eier hinein, dann ein drittes und viertes.

»Ich habe unglaublichen Hunger«, sagte sie. »Willst du auch was?«

»Nein«, sagte Lucia.

Maria stellte die Pfanne auf den Tisch, schnitt Brot ab und aß die Eier mit dem Brot direkt aus der Pfanne.

»Welcher Tag ist heute?«

»Ich weiß es nicht«, sagte Lucia.

Maria kaute.

»Das Leben geht weiter«, sagte Lucia.

Maria schob die Pfanne weg. Griff noch eine Scheibe Brot und ging auf nackten Füßen an ihr vorbei nach draußen.

Anna blickte kurz auf, werkelte dann weiter an dem braunen Holzkasten herum, andere Teile lagen im Hof verstreut.

»Du hast ein Fahrrad gekauft?«, fragte Maria und warf den Spatzen, die seit diesem Jahr den Flieder bewohnten, ihre Krümel hin. »Hast du nicht eins?«

Ein Spatz flog mit einem großen Stück Brot davon, das er kaum tragen konnte. Die anderen folgten ihm kreischend. Maria beobachtete den Tumult. Sie waren frech und zugleich so niedlich, sie teilte noch ein weiteres Brot.

»Es ist ein holländisches Lastenfahrrad«, erklärte Anna sachlich. »Ich hab es in Holland bestellt.«

»Ach. Und was wird transportiert?«

»Baba.«

Maria beobachtete sie. Anna hatte die langen Locken zu einem Zopf gebunden, das Gesicht war vor Anstrengung gerötet. Sie trug kurze Shorts und ein enges T-Shirt mit Punkten, dazu Sandalen. Georg hätte das Rad für sie montiert, aber Georg war nicht da und Maria würde sie nicht fragen. Anna schnaufte, die Schraube passte nicht richtig.

Maria fütterte weiter die Spatzen.

»Das Geld war eigentlich fürs Studium gedacht«, sagte Maria gereizt. Anna reagierte nicht. Maria lachte heiser auf.

»Aber da du nun nicht studieren wirst, kannst du es einfach für lustige Ideen ausgeben, oder was?«

Anna setzte ihre Arbeit am Rad unbekümmert fort.

Als sie fertig war, holte Maria Georgs Mountainbike aus der Garage. Es war staubig und der hintere Reifen platt, immerhin funktionierte die Klingel, und als sie den Reifen aufpumpte, blieb die Luft drin. Sie schob es vor die Küchentür, holte einen Eimer Wasser und schüttete das Wasser über das dreckige Rad. Mit einem Tuch polierte sie die rostige Klingel, Lenker und Licht und wischte den Sattel ab. Anna zog Lucia aus der Küche zum Lastenfahrrad, begann es anzupreisen, ließ Lucia das Holz fühlen, die Gangschaltung bestaunen, die Klingel probieren, doch Lucia wollte nicht einsteigen. Wie Anna als kleines Kind konnte Lucia ins Leere blicken und die Ohren verschließen. Aber jetzt wollten sie Lucia unbedingt in das Fahrrad kriegen. Das Lastenfahrrad war modern und hatte eine gute Federung, trotzdem polsterten sie die kleine Sitzbank mit Kissen und einer Decke aus, dann verstauten sie die Badesachen und einen Picknickkorb.

»Sei einfach ein wenig flexibel, bitte«, sagte Maria. »Nicht in allen Dingen, die du nicht kennst, steckt der Teufel.«

Doch Lucia machte nur ein ängstliches Gesicht und legte es in hundert Falten.

»Mein Leben lang bin ich nicht mit so einem Ding gefahren und ich werde jetzt nicht damit anfangen«, sagte sie bestimmt. »Bei der heiligen Maria, ich steige da nicht ein.«

»Meine Güte, Lucia, hätten wir einen Esel kaufen sollen? Mach doch nicht so ein Geschrei.«

»Maria, ich warne dich, hör auf deine Mutter: Ich steige da nicht ein, ihr seid wohl verrückt geworden.«

»Baba, wir wollen doch nur einen Ausflug machen«,

versuchte es Anna mit sanfter Stimme. »Du musst auch mal raus aus diesem Garten«, sagte sie.

»Warum?« Lucia wollte zurück ins Haus gehen, aber Maria hielt sie fest.

»Willst du nicht mal was von der Welt sehen?«, fragte Anna.

»Die Welt interessiert mich nicht.« Wieder versuchte sie zu gehen. »Hab Respekt vor deiner Großmutter«, sagte sie mit dem Gesicht einer armen Hundertjährigen.

Was für ein bescheuertes Vorhaben, dachte Maria und hielt Lucia am Rockzipfel fest.

»Das war wohl keine so gute Idee«, sagte Anna resigniert. Die Spatzen flogen davon.

»Wir sind nun also schon drei, die sich nicht für die Welt interessieren, das ist ja fantastisch.« Maria schlug die Hände zusammen. Der Morgen hatte seine volle Schönheit erreicht und die Welt in ihrem Inneren reichte Maria vollkommen.

»Hol das kleine Fläschchen mit dem Weihwasser aus ihrem Zimmer«, bat Maria, und Anna flitzte los. Sie brachte den Behälter und auch noch eine Kerze. Maria entzündete die Kerze mit ihrem Feuerzeug und schüttete das Wasser auf das Fahrrad. Lucia war verblüfft, ihre Falten glätteten sich kurz, dann nahmen sie wieder ihren Platz ein.

»Nicht so viel, Mama, du übertreibst«, zischte Anna.

Maria machte weiter.

»Das reicht.« Anna war jetzt sauer. »Das wird ja das totale Theater, so peinlich.«

Maria räusperte sich und stimmte einen würdigen Ton an. Anna fühlte sich sichtlich unwohl.

»Lass das doch«, sagte sie, aber Maria hörte nicht auf sie. Ruhig sprach sie das Gebet, das ihr in Fleisch und Blut übergegangen war. Sie hatte es ein Leben lang ein- und ausgeatmet, hatte dagegen angekämpft, doch bis heute ergriff es sie und drückte ihr ein Gefühl auf, das süß war und schön. Wort für Wort sprach sie es, niemals würde sie eins vergessen. »Vater unser im Himmel, geheiligt sei dein Name.«

Jeden Abend hatte Lucia mit ihr gebetet. Jeden Sonntag hatte sie auf der Kirchenbank gesessen. An heißen Tagen waren in der Kirche die Türen und Fenster offen gewesen und sie hatte über den Friedhof und die Felder bis in die Berge geschaut, die Gott jeden Tag in anderen Farben malte. Farben waren ihr wichtiger gewesen als Worte, damals, als in der Kirche die Fliegen schwirrten und die Schweißtropfen die Beine hinabglitten. Erst langsam, dann schnell. Der Po klebte auf der glatten Sitzbank fest. Sie hatte mit den Beinen gebaumelt und hinausgeschaut, die Farben bestaunt, »wie im Himmel so auf Erden«. Irgendwann später berührten die Fußspitzen den Boden und als sie die Füße ganz auf den Boden bekam, hatte Milan auf ihrem Schoß gesessen. Gott war dort draußen, wusste Maria. »Willst du gehen?«, hatte sie Milan ins Ohr geflüstert und er hatte angefangen, sehr laut zu weinen, sodass sie ihn hinaustrug, huckepack den Weg hinunter bis zu den Feldern hinter ihrem Haus, wo sie sich lachend ins Gras fallen ließen und auf Bilas Glockenklang lauschten. »Bila«, hatte Milan gerufen. »Bila!« Er folgte dem Geräusch der Glocke, jagte die Geckos, die Schmetterlinge und Grashüpfer. Es roch nach Sommer und nach dem Heu, das auf dem Plateau in der Sonne trocknete.

»Dein Wille geschehe.«

Nach Milans Verschwinden hatte sie gebetet. Gib mir ein Zeichen. Und seitdem war nicht Gott, sondern Milan in allen Dingen gewesen. In allem, wo Licht durchschien. In jedem Schmetterling, in jeder Blume, in jedem Regen. Jedem Stein. Ihr Körper hatte keine Grenzen mehr, alles ging jetzt hindurch. Maria segnete das Rad. Schaden würde es nicht. Sturm zog in ihrem Inneren auf, woher war nur all der Wind gekommen? Sie konnte auch nach innen weinen. Baba Lucia zeigte keine Reaktion. Die Sonne kroch noch ein Stück den Himmel hinauf, und Maria schwitzte, denn sie trug noch immer ihren Schlafanzug.

»Weißt du, wegen dir mussten wir das Auto verkaufen«, log Maria. Anna sah sie erstaunt an. Das schöne Gefühl war wieder vorbei.

»Das Auto steht in der Einfahrt, was soll denn das jetzt«, sagte Anna, doch Maria redete weiter.

»Offenbar bist du den ganzen Weg aus Kroatien gekommen, um in meiner Küche zu sitzen.« Maria hatte sich jetzt vor Lucia aufgebaut, sie spürte, dass Anna kurz davor war, aufzugeben. Lucia jammerte, aber nun ging es ums Prinzip.

»Lasst mich bitte in Frieden sterben«, jammerte Lucia lauter.

»Du willst sterben?«, fragte Maria erstaunt. »Das wusste ich nicht.«

»Mama, jetzt lass sie doch.« Anna zog sie am Arm.

Lucia seufzte nur.

Ihr Seufzen macht mich wahnsinnig, dachte Maria.

»Lass mich«, sagte Lucia. »Ich sterbe, wann ich will.«

»Ich dachte, das entscheidet der Herrgott«, erwiderte Maria. »Er wird mir recht geben: Der Zeitpunkt ist ungünstig. Du bist gerade erst angekommen.«

Lucia murmelte etwas.

»Noch bist du sehr lebendig, also steig da ein.« Maria wischte eine klamme Strähne aus ihrem Gesicht, zündete sich ein Zigarillo an, nahm einen tiefen Zug und inhalierte den Rauch. Schon oft hatte sie sich von den Dorffrauen täuschen lassen. Hatte sich voller Mitleid zu ihnen hinabgebeugt, weil sie ihre krummen Rücken nicht mehr aufrichten konnten, um sie dann später, trotz des Rückens, über Zäune hüpfen zu sehen, leichtfüßig wie junge Rehe. Sie wusste, auch ihre Mutter könnte mit einem Satz in der Kiste sitzen, und tatsächlich: Endlich stieg sie ein, sehr behäbig über eine kleine Trittleiter, zusätzlich gestützt von Anna. Sie ließ sich auf die Sitzbank fallen und Maria düste ins Haus, um sich umzuziehen.

Sie schoben die Räder aus der Einfahrt und als sie den Weg entlangfuhren, spähten die Nachbarn über den Gartenzaun.

»Hallo«, rief Christiane und kam zum Zaun gelaufen. Sie winkte aufgeregt hinter ihnen her, aber Maria hob nur kurz die Hand. Anna, die Lucia kutschierte, klingelte und winkte zurück. Am Ende der Straße nahmen sie den Weg durch den Wald.

Die Fahrt verwehte die Anstrengung und die Hitze des Mittags, und am See zog Lucia erst die schweren Schuhe, dann ihre Kniestrümpfe aus.

»Komm rein, Baba!«, rief Anna Lucia zu, die im Schatten eines Baumes auf der Picknickdecke saß.

»Das wird nichts, Anna, sie kann nicht schwimmen«, rief Maria aus dem Grün des Sees.

»Nicht schwimmen. Echt?« Anna schwamm zu ihr.

»Hm.« Maria blubberte.

»Nicht schwimmen, nicht Fahrrad fahren, nicht lesen, das ist traurig. Wir müssen es ihr beibringen. Wir legen sie auf eine Luftmatratze.«

»Nicht mehr in diesem Leben.« Maria prustete Anna Wasser entgegen, spritzte sie nass, zog sie an einem Bein in die Tiefe. Schwer atmend tauchte Anna wieder auf, sie lachte.

»Keine hundert Kilometer vom Meer entfernt und sie kann nicht schwimmen.«

»Sie ist wasserscheu. Das warst du auch, du hattest solche Angst vor dem Meer. Vor der Adria, Anna, du! Stell dir das mal vor. Jadransko more! Was bist du nur für eine Kroatin.« Maria verschluckte sich, hustete, lachte und blickte in das braune Gesicht ihrer Tochter, das voll von Georgs Sommersprossen war. Als sie etwa drei oder vier Jahre alt gewesen war, hatte Anna ihr gesagt, sie wünschte, sie wäre Wasser, dann könnte sie fließen; und obwohl sie Angst vor der ruhigen Adria hatte, wollte sie nicht eher gehen, bis sie alle Steine ins Meer geworfen hätte. Nach den Besuchen bei ihrer Familie hatten sie immer noch einige Tage am Meer verbracht, in Split oder auf einer der zahlreichen Inseln, die vor Splits Küste schwammen. »Mama, alles ist so blau hier, wo sind all die Farben?«, hatte Anna gefragt und Maria war verwundert gewesen, aber sie wusste, was Anna meinte.

»Was ist deine Lieblingsfarbe?«, hatte sie Anna gefragt und Anna hatte alle Farben aufgezählt.

»Und Weiß?«, hatte Maria gefragt.

»Nein, Weiß ist keine Farbe.«

Später wollte Anna lieber ein Vogel sein. Das wiederholte sie so oft, dass Maria die Fenster in der oberen Etage sicherte, weil sie fürchtete, Anna könnte aus dem Fenster springen. Sie hatte eine sehr lebendige Fantasie. In ihrem letzten Urlaub hatten sie alle gemeinsam auf die glitzernde Adria geschaut.

»Es donnert«, hatte Maria verwundert zu Georg gesagt.

»Das ist kein Donner, das ist Krieg.«

An dem Tag rollte die Bura die Berge hinab und über das Meer, das sie seit Wochen nur als blaue Scheibe kannten. Die Bura war ein mächtiger Wind, sie tanzte mit den Wellen und färbte alles dunkelblau. Sie toste die ganze Nacht, brachte kühle, frische Bergluft und machte alles rein. Geschichte konnte diesem Wind nichts anhaben. Alles war Ewigkeit. Auch am nächsten Tag ging die Sonne auf wie immer, aber da waren sie schon fort.

»Georg hat dir hier das Schwimmen beigebracht. Wir dachten, du lernst es nie.« Maria schwamm auf der Stelle.

»Ach ja?« Anna konnte auf Zehenspitzen stehen.

»Du bist immer fast ertrunken.« Wieder musste Maria lachen.

»Sehr witzig.«

»Ja. Es lag nicht an der Technik. Du warst sehr genau. Zu genau. Aber jetzt kannst du es ja.« Maria tauchte Anna unter, tauchte dann selbst ab und blieb unten auf dem schlammigen Boden des Sees sitzen, in seiner Stille, und überlegte, ob sie jetzt nicht einfach für immer gehen könne. Sie war oft ungeduldig gewesen mit Anna, wenn Anna etwas nicht sofort verstand. Oder wenn Maria sie nicht verstand. Und Anna hatte sich alles gemerkt, sie erinnerte sich einfach an alles.

»Wie machst du das?«, hatte Maria sie eines Tages gefragt.

»Ich ziehe einfach die Schublade in meinem Kopf heraus und da ist es drin.«

»Und woher weißt du, welche Schublade du öffnen musst?«

»Ich weiß es einfach«, hatte Anna gesagt.

»Du hast einen Schrank in deinem Kopf?«

»Ja.«

Als sie auftauchte, lag Anna auf dem Wasser. Toter Mann. Maria zog sie noch mal hinunter.

Beide tauchten wieder auf.

»Mensch Mama, jetzt lass das«, maulte Anna.

»Du hast viel Fantasie, du bist sehr genau, du hast sogar schwimmen gelernt, was wirst du mit deinem Leben anfangen?«, rief Maria so laut, dass Lucia herüberblickte. Anna winkte ihr und schwamm los.

»Sorg dich nicht um Lucia, sorg dich um dich«, rief Maria hinter ihr her. »Linda studiert jetzt Medizin«, rief sie noch. Sie tauchte ein letztes Mal unter und setzte sich wieder auf den schlammigen Grund. Als sie hochkam, saß Anna schon in ein Handtuch gewickelt bei Lucia am Ufer.

»Anna«, sagte Maria zum Wasser, »weißt du nicht, was deine Baba alles kann?«

Auf dem Rückweg fuhren sie zu Georgs Grab. Seit der Beerdigung war Maria nicht auf dem Friedhof gewesen. Sie hatte seine Asche in den Wind streuen wollen, aber Georg hatte vorgesorgt, damit Anna einen Ort zum Besuchen hatte. Es war ein kleines Grab, über das inzwischen Gras gewachsen war. Eine weiche, frisch gesprengte Wiese, ohne Grabstein. Maria stolperte kurz und überlegte: Hieß es wirklich »gesprengt«? Sie nahm ihre Mutter und Tochter an die Hand und sie legten sich bäuchlings ins Gras. Lange hörte sie Anna neben sich in die Erde flüstern, auch ihre Mutter murmelte. Maria konnte sich nicht vorstellen, dass sie mit Georg sprach.

In einer Samstagnacht hatte Georgs Herz aufgehört zu schlagen. Georg hatte ihr immer gesagt, er würde hundert werden, und Maria hatte ihm geglaubt, obwohl sie wusste, dass alles anders kommen könnte. Sie waren zu ihrem Hochzeitstag in einem Restaurant gewesen, später noch in einer Bar. Das elegante schwarze Kleid mit Spitze, das sie an diesem Abend trug, hatte sie auch zur Beerdigung getragen. Die Nägel waren wie immer säuberlich lackiert gewesen, doch als Anna am nächsten Morgen kam, lag Maria auf der Küchenbank, das Make-up war verlaufen, und vielleicht hatte Anna bei ihrem Anblick an ihre Lieblingstiere gedacht, schwarze Krähen, oder an Klageweiber, die an den Gräbern schrien und sich die Haare ausrissen. Nur war sie still gewesen.

Georg und sie hatten den ganzen Abend über Lucia

gesprochen und entschieden, dass sie nun bald zu ihnen kommen sollte. Über den Umbau des Hauses. Sie hatten Pläne geschmiedet und viel gelacht. Maria hatte Georg erzählt, dass Lucia sie am Telefon ermahnt hatte, sich um die Töpfe zu kümmern. Maria müsse sie ordentlich scheuern und wenn, Gott bewahre, ihre Ehe zerbrechen sollte, die Töpfe mitnehmen. Liebe kennt keine Garantie, hatte Lucia gesagt. Diese Töpfe hatten lebenslange Garantie.

»Deutsche Wertarbeit«, hatte Georg betont und sich wieder köstlich über Lucia amüsiert. »Wir werden viel Spaß mit ihr haben«, hatte er gesagt.

Als sie nach Hause gekommen waren, lag dort ein Zettel von Anna: »Schlafe bei Astrid«, und Georg und sie hatten noch eine Flasche Wein aufgemacht.

Maria hatte nicht gewusst, dass Georgs Herz schwach war. Er machte täglich zehntausend Schritte, liebte das Leben und gutes Essen. Er starb leise und schnell, während sie noch ein Zigarillo in der Küche geraucht hatte. Während sie in Gedanken versunken dem Geräusch der Dusche lauschte, das wie leiser Regen zu ihr in die Küche drang. Georg konnte unmöglich so lange duschen, hatte sie plötzlich gedacht, war aufgesprungen und hinaufgerannt. Er lag auf dem Badezimmerboden. Der geliebte Körper war tot und der geliebte Mensch verschwunden. Maria hatte ihn zugedeckt, damit er nicht fror, mit seinem Bademantel, mit ihrem, mit einem Handtuch, und ihr selbst war plötzlich so furchtbar kalt. Sie war ins Schlafzimmer hinübergegangen, hatte ihre Bettdecken geholt und hatte sich zu ihm gelegt.

Maria atmete tief, manchmal bekam sie nur schwer Luft. Dieses Gefühl der Leere war ihr bisher unbekannt gewesen, hatte aber einen Geschmack, der sie an eine Traurigkeit von ganz früher erinnerte. Die ersten Tage nach Georgs Tod war sie davongelaufen, bis sie schließlich große Müdigkeit überkam. Die Trauer zerriss sie immer wieder, nahm ihr die Luft zum Atmen, ließ ihr Herz so schnell schlagen, dass sie Panik überkam und die verloren geglaubte Angst. Regen fiel in jeden Raum. Plötzlich wurde sie klein wie ein Kind, das die ersten Schritte vorwärts machte. Sie schlief viel und träumte: Mit Milan an den kleinen Händen ging sie durch die Felder bis nach Deutschland zu ihrem Haus. Sie trat ein und nahm Anna auf den Arm, noch ein winziges Baby, und auch Georg war dort und nahm sie in die Arme. Sie weinte tagelang. Als sie aufwachte, war es still in ihr. Das Trauerwetter hatte Verwüstung hinterlassen, aber sie lebte noch.

Die Erde unter ihr wurde kühl, Maria musste sich bewegen. Sie dachte an ihren Ton. Vielleicht konnte sie nicht arbeiten, weil er kalt wie Friedhofserde war.

»Lasst uns gehen.«

Maria drehte Anna um, nahm sie in den Arm und hielt sie fest umschlungen, denn Anna weinte. Sie blieben noch eine Weile auf Georgs Wiese; Maria rauchte und Lucia erzählte von den Schweinen, die sich die Soldaten geschossen hatten und die deshalb fast ausgestorben waren. Anna hörte auf zu weinen und sagte nichts. Ihr Leben hatte der Krieg nicht verändert, sie war fast noch ein Kind gewesen. Sie hatte ihn wie so viele andere gar nicht richtig mitbekommen. Er bedeutete für sie kaum mehr als ein paar verlorene Freundschaften, ein Tumult in der benachbarten Realschule, wo einige kroatische und serbische Schüler, die gestern noch Jugoslawen gewesen waren, plötzlich aufeinander losgingen. Vielleicht Mokkatassen mit kroatischen Fahnen auf Sonntagstischen, goldene Feuerzeuge mit Wappen in Hosentaschen. Ustaša-Führer aus Gips in dunkelbraunen Schrankvitrinen und auf Kinderzimmerregalen, wo sie später zwischen Porzellanhunden und Marienfigürchen vergessen wurden.

Hatte sie selbst den Krieg denn mitbekommen?, fragte sich Maria. Sie war nicht auf Spendengalas für kroatische Soldaten und Kriegsopfer gewesen, sie hatte den deutschen Pass beantragt und das J aus ihrem Namen war verschwunden. Mit Anna hatte sie sich um neue Schuhe gestritten. Und um anderes. Flüchtlinge waren nach München gekommen, ausgemergelt und mit leerem Blick, Ungerechtigkeit, Hass, Leid, und mit ihnen die Gewissheit, dass etwas Grauenhaftes vor sich ging.

Georg hatte geschrien: »Denkst du, das alles hat nichts mit dir zu tun?« Und Maria hatte gehofft, es hätte nichts mit ihr zu tun.

»Nein«, sagte sie. »Das geht mich nichts an.«

Früher haben sie gefragt, woher ich komme, heute fragen sie, was ich bin, dachte sie. Vielleicht war der Krieg schon viel früher oder immer da gewesen. Jetzt war auch Krieg in ihr.

»Spinnst du? Wie kannst du so gleichgültig sein?« Georg war außer sich gewesen. »Liest du keine Zeitung?«

»Nein.«

»Keine Nachrichten?«

»Nein.«

»Sorgst du dich nicht?«

»Doch«, sagte Maria leise. »Natürlich.«

»Wir können doch nicht einfach weiterleben, als wäre nichts«, hatte er geschrien.

»Doch. Das können wir. Das tun alle anderen auch.«

»Das ist Wahnsinn.«

»Der Krieg ist Wahnsinn. Anscheinend sind alle komplett verrückt geworden, da mach ich nicht mit.«

»Lässt dich das kalt?« Georg schaute sie feindselig an.

»Es lässt mich nicht kalt, aber was nützen die Sorgen? Ich kann die Welt nicht ändern.«

»Also lebst du einfach in deiner Welt weiter, oder was?«

Maria sagte nichts. Ich liebe meine Welt, dachte sie. Ich liebe sie so sehr.

»Sie werden Milan einziehen.« Georg raufte sich die Haare.

»Ich habe ihm gesagt, er soll herkommen.«

»Und was hat er gesagt?«, fragte Georg.

»Nein, das wird er nicht.«

Er schaute sie entsetzt an.

»Verdammt.« Georg schmiss die Zeitung durch den Raum. »Vollidiot.« Warf Bücher gegen die Wand. »Was für ein Idiot. Du musst es ihm noch mal sagen.«

»Er wird nicht kommen«, sagte Maria ruhig, »das weißt du doch.«

Georg schmiss jetzt durchs Zimmer, was er zu fassen bekam.

Maria weinte. »Plötzlich verliert alles an Bedeutung. Ich will nicht, dass das alles hier plötzlich an Bedeutung verliert.« Sie weinte verzweifelt. »Ich möchte hier glücklich sein.« Sie tat sich leid.

»Um glücklich sein zu können, musst du erst mal was empfinden«, hatte Georg erwidert.

Die Asche des Zigarillos fiel auf die Wiese. Es war wirklich Zeit zu gehen.

Sie fuhren zurück. Der Heimweg lag in der Abendsonne, die Bäume am Straßenrand warfen lange Schatten, Marias Sommerkleid flatterte. Lucia hatte offenbar Gefallen an ihrer Kutsche gefunden und ihr Gesicht in Freudenfalten gelegt. Sie thronte auf der Sitzbank und sang. Den Refrain sangen auch Anna und Maria mit. Anna legte theatralisch die Hand auf ihr Herz und verschluckte den Text mit ihrem Lachen, weil es ein Liebeslied an die Adria war, das Lucia aus dem Radio kannte. Marias Körper war heiß und weich wie Butter und Annas Lachen floss durch alle Zellen hinein. Lange Zeit hatte sie nicht mehr gesungen. Zu Hause schlug sie den abgenutzten Duden auf und las:

Sprengen

a. mithilfe von Sprengstoff zerstören, zum Bersten, zum Einsturz bringen
b. durch Sprengen entstehen lassen, schaffen
c. mit Gewalt öffnen, aufbrechen
d. durch Druck oder Zug auseinanderreißen, zertrümmern
e. mit einem Schlauch oder einem anderen Gerät in einem Strahl, in feinen Strahlen, Tröpfchen über etwas verteilen
f. sprengend bewässern, anfeuchten; besprengen

Sprengen: zerstören und erhalten in einem Wort. Sie blätterte zum nächsten Buchstaben. »Trauerarbeit« kam erst nach »trauen lassen«.

Maria ging in den Garten und säuberte die Feuerstelle, fegte die Asche zusammen. Als ihr Bruder Milan klein gewesen war, hatte sie ihn auf dem Rücken getragen, während sie Ziegen und Schafe den Weg hinaufgetrieben hatte. Sie hatte ihre Schritte beschleunigt und die Tiere noch mehr angetrieben, aber da war der Hund schon bellend auf sie zugejagt. Im letzten Moment war der Alte auf das Seil getreten, das das Tier hinter sich durch den Staub zog. Er hatte gelacht und ihr etwas zugerufen, das sie nicht verstand. Zu laut war ihr Keuchen gewesen. Auf dem Rückweg war sie gerannt, bergab war es leichter gewesen, unbemerkt an dem gruseligen Alten mit seinem Hund vorbeizukommen. Kleine Steine hatten in den großen Latschen gepikst. Milan hatte auf ihrem Rücken gegluckst und an ihren Haaren gezogen. Im Backhaus hatte sie die Asche auf die peka geschichtet, die gusseiserne Glocke, unter der sie das Brot buk, und als Milan eingeschlafen war, hatte sie an das Huhn gedacht, das sie noch schlachten musste, bevor die Eltern nach Hause kamen.

»Mama, warum backst du uns morgen nicht ein Brot?«, fragte Maria. Sie stutzte kurz, lange hatte sie ihre Mutter nicht mehr Mama genannt, dann notierte sie »pod pekom« im Kopf auf ihrer imaginären Liste der Sehnsuchtsdinge, für die es hier keine Worte gab.

»Ist gut«, sagte Lucia, die in einem Stuhl auf der Terrasse saß. »Ist gut.«

Abends saß Maria nun regelmäßig in Georgs Zimmer und schrieb ihm Briefe. Sie schickte sie an das Dorf ihrer Kindheit, wo er vielleicht mehr als sie je zu Hause gewesen war. Sie waren Vertraute gewesen, Georg und das Dorf, obwohl sie sich nur aus Urlauben kannten. Das Unbekannte gefiel ihm, die Makadam-Wege mit den nach dem Regen dampfenden Pfützen. Die weite Sicht. Immer hatte er von der Weite geschwärmt und ihr eigenes Gefühl von Enge im Dorf hatte ihn ratlos gemacht. Unzählige Male hatte sie ihre Familie ins Auto gescheucht und sie waren Hals über Kopf abgereist. Das Dorf hatte sie in die Flucht geschlagen. Mit Vollgas zum Meer, in die Stadt, dahin, wo sie atmen konnte. Betretenes Schweigen im Auto von Georg, der ihr Verhalten übertrieben dramatisch fand. Anna, die sich immer wieder abschnallte, umdrehte und winkte. Im Rückspiegel eine traurige Lucia, die kleiner wurde und hinter der Kurve verschwand. »Ich halte es einfach nicht aus«, sagte Maria in Georgs Schweigen hinein.

Sie rauchte und blies den Qualm aus dem Fenster in die Nacht. Sie wusste nicht, ob die Briefe an Georg ankamen, und sah ein Postauto den Weg durch die Berge fahren, der ihr mit jedem Besuch länger vorgekommen war. Hinter jeder Kurve eine weitere. Ein Weg durch die Wildnis, wo Schlangen lebten und Skorpione. Maria wunderte sich immer wieder, dass das Dorf nicht vergessen worden war. Dass es verwaltet wurde, dass es einen Platz auf einer Landkarte hatte. Bis zuletzt war Lucia fast täglich von einem fahrenden Bäcker besucht worden, obwohl sie sicher nie viel gekauft hatte. Eines Tages war jemand ins Dorf gekommen und hatte Hausnummern verteilt. Das ist verrückt, hatte Georg gesagt. Und weil Lucia nun gewissermaßen eine Adresse hatte, montierte er einen blauen Briefkasten an ihrem Haus, den sowohl Lucia als auch der Postbote ignorierten. Der Briefträger überbrachte Lucia ohne Hausnummer und später Lucia mit Hausnummer jede Woche persönlich die Rente – und die Briefe aus Deutschland. Die Rente hatte Lucia in ihren Röcken versteckt, die Briefe hatte ihr die Dorflehrerin vorgelesen und sie hatte auch die Antworten geschrieben, von Lucia diktiert. Lucia bez broja. Lucia ohne Nummer. Lucias letzter Brief hatte von den gesundheitlichen Problemen Bilas, der Kuh, berichtet, aber dann kam das Telefon ins Dorf, und sie vergaßen die Hausnummer wieder. Das einzige Telefon des Dorfes befand sich ein paar Häuser entfernt und funktionierte nur in eine Richtung. Der Besitzer war stolz, immer der Erste am Telefon zu sein, und er konzentrierte sich auf die wichtige Aufgabe, das Telefon zu bewachen und die Grüße aus Deutschland entgegenzunehmen. Obwohl sie einmal in der Woche zu etwa derselben Uhrzeit anriefen, war Stipe, der Nachbar, stets sehr überrascht und seine feierliche Stimme wurde laut und überaus erfreut, gerade sie am Apparat zu haben, und er schickte eins seiner vielen Kinder los, um Lucia ans Telefon zu holen. In Deutschland hatten Maria, Georg und Anna vor dem Gerät gesessen und schweigend gewartet, bis Lucia, die gebückt in ihrem Gemüsebeet gearbeitet hatte, die Röcke gerafft und das Kopftuch gerichtet hatte und den Weg bergan geeilt war. Dann hatten sie die Nummer erneut gewählt, der ratternden Zählscheibe gelauscht und der tiefen Stille zwischen den Freizeichen, in der ihre Gedanken weit gereist waren: von Deutschland nach Dalmatien. Stille. Stille. Stille, Stille. Dann Lucias lautes, aufgeregtes Geschrei der Freude: Ihr seid es! Auch sie klang jedes Mal überrascht. Dass es sie noch gab? Maria hatte die Augen gerollt und Lucia auf Lautsprecher gestellt, damit Anna ihre Stimme hören konnte. Es war ein Ritual. Anna lauschte aufmerksam, obwohl sie immer weniger verstand. Stipe wich meist nicht von Lucias Seite, sie hörten, wie er im Hintergrund Lucias Erzählungen kommentierte, sie erinnerte, dazwischenrief. Maria übersetzte das Wesentliche. Manchmal waren noch andere Nachbarn dabei, dann redeten sie alle durcheinander und alle Stimmen wurden lauter, weil Deutschland unglaublich weit weg war. Erleichtert hatte sie aufgelegt. Alles in Ordnung. Am selben Telefon hatte Lucia Maria einige Jahre später erzählt, dass ihr Vater gestorben war. Dann Bila. Dann war Jugoslawien gestorben und dann Milan.

4

An einem Morgen veränderte sich das Licht plötzlich und Maria wusste, dass das Ende des Sommers absehbar war. Die lange Hitzezeit war vorbei und es würde kühler und wechselhafter werden, dann würde er sich aufbäumen, der Sommer, und mit einigen heißen Tagen zurückkehren, bevor er ganz verschwand. Anna kam zum Frühstück nicht herunter und auch nicht zum Mittagessen. In ihrem Zimmer blieb es still. Maria wollte das Obst der alten Gartenbäume ernten, um Lucia einige Zeit mit Einkochen von Marmelade zu beschäftigen, und selbst einen Apfelkuchen backen. Sie wollte den Tisch auf den Sonnenplatz im hinteren Teil des Gartens schieben, das karierte Tischtuch suchen, den Tortenheber und den Fliegenschutz, das gute Geschirr rausholen und den Kuchen mit viel Sahne essen, gemeinsam mit Anna und Lucia. Wo waren nur die bestickten Stoffservietten? Maria durchwühlte die Schränke und fand sie nicht. »Verdammt!« Entnervt warf sie das Küchentuch auf den Tisch.

»Anna«, rief sie nach oben. »Wo sind die Servietten, die mit dem Muster?«

Wo die guten alten Zeiten und die Momente gefüllt mit Sinn? Und wo war Anna?

Sie wollte versuchen, ruhig zu bleiben, wenn sie sie daran erinnerte, dass das Sommerultimatum abgelaufen war. Vielleicht sollten sie einen Psychologen aufsuchen. Für Anna. Es beunruhigte sie, dass Anna sich nicht sehen ließ und kein Geräusch zu hören war. Maria holte die Backutensilien aus dem Schrank und bat Lucia, die einen Spaziergang durch den Garten machte, ihr ein paar Äpfel zu bringen. Sie entschied sich für eine Apfeltarte, für die sie eigentlich kaum Äpfel benötigte. Nur einen Hauch. Maria steckte die Haare hoch und zog eine Schürze über das Seidenkleid, in dem es sie in der Küche fast ein wenig fröstelte. Sie wog Mehl und Zucker auf der Küchenwaage und stellte den Backofen an. Lucia brachte die Äpfel, Maria wählte aus und stellte die restlichen in einer Schale auf den Tisch.

»Der Kirschbaum wächst zu nah ans Haus«, sagte Lucia und ließ sich nieder.

»Ja, das hat Georg auch schon gesagt«, sagte Maria verwundert. »Ich finde es schön, dass er so üppig wächst.« Sie schlug die Eier mit einer Hand in die Schüssel.

»Er wächst zu nah ans Haus«, wiederholte Lucia in einem Ton, der Maria daran erinnerte, dass dies ein Fakt war und vollkommen unerheblich, welche Gefühle Maria dazu hatte, was sie darüber dachte und ob ihr der Baum so gefiel. Maria hielt kurz inne, dann schaltete sie den Mixer auf die höchste Stufe. Als sie fertig war, schaltete Lucia das Radio an. Sie hörte zu, und Maria dachte über den Baum nach.

»Der Baum wächst und gedeiht, was ist das Problem daran, dass er ans Haus wächst?«, fragte Maria.

»Es kommen Tiere ins Haus«, sagte Lucia.

»Er sieht so schön aus.«

»Es kommen Tiere ins Haus«, wiederholte Lucia, irritiert, dass Maria die einfachsten Dinge nicht verstand.

»Meinst du Insekten?«

»Auch Mäuse, alles Mögliche kommt herein.«

»Er war mal ganz klein«, sagte Maria, leise, wie zu sich selbst. Sie hatte keine Lust, den Baum zu beschneiden, außerdem hatten sie die große Leiter an die Nachbarn ausgeliehen, die sie seit Georgs Tod kaum gesehen hatte. Christiane hatte sich Mühe gegeben, sie hatte nach Anna gesehen, ihnen Essen vorbeigebracht. Ihre Hilfe angeboten, als Lucia kam. Und Bernhard hatte vorgeschlagen, den Rasen zu mähen.

»Nein, danke«, hatte Maria gesagt.

»Wie du meinst«, entgegnete Bernhard. »Jederzeit. Was auch immer, gib Bescheid.«

»Mach ich.«

Sie konnte ihnen nicht über ihre Hilflosigkeit hinweghelfen. Ohne Georg war ihre Verbindung aufgelöst. Maria schaute aus dem Fenster. Bernhard und Christiane waren ein paar Jahre nach ihnen hierher gezogen und ihr weitläufiges, gepflegtes Grundstück grenzte an ihren Garten. Anfangs hatte es Probleme gegeben. Unterschiedliche Vorstellungen von Gartenpflege – und dann auch noch richtig Ärger wegen der jugoslawischen Schnecken, die Georg angesiedelt hatte. Natürlich hatten sie niemandem gesagt, dass es jugoslawische Schnecken waren. Es waren einfach Schnecken, sehr hübsche Schnecken, aber sie waren nicht willkommen. Dabei wusste niemand in der Nachbarschaft wirklich etwas über diese Schnecken, sie waren keine Schädlinge. Nichts half. Die Vorurteile blieben.

Als der Krieg in Jugoslawien ausgebrochen war, hatte Maria erste Erfolge als Künstlerin. Sie hatte keine Zeit für Krieg, sie war angekommen in Deutschland. Aber Georg war erschüttert. Der Krieg brachte ihn auf, auch gegen die Dummheit der Nachbarn, die jetzt alles wussten über die Serben und den Balkan, der beängstigend nah und zum Glück doch weit genug weg war. Irgendwo da unten. Weit unten wohnten die Barbaren. Dabei waren die Barbaren hier und hassten Schnecken. Voller Genugtuung hatte er zugesehen, wie sie langsam über den Gartenzaun krochen. Dann hatten sich die Kinder angefreundet, und sie waren sich doch näher gekommen, Bernhard und Christiane, Georg und Maria. Einige Sommerabende hatten sie zusammen verbracht, die Mädchen kichernd auf dem Apfelbaum. Astrid und Anna. Astrid studierte inzwischen in München.

Was war nur mit Anna los? War sie krank? Maria ließ Lucia Teig probieren. Stellte ihr die Äpfel, ein Brettchen und ein Messer auf den Tisch.

»Dünne Scheiben.«

Maria hatte festgestellt, dass sie nicht wusste, wie ihr Rasenmäher funktionierte. Sie hatte im Internet eine Gebrauchsanweisung gefunden, bekam ihn aber einfach nicht zum Laufen. Er hatte wiederholt einen stürmischen, beängstigenden Sprung gemacht um gleich wieder still zu stehen. Wie ein totes Tier. Es stank fürchterlich nach Benzin. Maria hatte es unzählige Male versucht und schließlich aufgegeben. Das Gras stand hoch, trotzdem hatte sie den gesamten Garten mit dem alten Spindelmäher gemäht, anschließend das Gras zusammengerecht und auf die Schubkarre geladen und die Grasberge zum Kompost am Ende des Gartens gefahren. Der Rasen hatte ausgesehen, als habe man ihm Gewalt angetan, und ähnlich hatte sich auch Marias Körper tagelang angefühlt, der so schmerzte, dass sie sich nur mit viel Mühe bewegen konnte. Als die Schmerzen nachließen, hatte sie den örtlichen Naturschutzbund angerufen und ein paar Jugendliche der Ortsgruppe hatten eine Wiese gesät, die in Zukunft hoch wachsen und blühen würde und die höchstens ein, zwei Mal im Jahr geschnitten werden musste. Es würde dauern, aber das machte nichts. Sie hatte Zeit. Das war auf jeden Fall in Georgs Sinne, jetzt, da Anna groß war und sie keinen Rasen mehr zum Spielen brauchte.

Wo steckte sie nur? Sie könnte sich auch mal etwas nützlich machen. In der aufkeimenden Wiese gab es nur noch Oasen der Ordnung: Lucia hatte einige Beete angelegt, wie Maria sie aus ihrer Kindheit kannte, und Salat, Zucchini, Auberginen und Tomaten angepflanzt. Auch Knoblauch, Rosmarin und Lavendel, den sie zum Kochen verwendete. Maria betrachtete oft die Zucchinipflanze, die mit ihrer bunten Frucht unter den üppigen Blättern wie ein Kunstwerk aussah. Maria spürte die Nervosität, die Unruhe in der Brust, die sie seit längerer Zeit immer wieder überkam, fühlte diesen leichten Schwindel und die Angst, den Kontakt zum Boden zu verlieren, weil mit Georg ihre eigene stützende Ordnung verschwunden war.

»Mein Gott, wo ist dieses Kind«, fragte Maria auf Kroatisch, als sie den Kuchen in den Ofen schob und Wasser für Kaffee aufsetzte.

»Sie ist verreist«, sagte Lucia.

»Was ist sie?«, fragte Maria. Sie hatte nicht damit gerechnet, dass Lucia ihr antworten würde, und ihre Antwort verstärkte den Schwindel.

»Sie macht eine Reise«, erklärte Lucia.

Maria rannte die Treppe hoch und riss Annas Zimmertür auf. Das Zimmer war aufgeräumt und leer.

Auf dem Bett lag ein Brief. »Liebe Mama, ich bin verreist. Nur zwei Wochen. Mach dir keine Sorgen. Anna.«

Maria stürmte die Treppe wieder hinunter und in die Küche.

»Wo ist sie hin?« Marias Stimme überschlug sich. »Seid ihr wahnsinnig?«

Lucia machte sich noch kleiner, als sie war. Sie setzte ihre Ich-bin-nur-eine-alte-Frau-ich-kann-kein-Wässerchen-trüben-Miene auf.

»Ne znam.« Sie zuckte mit den Schultern.

»Du weißt es nicht?«

Lucia wiegte den Kopf.

»Warum hast du mir nichts gesagt?« Maria stand vor Lucia und schrie sie an, dann begann sie zu weinen.

»Sie hat sich nur kurz verabschiedet. Ich dachte, du wüsstest davon.«

»Nein!«

Lucia saß zusammengesunken da und sagte nichts.

»Wo ist sie hin?«, fragte Maria leise.

»Sie wollte nach Hause«, sagte Lucia überzeugt.

»Nach Hause?« Maria schrie wieder. »Ihr Zuhause ist hier, vielleicht gehts etwas genauer?«

Wieder wurde ihr schwindelig. Maria suchte im Küchenschrank nach ihren Tabletten. Fand sie nicht. Wühlte in ihrer Handtasche, schraubte den Deckel der kleinen Dose ab und legte sich eine Tablette auf die Zunge. Hielt ein Glas unter den Wasserhahn und trank. Sie starrte aus dem Küchenfenster in den Garten. Ein Eichhörnchen huschte vorbei. Sie dachte daran, was Georg seit Jahren machen wollte und was sie immer wieder aufgeschoben hatte: einen richtigen Jugotrip. Die beiden hatten oft davon gesprochen.

»Wir bereisen ganz Jugoslawien«, hatte Georg gesagt und seine Augen hatten geleuchtet. »Das ganze Land.«

»Jugo ist nicht mehr«, hatte Maria gesagt und abgewunken.

Georg hatte mit den Schultern gezuckt.

»Ich komme auf jeden Fall mit«, hatte sich Anna plötzlich eingemischt. Die beiden standen in ihrer Werkstatt. Maria drehte die Scheibe. Sie zog eine Vase hoch, für Christianes Geburtstag.

»Abgemacht«, hatte Georg gesagt. »Wo fangen wir an?«

Sie setzten sich an den Tapeziertisch, der in der Mitte ihrer Werkstatt stand, die damals noch unten im Anbau gewesen war. Sie beachteten Maria gar nicht, Georg hatte Anna seine volle Aufmerksamkeit geschenkt, war wie eine warme Lampe. Wie eine Sonne. Eine große Sonne, die Anna anstrahlte und Maria noch ein wenig mitwärmte.

»In Slowenien«, rief Anna begeistert.

»Ljubljana?«

»Ja, super.«

»Ohne mich.« Maria blickte auf.

»Oder Bosnien?«

»Um Himmels willen, auf gar keinen Fall.« Maria starrte auf die Scheibe, die beiden hörten sie nicht.

»Wann gehts los?«, rief Anna.

»Wann du willst«, rief Georg übermütig.

»Und was ist mit Schule?« Maria musste sich auf die Vase konzentrieren und konnte sich nicht umdrehen. »Ferien sind grad nicht in Sicht.«

»Ach Mama, da lerne ich doch mehr als in der Schule.«

»Eben«, hatte Georg gesagt.

»Was denn?«, fragte Maria. »Traumatisierte Länder, hervorgegangen aus Zusammenbruch und Krieg, Verwüstung, Sinnlosigkeit. Eine Katastrophe.«

»Klingt gut«, hatte Georg gesagt. »Suchen wir also die Hoffnung.«

»Vielleicht nächstes Jahr«, hatte Maria gesagt.

»Vielleicht nächstes Jahr«, murmelte Maria und ihr Blick fand Lucia. »Warum zum Teufel«, fluchte sie. Lucia wand sich auf ihrem Stuhl. Sie fühlte sich sichtlich unwohl. Sollte sie doch. Mehr als »Es ist ein schwerer Verlust« hatte Lucia zu Georgs Tod nicht herausgebracht. Sie wollte sie schütteln.

Warum hatte sie geglaubt, sie hätten noch so viel Zeit? Warum hatte sie sich täuschen lassen? Das Leben war kurz, das wusste sie doch. Verlorene Pläne und aufgeschobene Träume, was sollte sie jetzt damit anfangen?

Sie griff nach ihrem Telefon und wählte Annas Nummer. Die Freizeichen lösten sich auf: *Der Teilnehmer ist nicht erreichbar. Bitte versuchen Sie es zu einem späteren Zeitpunkt noch einmal.* Maria versuchte es erneut. Und noch mal. Nichts.

»Wie ist sie unterwegs?«, fragte sie.

»Mit dem Zug«, murmelte Lucia, »glaube ich zumindest.«

»Wann ist sie los?«

»Ganz früh am Morgen. Ich dachte wirklich, du wüsstest es.« Lucia sah unglücklich aus. Verzagt.

»Sie ist siebzehn, Lucia. Noch darf sie nicht tun, was sie will.«

Lucia zog die Augenbraue fast unmerklich hoch, aber Maria bemerkte es.

»Solange sie hier wohnt, darf sie nicht tun, was sie will. Das gilt auch für dich«, zischte Maria.

Lucia betrachtete ihre Pantoffeln. Ihre dicken Füße. Die dicken Socken.

»Ist sie alleine unterwegs?«, fragte Maria.

»Ne znam«, sagte Lucia wieder.

Bei Gott, sie war wirklich keine Hilfe.

Lucia zuckte die Schultern.

Maria schlug mit der flachen Hand auf den Tisch.

»Ich fass es nicht. Du machst mich wahnsinnig. Warum bist du hier?«

Sie schrieb Anna eine Nachricht, löschte sie wieder und schrieb noch einmal in Großbuchstaben: WO BIST DU???

Der Kuchen war fertig, aber das Telefon blieb still. Die Küchenuhr tickte.

Als die Sonne sich schon senkte, kam die Antwort: Ljubljana.

Maria versuchte, Anna anzurufen, aber sie nahm nicht ab.

Also schickte Maria eine weitere Nachricht. BLEIB, WO DU BIST!

Dann brachte sie Christiane die Tarte.

Maria erreichte Sloweniens Hauptstadt am nächsten Abend. Der Abend war durchsichtig, blau und ganz so, wie es sein sollte, wenn man sich auf die Reise macht. Der Bahnhof lag wunderlich verlassen, als Maria ausstieg und auf dem Bahnsteig stehen blieb, bis der Zug seinen Weg fortgesetzt hatte. Einen Moment lang war es vollkommen still und sie ganz allein. In der Ferne hörte sie ein Moped brettern, über ihr flogen plötzlich Tauben auf. Aus der Tasche ihres leichten Mantels holte sie ihre Dose mit den Zigarillos und Streichhölzer. Sie lauschte dem Geräusch, als sie das Streichholz anriss und das ersehnte Zigarillo entzündete. Mit dem Zigarillo im Mundwinkel machte sie sich auf den Weg. Sie lief aus dem Bahnhofsgebäude, trat auf den Bahnhofsvorplatz und atmete ein Stück Nacht ein. Sie hatte Anna geschrieben, dass sie am Bahnhof auf sie warten solle, und da saß sie auch, auf einer Bank. Anna las ein Buch, neben ihr lehnte ein Reiserucksack, den Maria nie zuvor gesehen hatte. Maria rauchte und beobachtete ihr lesendes Kind, erleichtert, dass es wohlbehalten war. Anna, die groß, aber zierlich war, zart, trotz ihres drahtigen und starken Körpers. Die lockigen, wilden Haare, die sie nie abschneiden wollte, trug sie offen und weil sie den Kopf leicht in das Buch senkte, das auf ihren Beinen im Schneidersitz lag, fiel ihr das Haar in den Schoß. Sie schien verschmolzen mit dem Nachthimmel und der Bank in dieser Stadt und auch Maria fühlte sich nicht fremd, obwohl sie nie zuvor hier gewesen war.

Vielleicht lag es an dem klaren Abend, am letzten Hauch von Sommer in der Luft, am Bahnhof und möglichen Fahrten ins Unbekannte, dass Marias Herz leicht bebte und sich ein Prickeln durch ihren Körper bis zu den Füßen zog. Vielleicht hatte sie doch überreagiert. »Anna«, rief sie übermütig und winkte.

Anna klappte ihr Buch zu und winkte zurück. Maria erreichte die Bank und streckte die Hand nach Anna aus, berührte kurz ihre Wange, tastete nach den neuen Sommersprossen.

»Wer kümmert sich um Lucia?«, fragte Anna statt einer Begrüßung.

»Chris schaut nach ihr.«

Anna sah besorgt aus.

»Sie kommt schon zurecht. Der Garten ist voller Gemüse, das Gefrierfach voller Fleisch. Wir haben sogar eine extra Gefriertruhe im Keller. Da könnte man eine ganze Leiche drin lagern.« Maria lachte unbeholfen.

»Tiere sind auch Leichen«, sagte Anna ernst.

Maria schwieg.

»Und du bist morgen wieder zurück«, sagte Anna sehr entschieden. Sie blickte Maria an. »Oder?«

»Ja, klar.« Maria nickte heftig. »Mach dir keine Sorgen.«

Und du auch, dachte sie.

Anna griff ihren Rucksack und gemeinsam liefen sie durch die Straßen, Maria plötzlich leichtfüßig und mit schnellen Schritten. Obwohl es dunkel war, wirkte es hier licht. Ihr Mantel flatterte blau wie ein Stück der Nacht und die Reisetasche hatte kein Gewicht. Anna lief neben ihr und hielt mit langen Beinen Schritt. Den Rucksack trug sie auf dem Rücken, er war zwar brandneu, aber Anna sah aus, als währte ihre Reise schon viel länger. Manchmal ändert sich alles an einem einzigen Tag, dachte Maria.

Maria hatte ein Zimmer in der Nähe des Bahnhofs gebucht. Das Hotel wirkte wie eingequetscht. Am Rand der historischen Altstadt lag es zwischen zwei Wohnhäusern am Kopf der schmalen Straße. Das Zimmer befand sich tief in alten Mauern und über einer Bar, die noch geöffnet hatte. Sie setzten sich an einen Tisch unter dem Fenster ihres Zimmers und tranken Wein. Maria hatte Sorge, die Beine vom Boden abzuheben und sich ganz auf dem Barstuhl niederzulassen, dessen wackelige Beine auf dem Kopfsteinpflaster bedenklich schief standen. Ein junger Kellner stellte Oliven, Brot und Öl auf den Tisch, der ebenso wackelig wie die Stühle war und so schmal, dass sie ihre Gläser nicht abstellen konnten.

»Warum bist du gekommen?«

Maria trank ihr Glas aus und winkte dem Kellner.

»Gefällts dir hier?« Maria sah sich um. In diesem Teil der Stadt waren die Straßen noch lebendig und immer wieder schwärmten Menschengruppen an ihnen vorbei und verschwanden in der Gasse, über der der Himmel nur ein schmaler Ausschnitt war und die aussah, als könnte man ihre beiden Seiten berühren, wenn man die Arme ausstreckte. Aus der Ferne, erhaben wie auf einem Thron, vermittelte die Burg der Stadt ein feierliches Gefühl. Maria war froh, Anna zu sehen.

Der Kellner kam und tauschte die Gläser.

»Bist du gekommen, um mich zurückzuholen?«

»Schön, dich zu sehen«, sagte Maria.

»Ich bin erst einen Tag weg«, sagte Anna und schnaubte. »Ich bin gerade erst losgefahren.«

»Wie war denn dein Tag?«, fragte Maria.

Schließlich erzählte Anna. Vom Laufen durch die Stadt, über ausgetrampelte Pfade. Ihre Hände, die ruhig das Glas umfasst hatten, wurden lebendig, als sie von einem Museum erzählte, in dem sie vollkommen allein gewesen war. Sie beschrieb die Stimmung in den Räumen des Museums, die an eine Insel im Meer erinnerte. Anna erzählte von einer Skulptur im Innenhof des Museums, und Maria zwang sich, zuzuhören, sich nicht einzumischen, nicht nachzufragen und einfach den fliegenden Händen zu folgen.

»Ein Steinblock, er war etwa so groß.« Anna hob den Arm über den Kopf.

Maria nickte.

»Einfach ein Steinblock. Er war massig und schön und er bedeutete nichts. Einfach magisch«, murmelte Anna.

»Welcher Künstler?«, fragte Maria.

»Weiß ich nicht. Kenne ich nicht.«

»Erzähl weiter«, bat Maria.

»Er sah weich aus, trug alle Formen in sich.«

Maria fragte nach Farbe und genauer Form, und Anna antwortete ungeduldig.

»Weiß. Wunderschön weiß. Ein Steinblock, Mama«, sagte sie. »Eckig, aber abgerundet, weich, habe ich doch schon gesagt.«

»War es Stein?«, fragte Maria.

»Ja, habe ich doch gesagt.«

Anna legte die Hände auf den Tisch. Dort blieben sie, griffen dann das Weinglas, und Anna trank es leer.

»Von wem die Skulptur wohl war?«, fragte Maria wieder.

»Keine Ahnung«, sagte Anna genervt.

»Ein slowenischer Künstler?«

»Mama, ich weiß es nicht.« Noch genervter.

»Wo ist das Museum?«

»Ich weiß es nicht.«

»Verstehe«, sagte Maria. Es war schwierig, Anna zu verstehen. »Noch ein Glas?«

»Nein, danke. Ich bin echt müde. Ich bin den ganzen Tag gelaufen. Lass uns hochgehen«, sagte Anna, aber Maria winkte dem Kellner und er brachte ihr ein weiteres Glas Wein. Die leeren Gläser räumte er ab, brachte einen frischen Aschenbecher, noch mal Oliven.

Anna hatte eigentlich noch nie gerne Fragen beantwortet, hatte nur Maria und Georg mit Fragen gelöchert. Das tat sie schon lange nicht mehr. Weil sie keine Fragen mehr hatte oder weil sie nicht glaubte, dass Maria sie beantworten konnte.

»Das Museum hatte diesen Innenhof«, begann Anna noch mal. »Er lag irgendwie erhöht und zugleich tief in den Mauern. Davor waren Touristen und die Stadt, deren Lärm ich hörte; und drinnen, wie im Bauch dieses Gebäudes, war nur ich. Verrückt, oder?«

»Ja«, sagte Maria. »Ist doch toll.«

»Ja. Es war wirklich toll.« Anna strahlte.

»Ist es gut für dich, so allein?«, wollte Maria wissen.

»Es war ein Tag.«

Maria hatte es wieder vergessen, es kam ihr wie eine Ewigkeit vor.

»Ich möchte wirklich allein sein«, sagte Anna.

»Und ich mache mir Sorgen, wenn du so allein unterwegs bist.«

»Mit deinen Sorgen kann ich wirklich überhaupt nichts anfangen.«

»Du bist erst siebzehn«, sagte Maria. »Was soll ich mit meinen Sorgen machen?«

»Behandle mich nicht wie ein kleines Kind, du verdirbst mir den Spaß«, fauchte Anna. »Oder willst du nicht, dass ich Spaß habe?«

Später, im Zimmer, lagen sie wach im Bett, Ljubljana war jetzt vollkommen in Nacht getaucht. Ab und zu bellte ein Hund, fuhr ein Moped vorbei, der neue Tag machte sich sehr langsam bereit. Ein Hauch von Licht kündigte ihn bereits an, und Maria hatte Angst, dass sie ihn nicht aufhalten konnte.

»Hör zu, Anna. Noch darfst du nicht einfach tun, was du willst. Klar?« Maria lag auf dem Bett und rauchte.

Anna saß auf der Fensterbank.

»Nein, nicht klar. Ich habe die gleichen Rechte wie du – ich bin fast achtzehn.«

»Dieselben.«

Anna rollte die Augen. Sie war mit ihren Gedanken

schon fort von hier, bereit, sich mit dem neuen Tag davonzumachen.

Maria wollte sie festhalten. »Ich akzeptiere nicht, dass du dich aus dem Staub machst.« Maria zog das Laken über sich, weil ein plötzlicher Luftzug sie frösteln ließ.

»Warum hast du nichts gesagt? Wir hätten es besprechen können.«

»Du hättest mir verboten, zu fahren«, sagte Anna.

Maria fiel auf, dass im Zimmer kein einziges Bild hing. Die schlaffen Vorhänge neben den Flügelfenstern brachten mit ihrem bunten Druck die einzige Farbe in den weiß möblierten Raum. Vom Bett aus schaute man in das schwarze Loch des riesigen Fernsehers, links daneben führte eine Tür in ein winziges, aber schickes Bad mit imposanter Regendusche. Rechts vom Bett lag das tiefe Fenster, vor dem Anna auf der Fensterbank saß.

»Ja, ganz genau«, antwortete ihr Maria.

»Eben. Und ich will diese Reise jetzt machen.«

»Andere machen diese Dinge nach ihrem Abitur.«

»Ich will es aber jetzt machen. Du hattest übrigens auch kein Abi, als du weg bist.«

»Anna, mein Leben ist nicht dein Totschlagargument. Mein Leben ist mein Leben.«

»Du regst mich so auf.«

»Georgs Geld ist eigentlich für andere Dinge gedacht«, sagte Maria scharf und zündete ein weiteres Zigarillo an.

»Du wusstest doch gar nichts von dem Geld. Also weißt du auch nicht, wofür es gedacht ist«, sagte Anna.

Anna drehte sich eine Zigarette. »Ich kann mir gut vorstellen, dass es genau für so etwas gedacht ist.«

»Du rauchst?«, fragte Maria erstaunt.

»Ja, was dagegen?« Anna leckte das Papier an.

»Nein. Jetzt sei doch nicht gleich beleidigt.« Maria warf ihr das Feuerzeug zu. »Vielleicht darf man sich noch wundern.«

»Ich bin nicht beleidigt«, sagte Anna genervt, zündete die Zigarette an.

»Du«, begann Anna, fuchtelte aber nur mit den Händen und brach den Satz ab.

»Was denn? Sags ruhig.« Maria blies Rauch an die Decke.

»Du fährst mir in einer Kamikazeaktion hinterher. Zwingst mich, mit dir in einem Bett zu schlafen und mitten in der Nacht dieses Gespräch zu führen.«

Anna schnaufte, seufzte und verlor sich kurz in Gedanken.

»Zwingen ist wohl etwas übertrieben. Ich hab ein Doppelbett, und du sparst Geld.«

»Du bist anstrengend«, sagte Anna müde.

»Ich habe mir Sorgen gemacht. Ich dachte, du bist in deinem Zimmer, Lucia hat keinen Piep gesagt. Was dachtest du denn, wie ich darauf reagiere?«

»Ich hab nicht damit gerechnet, dass du mir gleich hinterherfährst. Das ist schon etwas dramatisch, wenn ich ehrlich bin.«

»Ich weiß wirklich nicht, was ich sonst hätte tun sollen.«

»Vielleicht hätte es telefonieren getan?«

»Ich konnte dich nicht erreichen.«

»Ich habe dir doch geschrieben. Und wenn ich die

leiseste Chance gesehen hätte, das mit dir zu besprechen, hätte ich es getan. Glaub mir.«

»Du bist abgehauen, Anna.« Maria begann zu weinen.

»Ich verreise, Mama. Ich mache eine Reise.«

»Nein«, sagte Maria. »Du bist weg, ich weiß es.« Sie schluchzte. »Du bist weg. So einfach.« Sie beweinte den Film, der jetzt im Zeitraffer an ihrem inneren Auge vorbeizog. Ihr Kind, das erwachsen war, den Mann, der tot war, und am Ende das Bild von Lucia, klein auf der Küchenbank.

»Ich bin erwachsen.«

»Weißt du, als du noch sehr klein warst, hast du mal zu mir gesagt, du willst nie wieder was mit mir zu tun haben.« Maria schnäuzte in ein Taschentuch.

»Wahrscheinlich gabs dafür einen Grund«, murmelte Anna. Sie lachte Maria an.

Auch Maria musste lachen. »Bloß welchen?«, fragte sie und zog die Augenbrauen hoch.

»Wann war das denn? Also ich kann mich nicht daran erinnern.«

»Du warst vielleicht sechs Jahre alt.«

»Ich erinnere mich nicht.«

»Als du klein warst, hast du dich an alles erinnert«, sagte Maria vorwurfsvoll. Du hattest einen –«

»Schrank im Kopf«, beendete Anna den Satz. »Ich weiß. Er ist weg.«

»Du warst so wütend.«

»Vielleicht musst du das kleine Kind, das ich war, nicht ganz so ernst nehmen?«

»Das wäre eine Möglichkeit, aber ich habe dich immer

sehr ernst genommen«, sagte Maria. »Du warst ein sehr weises Kind.«

»Ach.«

»Ja, wirklich. Du wusstest, was gut ist für dich.«

»Na also.«

Sie schwiegen.

»Weißt du«, sagte Maria nach einer Weile, »das Leben erstaunt mich.«

»Wie meinst du das?«

»Ich habe nicht damit gerechnet, dass Georg stirbt.«

»Warum solltest du auch damit rechnen?«, fragte Anna.

»Das verwirrt mich. Vielleicht sollte man im Leben mit allem rechnen«, sagte Maria. »Aber das kam mir wirklich gar nicht in den Sinn. Das ist doch komisch, findest du nicht?«

»Ich weiß nicht«, sagte Anna. »Eigentlich nicht.«

»Ich hatte immer nur Angst davor, dass ich sterben könnte. Nicht, weil ich Angst vor dem Tod habe. Ich hatte Angst, nicht bei dir sein zu können, dir nicht sagen zu können, was ich dir noch sagen will. Dir nicht mitgeben zu können, was ich dir unbedingt mitgeben muss.«

»Und was ist das?«, fragte Anna.

»Vier Dinge«, sagte Maria.

»Ich höre«, sagte Anna.

»Ja, hör gut zu!«

»Ist gut.«

»Sei du selbst. Lebe furchtlos. Du bist großartig. Ich liebe dich.«

»Ach Mama, jetzt lass uns endlich schlafen.«

»Merk dir das.«

Anna wischte sich die Augen. »Das sagst du mir und zerrst mich gleichzeitig nach Hause? Das macht keinen Sinn.«

»Ist ja alles nicht so leicht. Nein, ich zerre dich nicht nach Hause. Ich habe dich schon verstanden.«

»Ich will weg von dir«, sagte Anna ruhig. »Diese Melancholie in unserem Haus ist unerträglich.«

»Ach. Und Jugoslawien zu bereisen ist nicht melancholisch?«

»Ex. Nein. Was soll daran melancholisch sein?«, fragte Anna erstaunt.

»Nun gut.« Maria fasste sich, schnäuzte sich wieder die Nase. »Ganz wie du meinst.«

Anna warf den Rest ihrer Zigarette aus dem Fenster und ging zwischen Bett und Fernseher ins Bad. Maria hörte Wasser, die Klospülung, dann kam Anna zurück und legte sich ins Bett neben Maria.

»Ich will jetzt schlafen.« Sie machte die Augen zu und rollte sich weg.

»Ja.« Maria schnäuzte sich noch mal. »Was hast du denn jetzt vor?«, sagte sie in einem sachlichen Ton.

»Schlafen!«

»Letzte Frage.«

Anna seufzte. »Auf jeden Fall die Hauptstädte sehen. Und ans Meer. Split natürlich. Vielleicht bis Dubrovnik«, sagte Anna, ohne sich umzudrehen.

»Fährst du ins Dorf?«, fragte Maria Annas Rücken.

»Eher nicht.« Anna überlegte. »Nee.«

»Stimmt. Die Mission ist Lebensfreude.« Maria musste glucksen.

»Ich glaub, da traue ich mich nicht hin«, sagte Anna ernst.

»Echt?«

»Was soll ich denn da. Da ist ja keiner.«

»Stimmt.«

»Ich sehne mich nach Freiheit«, sagte Anna. Sie drehte sich doch noch mal um. »Ich will einfach mal raus. Ans Meer.« Die großen Augen waren nun weit geöffnet und blickten Maria an. »Das verstehst du doch.«

»Bedeutet Freiheit nicht, alle Möglichkeiten zu haben?«, fragte Maria.

»Ich habe absolut keine Ahnung. Unser Leben ist eng geworden.«

»Wie meinst du das? Ich enge dich ein? Ich dachte eigentlich, ich gebe dir so viel Raum, wie ich eben kann.«

»Ach, ich weiß auch nicht. Georg ist weg. Das ist unerträglich. Baba ist jetzt da.«

»Ja.«

»Und du klammerst an mir. Hältst mich in einer Art Würgegriff.«

Im Bad stotterte die Lüftung.

»Würgegriff. Meine Güte, Anna! Ich hab dich doch den ganzen Sommer in Ruhe gelassen, hab dich von der Schule befreit.«

Maria ging jetzt ins Bad, ohne die Tür zu schließen oder Licht zu machen. Sie ließ Wasser durch das Klo rauschen und kam eilig zurück.

»Du willst, dass ich zum Psychologen gehe. Dieser Terror mit der Schule. Ich muss aus der Schule raus, ich kriege da keine Luft.«

»Das verstehe ich nicht. Du weißt gar nicht, was für ein behütetes Leben du hast.«

»Vielleicht muss genau das jetzt ein Ende haben.«

»Viele Menschen würden dein Leben als sehr frei bezeichnen.«

»Ist es nicht die Voraussetzung für Freiheit, seine Identität zu finden?«

»Ich weiß gar nicht, was das sein soll. Identität«, sagte Maria.

»Es ist nicht möglich, sich von allem zu befreien. Aber sich etwas zu befreien, ist das nicht auch schon gut?«

Beide dachten eine Weile nach. In der Gasse begegneten sich Stimmen und verstummten wieder. Maria hörte das schleifende Geräusch eines Strohbesens.

»Was ist eigentlich genau dein Problem?«, fragte Anna.

»Ich frage mich, warum du orientierungslos bist.«

Anna blieb ruhig und wartete auf mehr.

»Du machst eine Reise in meine Vergangenheit. Das gefällt mir nicht. Warum reist du nicht woandershin? Warum nicht irgendwas mit Zukunft. Abitur. Studium.«

»Ich will mir anschauen, wo ich herkomme.«

»Du kommst aus Bayern.«

»Ich will schauen, ob dieses Land irgendwas in mir berührt. Eine Saite in mir zum Schwingen bringt.«

Maria sprang plötzlich auf, stellte sich im Bett auf und schwenkte ihre Arme auf und nieder. Sie fixierte Anna, riss die Augen auf, zog eine Grimasse. Laut rief sie: »Was für ein Vogel bin ich?«

Anna versuchte, sie ins Bett zu ziehen. »Nicht so laut, du weckst das ganze Hotel.«

»Was für ein Vogel bin ich«, rief Maria etwas leiser.

»Ein verrückter«, sagte Anna. Sie versuchte noch mal, Maria runterzuziehen. »Ist nicht witzig.«

Maria machte sich los. »Ich meins ernst. Sag mir, was für ein Vogel ich bin. Los.«

»Ein Adler, Mama, das weißt du doch.« Anna machte eine beschwichtigende Handbewegung.

»Richtig.« Maria ließ sich zurück in die Kissen fallen, zog das Laken wieder über sich.

»Du bist peinlich.«

»Ich bin ein Adler.«

»Ist ja gut«, sagte Anna. »Beruhig dich.«

»Gib mir bloß Bescheid, wenn deine Saite schwingt«, sagte Maria.

»Mach dich nicht lustig.« Anna warf ihr Kissen nach Maria.

»Mache ich nicht.« Maria warf es zurück.

»Gut«, sagte Anna und legte den Kopf auf das Kissen, schloss die Augen.

»Ich wollte von da weg, du willst genau dort hin«, sagte Maria. »Sind wir Gegensätze?«

»Wir sind unterschiedlich«, sagte Anna schließlich. »Akzeptier das doch einfach.« Sie drehte sich weg. »Und mach das Licht aus«, sagte Anna.

Maria drückte den Lichtschalter neben ihrer Bettseite und das Zimmer wurde dunkler. Sie saß ganz ruhig im Bett, blies den Rauch in die Dunkelheit und löschte dann ihr Zigarillo im Aschenbecher neben sich. Gleich darauf sprang sie erneut auf und rüttelte Anna. »Nein. Stopp. Hier wird nicht geschlafen.«

»Was? Lass mich«, stöhnte Anna. »Ich schlafe schon.«

»Du willst, dass ich morgen früh wieder fahre?«

»Ja!«

»Dann musst du jetzt mit mir raus. Ich habe noch nichts von dieser Stadt gesehen.« Maria war aufgeregt. Sie kramte eine Hose aus ihrer Tasche, zog sie an, verschwand kurz im Bad, um die Haare neu aufzustecken, die Zähne zu putzen, Lippenstift und Kajal nachzuziehen.

»Eine Nacht in einer Stadt, die die Geliebte heißt – da werde ich jetzt nicht schlafen«, rief sie Anna zu. »Komm schon. Ich war noch nie hier.« Maria zog Anna das Laken weg und warf ihr ihre Hose zu.

»Ich sterbe«, sagte Anna.

»Ja, ja, nun mach schon. Wir haben nicht mehr viel Zeit.«

Sie fanden einen Imbiss, der schon oder noch immer geöffnet hatte, und tranken einen Kaffee. Dann liefen sie los. Als sie über den Vorplatz des schlafenden Doms spazierten, nahm Maria Annas Hand und hielt sie fest. Ohne den Weg zu kennen, spazierten sie durch die kleinen Straßen der Stadt und kamen schließlich zur Ljubljanica. Sie begleiteten das Wasser vom Ufer aus und gelangten an einen kleinen Sandstrand, wo ein paar junge Leute im Kreis saßen, Bier tranken, sangen und Gitarre spielten. An einen knorrigen Baum gelehnt saß ein alter Mann mit weißem Haar. Er hatte nur ein Bein, wiegte den Oberkörper zur Musik, sprach mit einem Geist. Er trank Wein aus einem Karton, Katzen spazierten lautlos vorbei. Sie zogen die Schuhe aus und ließen sich etwas abseits in den Sand fallen, lauschten dem Gesang und dem stillen Fluss, sahen dem Wasser nach, Bierflaschen klirrten und Vögel flatterten auf, als der Mann sich auf seinen Krücken auf den Weg machte. Er nickte kurz in ihre Richtung, eine Zigarette in den Mundwinkel geklemmt, humpelte er davon.

»Er heißt der Fluss der sieben Namen«, erklärte Maria, »weil dasselbe Wasser sieben Namen trägt. Als Ljubljanica fließt es ein paar Kilometer weiter in die Save und nimmt seinen Weg durch die Länder, die Hauptstädte, erreicht in Belgrad die Donau und weiter geht es, bis zum Meer.«

»Was du nicht alles weißt«, sagte Anna spöttisch.

Maria zog einen Reiseführer aus der Tasche. »Hab ich am Bahnhof gekauft.«

»Gemütlich ist sie«, sagte Anna und warf einen Stock ins Wasser. Langsam trug die Ljubljanica ihn fort, bis zur Save, bis zum Meer.

»Es ist überhaupt sehr schön hier«, sagte Maria.

»Ja, finde ich auch«, sagte Anna.

Sie beobachteten die Musikgruppe, die ihr Lager abbrach. Sie umarmten sich, klemmten die Gitarren unter den Arm und gingen Arm in Arm davon. Erste Fahrräder fuhren vorbei. Mopeds knatterten. Und dann ging die Sonne auf.

»Unjugoslawisch«, sagte Maria.

»Wenn du meinst«, sagte Anna. »Es ist einfach, wie es ist. Eine richtig nette Stadt, klein, aber lebendig.«

»Eher österreichisch.«

»Okay.«

»Georg war schon mal hier, vor vielen Jahren. Bevor wir uns kennenlernten. Sicher saß er auch hier am Wasser und bekam vielleicht auch Sehnsucht nach dem Meer. Und da haben wir uns dann getroffen.«

»Manche sagen, das Leben ist spiralförmig«, sagte Anna. »Das habe ich gelesen. Wie kreisförmig einen Berg hinauf. Derselbe Punkt, aber dann immer wieder eine andere Aussicht.«

»Wie hieß denn das Buch?«, fragte Maria.

»Warum?«

»Klingt«, Maria zögerte, »interessant.«

Anna warf Steine ins Wasser.

»So graben wir uns in das Leben hinein?«

»Eher in die andere Richtung«, sagte Anna. »Aus dem Leben heraus, mit immer besserer Sicht. Und freierem Blick.«

»Ja«, sagte Maria. »So ist es.«

»Deine Berge werden nicht dieselben sein«, sagte Anna. »Du bist jetzt eine andere.«

»Ich will nicht ohne Georg weitermachen«, sagte Maria. »Es macht mir Angst. Hier, schenk ich dir.« Sie warf Anna den Reiseführer zu.

»Komm, gehen wir noch ein bisschen.« Anna zog sie hoch.

Ljubljana war jetzt von der Morgensonne beleuchtet. Sie spazierten über die Brücken der Ljubljanica, vorbei an den Drachenstatuen, an den Cafés, wo die Terrassen geöffnet wurden. Duftendes Brot wurde ausgeliefert, Radiomusik wehte durch die Straßen und ein Wind, der die alte Reklame an den Hauswänden zum Flattern brachte. Der Wind erfasste auch einen roten Ballon und trug ihn fort. In ihrem Kopf hörte Maria ein Kinderschreien. Sie blickte sich um, aber kein Kind war zu sehen. Der Ballon war längst vergessen und Maria wurde traurig.

»Glücklich sein ist echt anstrengend«, sagte Maria.

»Quatsch«, sagte Anna. »Traurig sein ist anstrengend.« Sie hakte sich bei Maria unter. An einem offenen Fenster stand eine Frau mit einem bunten Kopftuch und goss ihre üppigen Geranien. Das Wasser tropfte zu ihnen hinunter, die Frau grüßte freundlich. Sie liefen unterhalb der Burg entlang, die auf die Stadt blickte, über das Pflaster der Altstadt, vorbei an unzähligen Kirchen. Tauben stoben auf, als sie einen Platz überquerten, und als die Glocken läuteten, kehrten sie für ein kurzes Frühstück in ihr Hotel zurück.

Anna brachte Maria zum Bahnhof, und sie verabschiedeten sich etwa an der Stelle, an der sie sich vor nicht mal einem Tag getroffen hatten.

»Unaufhörlich kommt ein neuer Tag«, murmelte Maria und nahm Anna in den Arm.

»Was sagst du?«

»Ach nichts. Ich liebe dich.« Maria verwuschelte Annas Haar, umarmte sie nochmals.

»Ich liebe dich auch.«

»Lass mal von dir hören. Und vergiss nicht, Lucia eine Karte mit ihrer heiligen Madonna drauf zu schicken.«

»Ach komm.«

»Nein, das ist wirklich wichtig. Er bedeutet ihr viel, der Ort. Sie ist dort mal barfuß hingepilgert. Sie würde sich so freuen. Sie liebt die Madonna von Sinj.«

»Aber ich fahr doch gar nicht nach Sinj.«

»Wer weiß.«

»Was soll ich denn da?«

»Die gibts sicher auch in Split. Machs einfach.«

»Ja, mach ich.«

»Gut. Mir kannst du auch eine schicken.«

»Ja. Mach ich! Auch mit Madonna?«

»Klar.« Maria musste lachen.

»Gut.«

»Tschüss.« Anna wandte sich zum Gehen, aber Maria hielt sie noch fest.

Maria dachte an das Dorf, wo kein Bus fuhr, kaum ein Fahrrad. Der Bahnhof war eine Verheißung gewesen.

»Ich wünsche dir eine tolle Reise. Es wäre schöner, wenn ich mich nicht so schrecklich um dich sorgen würde.«

»Mach dir keine Sorgen, ich melde mich.«

»Zwei Wochen, Anna.«

»Ja. Ist gut.«

»Sretan put.«

Jetzt machte Anna sich auf den Weg.

»Und wenn was ist, ruf mich an, dann komme ich«, rief Maria und sah Anna nach. Anna hob nur kurz die Hand. Die Bewegung konnte »Untersteh dich« heißen oder »Sehr witzig« oder gar nichts. Anna war schon fort. Maria machte einen ersten Schritt ohne Anna und blieb stehen. Was würde passieren, wenn sie einfach hier stehen blieb, weil sie nicht wusste, wohin sie gehen sollte. Maria überlegte. Ganz plötzlich wurde sie unruhig. Den Weg zum Gleis ging sie in eiligen Schritten.

HERBST

5

Maria war bei der Arbeit in ihrem Atelier. Sie hatte die Verandatür geöffnet und hörte drüben im Haus das Telefon klingeln. Seit Anna fort war, bewachte Lucia das Telefon, doch diesmal dauerte es, bis sie abnahm. Maria unterbrach die Arbeit, ging auf die Veranda und stieg die Treppe zum Hof hinab, um Lucia die Stufen zu ersparen und auch weil sie nicht wollte, dass sie in die Werkstatt kam. Lucia reichte ihr das Telefon. Es war Anna. Sie war nach ihrer Reise nach Hause gekommen, aber nicht lange geblieben. Sie machte jetzt ein Praktikum bei einem kroatischen Kulturverein in Berlin und rief nur selten an. Maria setzte sich auf die Treppe und zog die Strickjacke zu. Es fühlte sich plötzlich herbstlich an.

»Mama?«, kam die vertraute Stimme aus dem Telefon.

»Wie geht es dir?«, fragten sie gleichzeitig.

»Gut«, sagten beide.

»Was machst du so?«, fragte Anna.

Maria überlegte, schaute über den Garten. Sie hatte keine Neuigkeiten.

»Ich habe aufgehört zu rauchen.«

»Ehrlich?« Anna war überrascht.

»Ich schwöre.«

»Nein! Wann?«

»Gestern.«

»Sehr witzig«, sagte Anna genervt. »Und wann fängst du wieder an? Morgen?«

»Nein, im Ernst, ich dachte, jetzt, wo keiner mehr da ist, den es stört, kann ich auch aufhören.« Maria lachte.

»Und Baba?«

»Sie stört es nicht.«

»Ich meinte eigentlich, wie es ihr geht.«

»Gut.

»Dann ist ja gut.«

»Ja.«

»Und das mit dem Rauchen meinst du ernst?«

»Auf jeden Fall.«

»Was würde der berühmte Großvater nur dazu sagen? Ich kann es nicht glauben!«

»Er darf es nicht erfahren. Und sonst?«

»Ich kann am Wochenende nicht kommen«, sagte Anna, und Maria sah die ersten Blätter fallen. Sie zog die Beine an und die Strickjacke bis zu ihren nackten Füßen. Sie fror.

»Und zur Ausstellung?«, fragte Maria und blickte auf das zitronengelbe Laub auf dem Rasen. »Kommst du?«

»Ich weiß es noch nicht.«

»Es sind ja auch noch ein paar Wochen«, sagte Maria.

»Ja. Wie läuft es denn?«

»Ich war ein paar Mal kurz davor, alles gegen die Wand zu schmeißen. Aber das meiste ist toll geworden. Ich habe so eine Art neuen Stoizismus entwickelt.«

»Aha.«

»Stoizismus«, wiederholte Maria glücklich.

»Gib doch nicht so an.«

»Ich liebe die deutsche Sprache.«

»Das ist Griechisch.«

»Liebe ich auch.«

»Nie gehört.«

»Das Wort solltest du aber kennen.«

»Ach was, wir sind Ausländer.«

»Darauf solltest du dich nie ausruhen, Anna. Nie. Außerdem wirst du damit nur schwer durchkommen. Du bist nur eine halbe, außerdem aus Bayern. Vergiss es.«

Anna lachte.

»Es wäre toll, wenn du zur Eröffnung kommst«, sagte Maria ernst und schluckte. Ein Zigarillo wäre jetzt schön, dachte sie.

»Ich versuchs. Ich sag dir Bescheid. Wie lange läuft die Ausstellung?«

»Vier Wochen.«

»Okay. Das ist gut. Arbeitest du viel?«

»Die ganze Zeit.«

»Und was macht Baba?«

»Backen. Wir essen wahnsinnig viel Brot.«

»Gibt Schlimmeres.«

»Wir trinken viel Rotwein. Lucia erzählt mir dann Familiengeschichten. Ich verliere gerade etwas den Überblick.«

»Wie meinst du das?«

»Es ist das erste Mal seit meiner Kindheit, dass sie so nah und so viel bei mir ist, und plötzlich ist sie auch noch aus ihrem großen Schweigen rausgefallen. Sie erzählt gerade unheimlich viel. Und doch so vieles auch nicht. Dazu die Arbeit, die ich gerade mache.« Maria hielt inne.

»Gehts ihr denn gut?«, fragte Anna, ihr Tonfall wechselte, sie klang jetzt besorgt.

»Ich denke ja. Sie ist gesund. Sie vermisst dich natürlich.«

»Ich weiß.« Anna seufzte.

»Du warst lange nicht da.«

»Ich weiß das.«

»Machst du eigentlich noch deinen Kurs?«, fragte Maria. Sie sah Lucia in der Küche hin und her laufen. Wahrscheinlich putzte sie wieder die Töpfe und räumte die Schränke auf.

»Klar«, sagte Anna. »Er ist rappelvoll. Beim ersten Termin dachte ich, ich hätte mich in der Tür geirrt.« Anna lachte. »Ich bin erst weitergegangen, weil ich dachte, ich wäre im Englisch- oder Spanischkurs gelandet.« Maria spürte etwas Kantiges in ihrer Tasche und holte ihre Zigarillodose samt Streichhölzern hervor. Sie klemmte das Telefon ein, entzündete ein Streichholz und steckte ein Zigarillo an, blies lautlos den Rauch aus.

»Und wer sitzt da so?«, fragte sie.

»Fast nur Frauen. Deutsche.«

»Und das in Berlin. Wo kommen die denn her?« Fast musste Maria husten.

»Sie haben kroatische, serbische oder bosnische Männer. Also mich hat das erstaunt. Hier gibt es total viele gemischte Ehen.«

»Meinst du das jetzt ernst?« Maria nahm einen tiefen Zug.

»Ich hab einfach was von meinem bosnischen Freund erzählt.«

»Bosnisch also«, sagte Maria ernst.

»Ich werde ihn mir noch suchen, Mama.«

Maria wollte die Hand nach Anna ausstrecken und griff den Hörer fester.

»Ich habe damals gedacht, das alles hat nichts mit uns zu tun«, sagte Maria, schnippte Asche ab. Beobachtete, wie das Zigarillo glomm. »Vielleicht hätte ich dich doch zum muttersprachlichen Unterricht schicken sollen«, überlegte sie laut.

»Es hat alles mit uns zu tun«, antwortete Anna. »Ich quäle mich durch die Grammatik.«

»Die Grammatik kann ich auch nicht.«

»Darum gehts nicht.«

»Und Lucia erst recht nicht. Was ist das überhaupt? Was zum Essen?«

»Ich muss sie jetzt lernen.«

Maria überhörte den Vorwurf. »Tja. Da kann man nichts machen. Und wie läuft das Praktikum so?« Sie bemühte sich um einen lockeren Ton.

»Es macht Spaß.«

»Werden sie dich bezahlen?«

»Es ist ein Kulturverein, Mama.«

»Ja, das sagtest du schon – und?«

»Nein, werden sie nicht, aber vielleicht gibt es die Option, auf Honorarbasis mitzuarbeiten.«

»Hm.«

»Es gefällt mir wirklich gut. Ich kann meine Sprachkenntnisse verbessern.«

»Na dann.«

»Ich finde schon noch einen richtigen Job. Das ist nicht so einfach und das Praktikum ist spannend.«

Maria schwieg.

»Dass du immer einfach nichts sagst, wenn ich was gut finde«, zischte Anna. »Dabei weißt du gar nicht, was sie machen.«

»Es tut mir leid. Ich weiß es ungefähr.«

»Du sollst es aber genau wissen.«

»Also, was machen sie denn genau?«

Wütendes Schweigen schwappte durchs Telefon.

»Erzähl es mir.«

»Sie arbeiten hauptsächlich mit Frauen, die im Krieg schwere Traumata erlitten haben. Gerade proben sie ein Theaterstück.«

»Das ist sicher interessant«, sagte Maria vorsichtig.

»Freust du dich nicht, dass ich mich für Kunst interessiere?«, fragte Anna spitz.

»Doch«, sagte Maria.

»Oder glaubst du nicht, dass Kunst etwas für mich ist?«

»Klar, natürlich.«

»Was ist es dann?«

»Es ist kein einfacher Weg«, sagte Maria und drückte das Zigarillo aus.

Sie löste ihr Haarband und schüttelte ihr langes Haar aus, das immer noch dunkel, fast schwarz war und ihr über die Schultern fiel. Mit den Fingern fuhr sie hindurch wie mit einem Kamm und zwirbelte dicke Strähnen um den Zeigefinger. Sie sah ihr Spiegelbild verschwommen in der Zigarillodose, die sie auf ihren Knien balancierte.

Sie betrachtete gerne Menschen und suchte nach Eigenheiten und Besonderheiten und nach der Zeit. Nach tiefen Furchen zwischen den Augenbrauen, Haaren in Nasenlöchern, Muttermalen, Narben, Warzen, aufgeplatzten Äderchen, grünen Augen, blauen, braunen, müden, wachen, abgekauten Fingernägeln, Pickeln, Herpes, Buckeln und den ersten grauen Haaren, den feinen Falten um die schönen Augen einer Mutter, den dunklen Schatten, die von der Verletzlichkeit erzählten, von der Erschöpfung, die tief unter die Haut ging, den dunklen Adern, die wie eine zweite Haut aus dünnen Ästen auf Lucias Händen saßen, und sie betrachtete jetzt ihre eigenen Hände, die kräftig waren, durch ihre Arbeit, rot, rau und rissig, trockener Ton klebte auf ihren Fingern und Handflächen. Sie mochte die Male, die das Leben auf ihrem eigenen Körper hinterließ, die Narben auf den als Kind immer aufgeschlagenen Knien, gerissenes Gewebe auf ihrem Bauch, die eine Brust, die größer war als die andere, der leicht schiefe Mund, die Muttermale, die sich über den ganzen Körper ausbreiteten, Falten, die wie hauchdünne Fäden ihr Gesicht durchzogen, den Hals, das Dekolleté, bis ganz hinunter zum Damm, der bei Annas Geburt aufgerissen war. Woraus sind wir nur gemacht?, hatte Anna als Kind gefragt.

»Ich glaube, ich fange doch wieder an zu rauchen«, sagte Maria und öffnete die Dose ein weiteres Mal. Der Nacken schmerzte, weil sie das Telefon zwischen hochgezogener Schulter und Ohr eingeklemmt hatte, sie wechselte die Seite.

»Mach, was du willst«, antwortete Anna. »Es ist völlig egal.«

»So egal nun auch nicht. Das Leben ist kurz.«

»Ja, ja. Oder lang. Gib mir lieber mal Baba.«

Maria machte sich auf den Weg in die Küche.

»Bis bald, mein Schatz«, sagte sie und reichte Lucia das Telefon.

Maria ging in die Werkstatt zurück, das Gespräch und Annas Stimme im Ohr. Und das Geräusch, als zöge sie ein Telefonkabel hinter sich her. Sie ging langsam die Verandatreppe hinauf und versuchte, die Tür zu schließen, aber sie klemmte und ging nicht mehr zu. Sie blickte auf den Ton, schnitt immer neue Blöcke entzwei, warf sie mit großer Wucht auf den Arbeitstisch, damit die Luft aus dem Ton hinausging, aber dann ließ sie ihn vertrocknen. Maria zerrieb das Wort Trauerarbeit zwischen den Händen. Wut stieg in ihr auf. Die Trauer war eine harte Nuss. Alles war zu Bruch gegangen.

Was schließlich entstanden war, als Maria die Scherben neu zusammengesetzt hatte, sah nicht nach Arbeit aus: Von der Decke baumelte eine Lampe wie eine goldene Krake, die aus unzähligen kleinen Stücken gefertigt war, es gab Vasen, Skulpturen und unsymmetrische Schalen. Gerade arbeitete sie an einer weiteren krakenartigen Skulptur, die so groß geworden war, dass es schwierig sein würde, sie aus der Werkstatt zu schaffen. Sie nahm fast den ganzen Raum ein und war so hoch, dass Maria stehend unter ihr Platz fand.

Ihr Atelier hatte sich in eine Höhle verwandelt mit Dingen, die sie als Kind gerne betrachtet hätte. Vielleicht hatte die Brunnenhexe ihrer Kindheit, die gefürchtete

Baba Roga, sie doch noch inspiriert. Gruselgeschichten, die genauso wie die Moral und die Scham dazu dienten, die Kinder zu zähmen. Maria zog einen Stuhl heran, setzte sich vor ihren Brennofen und wartete. Plötzlich sang die Nachtigall, lange hatte sie sie nicht gehört. Mitten am Tag. Der neue Brennofen war tückisch. Maria betrachtete die aufgeplatzte Oberfläche einer Schale und ihre veränderte Farbe, die sie jetzt an eine Schädeldecke erinnerte. Früher wäre diese Schale für sie unbrauchbar gewesen, jetzt fand sie immer mehr Gefallen an ihrer unvollkommenen Haut. Sie durchdachte die Stunden, die sie daran gearbeitet hatte, dass es fast unmöglich gewesen war, die Farbe auszuwählen, wie diese schließlich vom Pinsel über den Ton gelaufen war und es sich angefühlt hatte, als liefe die Farbe aus ihr selbst heraus. Sie hob ein paar Scherben vom Boden auf und bemalte sie für einen weiteren Brenngang. Maria schaltete den Ofen an, dann berührte sie die Lampe und ließ sie leise klirren.

Arbeit war immer das Wichtigste gewesen, dort und hier. Maria dachte an ein Wort, das sie hier so gerne verwendeten, aber nur für die anderen: Landsleute. Sie dachte an ihre Landsleute und formte eine neue Skulptur. Sie hatten dort geschuftet und dann hier, angetrieben von der Aussicht auf ein besseres Leben. Später hatten sie Häuser in ihrer Heimat gebaut, die das Geld verschlangen wie gefräßige Tiere, und es reichte nie. Sommer für Sommer hatten sie die Häuser gefüllt: mit Töpfen, Geschirr und Besteck, mit Topflappen und Küchentüchern, mit Hausrat aller Art, der aus ihren Mündern klang wie Hausrad, ein Hausrad, das sich drehte und drehte. Nur: Die Häuser mit Leben zu füllen, das war ihnen nicht gelungen, weil das Leben anderswo war. Die Schnallen der Lederkoffer sprangen mit einem Schnalzlaut auf, darin handgearbeitetes Rosenbaum-Besteck, bis heute und bis in alle Ewigkeit unbenutzt. Weil es heilig war und zweitausend Deutsche Mark gekostet hatte. Die guten Tassen, Untertassen, Teller, Schalen, Schüsseln und Kristallgläser wurden in Schrankvitrinen ausgestellt und so sorgsam abgestaubt, dass alle Teile heil blieben, für die Zukunft, die sicher eines Tages kommen würde. Ihren Kaffee tranken sie lieber aus den Tassen mit dem dicken Rand und dem kleinen Sprung, die in dem Holzregal in der Küche standen, das richtige Leben hatten sie sich noch aufbewahrt.

Sie wollten nicht lange bleiben. Doch das Nichtlange hatte sich ausgedehnt. Im Nichtlange wollten sie niemandem zur Last fallen und nicht auffallen. Sie waren da und nicht da und man konnte sie mühelos übersehen. Mitten im Nichtlange waren Mütter, die ihre Kinder alleine zu Hause lassen mussten, weil es weder für die Früh- noch für die Spätschichten Kinderbetreuung gab. Mütter, die in der ersten Frühstückspause nach Hause eilten, um ihre Kinder aus den Betten zu holen, anzuziehen, sich mit ihnen auf den Weg zum Kindergarten zu machen, der endlich öffnete. Mütter, die während der Arbeit nach Hause hetzten, um nach ihren Kindern zu sehen, die allein in den Laufställchen spielten, während sie in Restaurantküchen Gemüse und Teller schrubbten. Mütter, die einsam waren.

Viele Babys und kleine Kinder hatten ihre erste Lebenszeit nicht bei den Eltern, sondern bei den Großmüttern in den Dörfern der Heimatländer verbracht. Das machen doch alle so, erklärten sie ihrer Seele, die den Schmerz für eine Zeit versteckte. Später kam die Traurigkeit. Manchmal war es besser, zu schweigen. Das haben doch alle gemacht, dachte Maria, die zur Abendschule gegangen war, die Deutsch gelernt, die gearbeitet und mit Georg ein Haus umgebaut hatte. Und gedacht hatte, dass sie doch ganz anders war als die anderen, weil sie nicht für die Arbeit, sondern aus Liebe gekommen war. Bei ihr war doch alles ganz anders gewesen. Wir haben dich doch nicht weggegeben, Anna. Es war doch nur für eine Weile. Tränen liefen ihr über das Gesicht. Das Haus war nicht fertig, flüsterte sie. Nur ein paar Wochen. Viele Wochen. Bis es mir besser ging. »Essen ist fertig«, schallte es über den Hof. Lucias Stimme riss sie aus ihren Gedanken.

Nachdem Anna abgereist war, hatte es eine kurze Irritation gegeben, aber jetzt saß Maria auf Annas Platz auf der Küchenbank und manchmal, wenn Lucia erzählte, zog Maria die Beine hoch wie Anna und umschlang sie mit den Armen. Lucia saß auf Marias Platz gegenüber. Georgs Platz blieb frei. Es ging nicht anders. Es war Sonntag und zum Mittagessen gab es Wein. Lucias Teller war voll, aber sie verlangte nach Brot.

»Wie in Honduras«, sagte Maria. Das hatte Georg ihr erzählt: In Honduras ging nichts ohne Tortillas. »Was? Keine Tortillas da?«, riefen die Familien, die vor vollen Tellern saßen, und immer rannte jemand los, um sie zu besorgen. Aber Lucia interessierte sich nicht für Honduras, und Georg konnte viel besser erzählen. Wo zum Teufel war Honduras? Still war es ohne Georgs Lachen.

Durch das Fenster sah Maria, dass alle Bäume im Garten über Nacht bunt geworden waren, und sie fürchtete sich vor dem Moment, da die Blätter abfallen würden und sie in ihre kahlen Äste blicken musste. Nur die Weinreben im Hof wuchsen unbeirrt und wollten sich nicht verfärben. Vielleicht wollte der Wein erst die ganze Hauswand hinaufklettern. Er saugte sich mit kleinen Ästchen, die wie winzige Finger mit Saugnäpfen aussahen, an die Mauer. Maria hatte die Pflanze erst in diesem Sommer gekauft und neben Lucias Tür eingepflanzt, aber sie wuchs schnell und hatte fast schon das obere Geschoss, ihre Werkstatt, erreicht. Hatte sie gedacht, Lucia vermisste vor allem den Wein, der vor ihrem kleinen Haus so üppig wuchs und ihr ein schattiges Vordach gewesen war? Dachte sie, Lucia würde sich hier endlich zu Hause fühlen? Deutscher Wein konnte niemals dalmatinischer Wein sein. Und Lucia konnte hier niemals zu Hause sein.

Maria betrachtete Lucia. Sie sah aus wie immer, und Maria dachte, dass sie in Deutschland keinen Tag gealtert war. Sie trug dieselben schwarzen Röcke in mehreren Schichten übereinander, unter denen Anna als kleines Kind stundenlang gesessen hatte, wie sie selbst schon unter dem Rock ihrer Großmutter. Lucia hatte ihren Rock über Anna geworfen, als sei dies ein Großmutterinstinkt. Ein jugoslawischer Großmutterinstinkt, dachte Maria, sie erhob sich plötzlich, beugte sich über den Tisch, nahm das Gesicht ihrer Mutter in beide Hände und küsste ihr Tuch.

»Mach doch nicht so ein besorgtes Gesicht.« Maria küsste ihre Mutter noch einmal. »Du siehst ja ganz zerknirscht aus.«

Lucia legte ihr Besteck neben den Teller und sah verlegen zu Boden.

»Das war ein gutes Essen.« Maria ließ sich zurück auf die Küchenbank sinken.

»Was wird Anna wohl essen?«, fragte Lucia. »Wenn sie keinen hat, der sich um sie kümmert.« Ihr Ton klang vorwurfsvoll.

»Ach mach dir doch nicht die ganze Zeit Sorgen um sie.«

»Sie ist dünn wie ein Stock. Nichts ist an ihr dran.«

»Hast du sie etwa gefragt, was sie isst?«, lachte Maria. Sie öffnete die Tür zum Hof, um frische Luft hereinzulassen.

»Sie ist erwachsen.«

»Ich habe ihr gesagt, dass sie mehr Fleisch essen soll«, antwortete Lucia.

»Sie ist Vegetarierin.«

»Das ist nicht normal«, schnaubte Lucia. »Kein Kind kann ohne Fleisch groß werden.« Lucia begann den Tisch abzuräumen. Sie ließ Wasser ins Spülbecken laufen.

»Bitte benutz die Spülmaschine.« Maria sprang auf, um Lucia vom Spülen abzuhalten, schob sie zur Seite und drehte das Wasser ab. Maria öffnete die Maschine und begann die Teller einzuräumen, die Messer und Gabeln.

»Es ist doch nicht viel«, murmelte Lucia. »Lass mich das schnell machen.« Sie drängelte sich an die Spüle.

»Nein«, zischte Maria. »Wir benutzen die Spülmaschine.« Sie wollte Lucia zur Seite schieben, aber sie stand da wie im Boden verwurzelt.

Ein alter, kleiner, hölzerner Olivenbaum bist du, dachte Maria wütend. Ein uralter.

»Dann nur die Töpfe«, verlangte Lucia.

»Gut. Hier. Spül halt die Töpfe.« Maria schob Lucia die Töpfe so heftig rüber, dass sie ins Spülbecken krachten.

Lucia zuckte kurz zusammen, ließ dann Wasser und eine große Menge Spülmittel ins Becken laufen und spülte unbeirrt. Lucia liebte Topfreinigungsmittel, und Maria wusste nicht, ob es irgendwas in ihrem Leben gab, mit dem sie ähnlich verschwenderisch war, denn Sparsamkeit war ihr oberstes Gebot. Zu Töpfen musste sie eine unergründliche, innige Liebe empfinden. Und sie hatte recht behalten, die Töpfe blieben ihr bis in alle Zeit. Es war eben doch nicht alles vergänglich. Körper mochten verfallen, Töchter verschwinden, aber es gab Dinge, die blieben. Maria setzte Kaffeewasser auf.

»Sie kommt also nicht nach Hause?«, fragte Lucia vorsichtig und so leise, dass Maria sie kaum verstand.

»Das weißt du doch«, sagte Maria gereizt.

»Es ist nicht gut, dass dieses Kind seinen Vater so früh verloren hat.« Lucia schüttelte den Kopf.

»Ja, und ich meinen Mann. Er heißt Georg. Kannst du nicht Georg sagen?« Marias Herz klopfte. Sie nahm das Wasser vom Herd, rührte das Pulver hinein. Der Kaffeegeruch beruhigte sie. »Du machst dir Sorgen, dass sie möglicherweise traurig und mit ihrer Trauer alleine ist.« Sie sprach überdeutlich, als übersetze sie Lucia in eine andere Sprache. Sie stellte die Tassen auf den Tisch. »Darum sorge ich mich auch, aber ich kann es nicht ändern.«

Draußen begann es plötzlich zu regnen. Es war ganz dunkel geworden. Gluckernd lief das Wasser die Regenrinne hinab und im Hof in den Gully. Maria hechtete durch die Küche. Wind und Wasser flogen vorbei, als sie die Tür schloss.

Sie hat mir klargemacht, dass sie hier bei uns nicht zurechtkommt, dachte sie.

»Trink jetzt einen Kaffee«, sagte sie zu ihrer Mutter. Lucia trocknete den letzten Topf.

»Lass jetzt endlich den verdammten Topf und trink Kaffee«, wiederholte sie laut, und diesmal hörte Lucia es.

»Ich habe auch Angst. Ich weiß nicht, was sie tun will, ich weiß nicht, ob ihr der Abschluss fehlen wird, ob sie irgendwas Sinnvolles mit ihrer Zeit anfängt«, sagte sie leise und auf Deutsch. Sie leerte die kleine Tasse. Der Kaffee war stark. »Mein Gott, ich habe panische Angst, auch nur einen Schritt in eine Zukunft zu machen, in der Georg nicht bei mir ist. Anna hat schon recht«, sagte Maria, »ich komme aus der Traurigkeit nicht raus. Und sie kann sich nicht um mich kümmern.«

Lucia spülte jetzt auch die Kaffeetassen.

Regenwasser war in die Küche gelaufen.

6

Auf dem Friedhof fielen die Blätter, die Sonne schien und es war, als könnte man an diesem Tag nicht traurig sein. Maria erinnerte sich an das Glück, als Anna in wehenden Blättern gestanden hatte, vielleicht war sie drei Jahre alt gewesen, sie hatte die Arme in die Luft gestreckt und sich im Blätterregen gedreht, als wäre dies ein Wunder. Sie hatte in den Blätterbergen gestanden, die am Straßenrand aufgetürmt waren, hatte ein Blatt in die Höhe gehalten und gejauchzt: Mama, ich habe ein Blatt gefunden.

Jahreszeiten hatte es auch in Kroatien gegeben, die Blätter fielen auch dort, und Maria hatte ein kroatisches Wort im Kopf, aber es kam ihr nicht leicht über die Lippen: Listopad. Und wie immer musste Maria überlegen, welchen Monat es bezeichnete, weil sie mit den jugoslawischen Monatsnamen aufgewachsen war. Fallende Blätter. Listopad hieß Blätterfall, ein Wort wie Wasserfall, nur schöner, leiser – ein Wort, das vertraut und zugleich fremd war, und das auch auf die Liste der Sehnsuchtsdinge gehörte. Maria verließ den Weg und spazierte über eine Wiese, die mit gelben Blättern gesprenkelt war, sie ging vorbei an Gräbern, die schon in der Stille des Winterschlafs lagen. In Kroatien waren in den letzten Jahren viele Wörter ausgetauscht und durch andere, kroatischere ersetzt worden. Maria fragte sich, was mit verschwundenen Wörtern passierte. Froren sie? Waren sie zu Kristallen geworden? Um den Stamm einer Buche lagen die Blätter wie ein roter See. Maria durchquerte ihn und berührte den Baum mit den Fingerspitzen. Kalt war das Holz und feucht.

»Wo bist du nur«, fragte sie und betrachtete die Wiese unter ihren Schuhen. Georgs Grab. Das Unkraut und die Gräser. Weich wie ein Teppich war die Wiese, aber die Feuchtigkeit zog durch ihre Kleidung und sie bekam kalte Füße. Sie zog die Handschuhe aus den Taschen, steckte die Hände hinein, wickelte den Schal enger. Trat auf der Stelle. Kein Mensch war zu sehen, und sie überlegte, ob sie sich setzen sollte, entschied sich dann dagegen. Sie strich über den Wollmantel; trat weiter auf der Stelle. Der feuerrote Busch neben Georgs Wiese hatte seine Blätter noch nicht verloren. Maria beugte sich vor, zupfte ein Blatt ab. Stupste mit dem Finger die Steine und Muscheln an, die an seinen Wurzeln lagen.

»Du passt zu Georg«, murmelte sie. »Hast dich als Erster verfärbt und schon rot geleuchtet, als alles andere noch grün war, und jetzt wartest du, bis alles andere um dich herum kahl ist, oder was?« Maria zupfte noch ein Blatt ab. »Was bist du nur für einer?«, fragte sie. »Wie heißt du?« Sie blickte sich nach einem Friedhofsgärtner um, aber es war niemand zu sehen. Sie war vollkommen allein.

Sie hatten sich im Herbst kennengelernt, am Meer, wo die Sonne schon eine intensivere Farbe hatte. Da hatte der Monat noch Oktober geheißen, doch die Blätter waren trotzdem gefallen und die kleinen Städte am Meer hatten aufgeatmet, weil der Touristenstrom versiegt war. Der Sommer war vorbei, doch der nächste kam bestimmt und so war die Stimmung fröhlich und in den Cafés gab es auch für Georg und sie Kaffee zu einheimischen Preisen. Sie hatten die letzten Touristen beobachtet, die die Altstadt bewundert hatten und dann mit ihren Koffern zum Flughafen geeilt waren, der heute nicht mehr Aerodrom, sondern Zračna luka hieß. Der Herbst in dieser Erinnerung war warm, aber vergangen. Maria fror und machte sich auf den Weg. Ziellos durchstreifte sie den Friedhof. Sie betrachtete die imposanten Familiengruften, die ihren Glanz lange eingebüßt hatten, und sammelte ein paar Namen aus vergangener Zeit. Sie fühlte sich wohl zwischen den stillen Steinen und in den Geschichten der Ruinen.

Maria blickte an der Steintafel empor, die an einer Gruft befestigt war, und sah dort einen Engel sitzen. Das Bein entspannt über das andere geschlagen. Er hatte keinen Kopf und wachte so über das Grab, auch die rechte Hand fehlte. Ein weiterer Engel, in derselben Pose, blickte von der anderen Seite auf das Grab hinab, er war unversehrt, nur fast hinter dem Baum verschwunden, der aus der Grabmauer wuchs. Bald würden ihn die Blätter der Baumkrone vollständig verschluckt haben. Efeu breitete sich aus. Es wuchs die kleine Stufe hinab, auf der ein steinerner Blumenhalter stand. Regenwasser hatte sich darin gesammelt, eine bräunliche Brühe, in der die ersten Blätter vermoderten, die in diesem Jahr gefallen waren. Maria zog einen Handschuh aus und fasste in das Nass, glitt mit den Fingern den rauen Stein entlang, berührte den gusseisernen Zaun, der die Grabstätte zum Weg hin abschloss. Die Jahre und die Feuchtigkeit hatte ihn rosten lassen und an einigen Stellen grün gefärbt. Sie lehnte sich an den Zaun, der nur wenig Halt gab, und versuchte, die Inschrift an der Mauer zu entziffern. Auch sie war von dichtem Efeu bedeckt, das die Mauer emporkletterte und den nackten Fuß des kopflosen Engels fast erreicht hatte. Einige Steine hatten sich aus dem Mauerwerk gelöst und der Putz war an vielen Stellen abgebröckelt. Sie sah letzte kleine leuchtende Stellen und wusste, dass die Schrift einst goldfarben gewesen war. Hier ruhten sie, sehr lange schon. Sie schloss die Augen. In der Stille war nun Vogelgezwitscher zu hören und hoch über ihr antwortete mit dunkler Stimme eine Krähe. Sie musste im Wipfel einer hohen Tanne sitzen. Krähen merken sich Gesichter, fiel ihr ein, vielleicht hatte der Vogel sie wiedererkannt.

Sie ging ein Stück weiter quer über die Wiese und das feuchte Gras färbte die Spitzen ihrer grauen Lederstiefel dunkel. Sie kam an verlassenen Gräbern vorbei und an verwilderten. Sie mied die frischen, die traurigen. Einige Gräber erzählten, dass sie oft besucht wurden, andere waren einsam. Lebensgeschichten lagen in der Luft, hier waren sie vielleicht einfach nur Buchstaben, so wie die Körper nur noch Zellen waren, die sich im Verwesungsprozess zersetzten. Plötzlich entdeckte sie ein Grab, das sie noch nie gesehen hatte. Es lag unter dem großen Rosenstrauch, der jetzt Hagebutten trug. Sie duckte sich an den tiefen Zweigen vorbei und hielt inne. Das Grab sah karg und verlassen aus, doch eine weiße Rose lag dort, die gerade erst zu welken begann. Am Stamm der Hagebutte lehnte ein einfaches Kreuz aus Holz, das nur einen Buchstaben trug, ein M. Im Laub entdeckte Maria ein leeres, blau schimmerndes Schneckenhaus und sie steckte es in ihre Tasche. Sie blickte auf, weil sie sich beobachtet fühlte, konnte aber niemanden entdecken. Es kamen nicht viele Menschen hierher und sie kannte die meisten von ihnen. Sie suchten den Blick und das Gespräch, als ob der Verlust reichte, um sich zu verbinden. Maria grüßte meist nur kurz, wenn sie Magdalena entdeckte, die unter den tiefen Tannen die selbst gebauten Futterkästen füllte, mit den Körnern und Nüssen, mit denen ihr Fahrrad beladen war. Magdalena kümmerte sich jeden Tag um alle Vögel und Eichhörnchen des Friedhofs. Warum, hatten Lucia und Anna sie entgeistert gefragt, als Maria ihnen von ihr erzählt hatte, und Maria hatte geantwortet, weil sie ein Herz für Tiere hat, und gewusst, dass das nicht die Antwort war. Weil dies der letzte Ort war, an dem sie tun durfte, was sie wollte. Maria lief schnell weiter und spürte das Schneckenhaus in ihrer Tasche. Vielleicht sollte sie es zurückbringen. Sie dachte an die weiße Rose. Schön war sie. Sie hörte ihren Schritten zu, als sie die Anhöhe hinaufrannte.

Schon von Weitem sah sie Kalle auf seiner Bank in der Sonne sitzen. Er reiste von der Stadt an und kam eigentlich nur am Sonntagmorgen. Maria hatte ein paar Bier mit ihm getrunken, in der letzten warmen Sonne, seine Geschichten waren lang und verzweifelt, und sie kannte sie bereits, vielleicht bevor er sie erzählt hatte: Vierunddreißig Jahre mit Lena, es war schwer, ohne sie zu leben. Maria mochte seine Alkoholfahne nicht, dennoch besuchte sie ab und zu ihn und seine Lena, die nie gemeckert hatte und deshalb perfekt gewesen war.

Maria lief schnell vorbei und grüßte nicht. Sie beobachtete eine andere Krähe in einer schon kahlen Kastanie. Sie hatte versucht, nicht mehr zuzuhören, als Kalle ihr die Gräber ringsum erklärt hatte. Ich interessiere mich nicht so für Tote, hatte Maria gesagt. Aber hier liegen doch berühmte Menschen, hatte Kalle geantwortet. Straßen sind nach ihnen benannt. Der größte Schurke wird verehrt, sobald er tot ist, dachte Maria. Und die wirklich besten sind auch tot. Warum kommst du dann überhaupt hierher?, hatte Kalle vorwurfsvoll gefragt. Maria wusste es nicht.

In den nächsten Wochen lief Maria immer wieder quer über die Wiesen und schaute bei dem einsamen Grab vorbei. Im Laub entdeckte sie kleine Zeichen, dass es besucht worden war, obwohl es so verlassen wirkte, und an sonnigen Tagen fand sie Rosen. Immer wieder hatte sie das Gefühl, beobachtet zu werden, aber der Friedhof war leer.

Morgen bringe ich das Schneckenhaus zurück, dachte Maria. Sie klopfte sich die Erde von den Knien und suchte in ihrer Tasche nach den Zigarillos.

»Was machst du da?«

Maria fuhr herum. Ein großer Mann mit Hut stand auf der Wiese, als sei er dort gewachsen, wie die Pilze neben seinen Schuhen. Wo war er so plötzlich hergekommen? Er kam herüber, die Hände steckten in den Taschen seines Mantels, der Kragen war hochgeklappt. Was sagt man, wenn man sich am Grab trifft? Maria hatte die Zigarillos gefunden und steckte sich hastig eins an.

»Hallo«, sagte sie.

»Hallo.«

Er sah sie fragend an. »Was machst du an Marthas Grab?«

Maria fragte sich, warum er sie duzte.

»Ich wusste nicht, dass es Marthas Grab ist. Und ich weiß auch nicht, wer Martha ist.« Maria fühlte sich plötzlich sehr unwohl, weil ihr das Schneckenhaus einfiel, das bei ihr zu Hause in einem Regal im Schlafzimmer lag. Sie überlegte kurz und streckte dann die Hand aus. »Maria.«

Der Mann schaute irritiert, ergriff jedoch ihre Hand. »Ich bin Adam.«

»Was machst du hier?«, fragte Adam wieder. »Inspizierst du das Grab?«

»Nein!«

Er blickte sie fragend an.

»Es ist vielleicht etwas seltsam, aber ich besuche es einfach.«

»Warum?«

Maria wusste nicht, wie sie erklären sollte, dass das Grab gewissermaßen auf einer Achse mit Georgs Grab lag, dass es nur eine Frage der Zeit war, bis sie an dieser Achse entlang, wo die schwache Sonne durch die Bäume kam, über die Wiese stapfen und zu den Hagebutten kommen würde, und dass dieses versteckte Grab eine eigentümliche Intimität hatte, die sie anzog.

»Ich bin keine Stalkerin oder so was.« Maria schüttelte den Kopf. »Ich interessiere mich nicht mal besonders für Tote.« Sie lachte nervös.

»Warum sitzt du dann da und schaust dir Marthas Grab an?«, fragte Adam. Es klang, als würde er mein Grab sagen. Natürlich, das Grab lag so versteckt, sie hätte es in Ruhe lassen sollen.

»War sie deine Frau?«, fragte Maria.

»Ich habe noch nie jemanden an ihrem Grab angetroffen, ich bin nicht sicher, ob sie jemals besucht worden ist, außer von mir«, sagte Adam. »Es hat sich in all den Jahren niemand dorthin verirrt, niemand hat das Grab auch nur eines Blickes gewürdigt, und plötzlich sitzt du da.«

»Ja.« Maria war kalt. »Es tut mir leid.« Ihre Füße froren.

»Möchtest du einen Kaffee trinken?«, fragte sie plötzlich.

Im Café am Friedhof saßen Maria und Adam an einem der runden Holztische mit Spitzendeckchen. Maria zupfte an einer einzelnen Blume in einer kleinen bauchigen Vase herum und als sie umfiel und das Wasser über Adams Hose lief, wünschte sie, sie wäre nie hierher gekommen. Die Kellnerin brachte die Karte, wischte den Tisch trocken und räumte die Vase ab. Dann brachte sie ein Tuch, mit dem Adam seine Hose trocknete.

»Entschuldigung.«

»Schwamm drüber.«

Maria wusste, dass der Kaffee hier in Kännchen serviert wurde, und bestellte einen Weißwein, Adam Kaffee und Apfelkuchen mit Sahne.

Er war vielleicht zehn, fünfzehn Jahre älter als sie, sehr groß und hager. Sein dichtes, lockiges Haar war grau. Maria klopfte leise mit ihren Nägeln auf das glatte Holz und ließ den Blick auf die Hände sinken. Ihre Nägel waren frisch und in einem dunklen Rotton lackiert, passend zu ihrem Wollschal, den sie über den leichten schwarzen Rollkragenpullover gelegt hatte. Jetzt zog sie den Schal aus, weil es warm war in dem kleinen Raum, der nach selbst gebackenem Kuchen duftete. Sie drehte sich auf ihrem Stuhl, hängte ihn über die Stuhllehne, fuhr sich durch die Haare, fasste sie am Nacken und befestigte die Haarspange. Dann saß sie still, blickte Adam an und wartete. Auch sitzend sah er aus wie ein stiller Riese und erinnerte sie an irgendwen, dachte sie, als sie in seine wachen, hellen Augen sah, die seinem sanften Gesicht ein vergnügtes Aussehen gaben. Maria war erleichtert: keine Traurigkeit. Er wirkte nett.

Das nur noch zarte Sonnenlicht fiel durch das Fenster, tanzte auf dem Tisch, Maria lauschte dem leisen Jazz und dem Geklapper des Geschirrs hinter der Theke. An den Nebentischen raschelten Zeitungen, darin die Nachrichten einer Welt, an der Maria schon lange nicht mehr teilnahm. Die letzte Zeitung, die sie in der Hand gehalten hatte, war in ihrem Kamin verglüht. Sie winkte der Kellnerin. »Auch einen Apfelkuchen, bitte.«

Der Kuchen kam prompt, und Maria aß ihn schnell, weil sie wie so oft in letzter Zeit ihren Hunger nicht bemerkt hatte. Als sie die Krümel aufpickte, blickte sie wieder zu Adam, der sie beobachtete. Maria wischte sich den Mund ab und legte die Serviette neben den Teller.

»Ich geh auf Toilette.« Sie stand auf und griff nach ihrer Handtasche. Sie liebte das Café für sein blitzblankes Badezimmer. Sie atmete den Geruch nach Reinigungsmitteln ein und strich mit den Fingern über die weiß-rot karierte Decke, die über die Waschmaschine gebreitet war. Maria zog den Lippenstift nach und entdeckte im Spiegel einen Duftstein, der in dem kleinen Holzregal hinter ihr lag, daneben ein Gesteck aus Plastikblumen. Was machte sie hier und worüber sollten sie sprechen, fragte sie ihr Bild im Spiegel und prüfte ihre Frisur und den Lippenstift.

Zurück am Tisch, beschloss sie, noch maximal auf ein Glas zu bleiben, und bestellte einen weiteren Wein.

»Marthas Grab war immer unbeschreiblich einsam und es liegt natürlich sehr versteckt.« Adams Satz blieb irgendwo über dem Tisch hängen.

»Stimmt, ich habe noch nie jemanden dort angetroffen«, sagte Maria, um irgendwas zu sagen. »Vielleicht wollte ich wissen, welche Geschichte die Rosen erzählen. Menschen interessieren sich eben für Geschichten, oder nicht? War sie deine Frau?«

»Ja«, sagte Adam und seine Augen leuchteten. »Als ich nicht mehr damit gerechnet habe, habe ich Martha getroffen und sie wurde meine Frau. Ich habe sie sehr geliebt.«

»Das tut mir leid.«

Er sah sie erstaunt an und lachte. »Ich liebe sie noch.«

»Das glaube ich.«

»Ich habe leider kein so glückliches Händchen für die Liebe.« Sein Gesicht wurde ernst.

»Wie meinst du das?«

»Ich hatte schon mal eine Liebe, die Martha hieß, vor langer Zeit.«

Maria sah Adam überrascht an.

»Ja, verrückt, oder?«

»Sehr. Erzähl doch bitte.«

Adam erzählte und sie sah seine Geschichte vor sich wie einen Film. Sie sah den jungen Adam und die junge Martha und sie dachte auch an die junge Maria, an ihren jungen Georg und der Wein rauschte warm in ihren Ohren. Adam erzählte ausgiebig, und Maria hörte ihm aufmerksam zu, und das erste Mal seit Georgs Tod fühlte sie sich getröstet, obwohl Adams Geschichte kein gutes Ende nahm. Ganz plötzlich wurde Adam verlassen, und Martha heiratete einen anderen Mann, mit dem sie Hals über Kopf und für immer aus Adams Leben verschwand.

»Es machte überhaupt keinen Sinn«, sagte Adam. »Erst viel später kam mir der Gedanke, dass Martha vielleicht schwanger gewesen war.«

»Und was macht daran jetzt Sinn?«, fragte Maria. »Von dem anderen Mann?«

»Jedenfalls hat Martha den anderen geheiratet. Und ich hatte zudem überhaupt kein Geld.«

Maria dachte nach. »Dann muss sie viele Ängste gehabt haben.«

»Das ist die einzige Erklärung, die mir eingefallen ist. Ich habe sie nie wiedergesehen.«

»Und dann hat das Leben dir also wirklich eine zweite Martha gebracht? Unglaublich. Das ist großes Glück.«

»Ja, sie war mein Glück.«

»Toll.«

»Jetzt ist sie tot. Wir hatten nicht viel Zeit.«

»Warum?«

»Sie wurde schwer krank.«

»Das tut mir wirklich leid.«

»Das Leben war in gewisser Weise großzügig und geizig

zugleich. Aber man muss dankbar sein, denke ich«, sagte Adam.

»Ach was«, sagte Maria. »Scheiße ist das.«

»Hast du Enkelkinder?«, fragte Adam nach einer Weile.

»Wie bitte? Ich bin Mitte vierzig.« Sie strich sich eine Strähne hinter das Ohr.

Adam lächelte. »Kinder?«

»Eine Tochter. Anna.« Ende vierzig, dachte Maria.

»Anna hat einen Hund.« Sie wollte nicht beleidigt sein. »Es ist ein Junge«, fügte sie hinzu. »Gut erzogen. Der Stolz der Familie.«

Adam lachte.

»Sie lebt in Berlin«, sagte Maria zögernd.

»Das ist sicher spannend für sie.«

»Sie fehlt mir.«

»Natürlich.«

»Und so gut erzogen ist der Hund doch nicht.« Maria rollte die Augen. »Er ist ein Streuner.« Adam lachte.

»Aus Kroatien mit ein paar Macken. Er reist nicht gerne, deshalb war sie lange nicht hier.«

»Du denkst, der Hund ist eine Ausrede?«, fragte Adam und zog die Stirn in Falten.

»Ich weiß es nicht. Ich mag Hunde nicht besonders.«

Das Café hatte sich geleert, nur ein anderer Tisch war noch besetzt, die Kaffeemaschine schon geputzt und einige Stühle hochgestellt.

Adam half Maria in den Mantel. Sie verabschiedeten sich unbeholfen, umarmten sich plötzlich, wobei Maria sich auf Zehenspitzen hochreckte, dann verabredeten sie sich für den nächsten Tag.

7

Maria öffnete die Augen und schloss sie wieder. Als das Geräusch anhielt, glaubte sie, verrückt geworden zu sein. Die Nachtigall hatte schon länger gesungen, aber jetzt war auch das Trappeln wieder da. Maria schlug die Decke zurück, sprang aus dem Bett, öffnete das Fenster. Das Geräusch blieb. Sie zündete sich ein Zigarillo an und rauchte in die Nacht, die noch dunkel war und kalt, und Maria wusste, dass sie keinen Schlaf mehr finden würde. Sie versuchte, sich zu beruhigen, noch einmal im Bett die Augen zu schließen. Das Kratzen nahm sie mit in Lucias Haus, zu dem Ort, wo sie bei diesem Geräusch oft allein gewesen war. Mit Milan. Sie lauschte jetzt dem Trappeln und dachte an Milans dicke Fäustchen, der gegluckst und geschrien und manchmal die Zeit angehalten hatte. Es war nicht nur das Trappeln gewesen, auch der Hund war nachts um das Haus geschlichen. Sie hörte das Geräusch in ihrem Gaumen rollen, das alle Erwachsenen gemacht hatten, wenn sie einen Hund vertrieben, aber es hatte bei ihr keine Wirkung gezeigt. Er hatte sich nicht abschütteln lassen, und sie war ins Haus geeilt und hatte alle Schlösser gedreht. Sie hatte die Tür sehr sorgfältig zugesperrt und zum Schluss noch einen Besenstiel in den Türrahmen geklemmt. Es war ein junger stürmischer Hund gewesen, der an ihr hochgesprungen war und nach Milans Füßchen an ihrer Hüfte geschnappt hatte. Er war einsam gewesen wie sie, aber sie hatten keine Freunde werden können. Warum hatte die Tür, die tagsüber immer offen stand, so viele Schlösser gehabt?

Als es hell wurde, war das Kratzen und Trappeln immer noch da, wenn auch leiser, und Maria wählte die Nummer eines Kammerjägers.

»Hoffen wir, dass es eine Ratte ist«, sagte der. »Wenn es ein Marder ist, wird es schwierig.«

»Was soll das heißen?«, fragte Maria.

»Langwierig. Wir dürfen ihn nur vergrämen.«

»Was hat das zu bedeuten?«

»Nicht töten!«

»Er muss weg«, sagte Maria bestimmt. »Ich kann nicht schlafen.«

»Wenn es ein Siebenschläfer ist, wird es kompliziert.«

»Wie bitte?«

»Er steht unter Naturschutz.«

»Was?«

Der Kammerjäger erklärte den sensiblen Umgang mit Siebenschläfern und Maria merkte, dass sie ungeduldig wurde. Sie betonte die Dringlichkeit, vereinbarte einen Termin für den Nachmittag und legte auf.

Plötzlich fühlte sie sich hilflos und traurig, müde nach der kurzen Nacht. Sie setzte sich an ihren Schreibtisch, nahm den silbernen Füller aus der Schublade und schrieb einen Brief an Georg. Ihm würde die Mardergeschichte gefallen. Das Trappelgeräusch nervte sie. Auch hier war es noch zu hören. Während sie schrieb, hörte sie Georg lachen. Später würde sie am Telefon auch Anna davon erzählen. Das kratzende, kackende Tier, das sich durch ihr Haus fraß, stand möglicherweise unter Naturschutz, es war unvorstellbar.

»Weißt du noch, wie wir die Katze gefunden haben?«, hörte sie Georg plötzlich fragen.

»Natürlich.« Es war in ihrem ersten Winter in Deutschland gewesen und sie würde es sicher nicht vergessen. Georg hatte sie in einem Hauseingang entdeckt, ein verdrecktes, verletztes, zitterndes Bündel. Sie musste aus dem Fenster oder vom Baum gefallen sein. Sie riefen die Feuerwehr und kurz darauf war ein großer Einsatzwagen des Technischen Hilfswerks um die Ecke gebogen. Maria hatte sich erstaunt umgesehen, ob es vielleicht irgendwo brannte, ob es einen Unfall gegeben hatte, konnte aber nichts entdecken. Erst als der Wagen bei ihnen hielt, hatte sie verstanden, dass sie wegen der Katze gekommen waren. Ein Mann in voller Montur hatte die Katze sanft genommen, sie zum Wagen getragen, dann war er davongebraust. »Dein Gesichtsausdruck. Einfach köstlich.« Georg gluckste. »Vielleicht hing dein Herz nicht so sehr an der Katze, aber du hast plötzlich ein tiefes Vertrauen gehabt in dieses Land.« Ja, sie war beeindruckt gewesen und so stolz, in Deutschland zu sein.

Maria fragte Georg, ob Ludwig bei ihm war. Und strich die Frage durch. Hatte sie das jetzt wirklich geschrieben? Sie lachte laut auf. Sie wurde verrückt. Ludwig tauchte vor ihrem inneren Auge auf: ein grauer Hase mit blauen Augen und plüschigen Ohren. »Ein Zwerghase«, hörte sie Anna sagen. Meine Güte, diese endlosen Diskussionen um einen Hasen. Eigentlich hatten Georg und Anna eine zottelige Schäferhundmischung aus Kroatien retten und nach Hause schleppen wollen. Aber Maria hatte sich geweigert.

»Das kannst du dem Hund nicht antun«, hatte Georg gesagt.

»Das kannst du mir nicht antun, dass ich jeden Tag in diese Augen blicken muss«, hatte sie geantwortet. Sie hatte das letzte Wort behalten und Anna die ganze Rückfahrt geweint. Weihnachten, Geburtstag – Annas einziger Wunsch: ein Hund. Gemeinste Mutter der Welt.

»Einen Hasen kann sie doch wohl haben«, hatte Georg gesagt. »Im Garten.«

»Na gut. Wenn du nicht brav bist, kommt er in den Topf.«

»Gemein«, hatte Anna gesagt.

Er hieß Ludwig, und Anna hatte ihn abgöttisch geliebt. Es fiel Maria schwer, zu verstehen, dass Ludwigs Tod sie wahrscheinlich genauso getroffen hatte wie Georgs. Anna fühlte mit jeder Fliege, mit jedem Lamm. Die erste Schlachtung, die sie gesehen hatte, hatte sie fasziniert, aber dann hatte sie beim Essen so sehr geweint, dass sie keinen Bissen hinunterbekommen hatte. Es war ein großes Dorfessen gewesen, mit Pfarrer. Maria hatte den ganzen Tag mit den anderen Frauen in der Küche gestanden. Sie hatte eine gestärkte Schürze über das neue empfindliche Sommerkleid gebunden, die Sandalen ausgezogen, sie hatte gekocht, Salate zubereitet, Geschirr gespült, Wein ausgeschenkt, Mokka gemacht. Georg hatte ihr im Vorbeigehen eine Haarsträhne aus der schwitzenden Stirn gestrichen und ihr gesagt, wie wunderschön sie in der Schürze aussehe. Sie hatte das Küchentuch nach ihm geworfen. Ich bin bei dir, du weißt, ich bin Feminist. Singend und winkend hatte er sich wieder draußen zu den Männern gesellt, die keinen Handschlag getan, die Sonne und das gute Essen genossen hatten. Anna, die ihre Trauer um das Lamm überwunden hatte, war mit den Kindern über die Wiese getollt. Pass auf, die Schlangen. Pass auf, dass sie nicht fällt. Zieh ihr den Sonnenhut an. Ist sie eingecremt?

Georg war Atheist gewesen. Und Vegetarier, aber das hatte er in Kroatien aufgegeben. Weil es hier einen Bezug zu den Tieren gibt, kann ich das verantworten, hatte er erklärt, und weil das Lamm köstlich war und er es selbst über dem Feuer gedreht hatte. Nach zwei Gläsern Schnaps, wenn die Männer die Klapa angestimmt hatten, waren noch ein paar andere Prinzipien in der Sonne geschmolzen. Ich bin Agnostiker, hatte er dem Pfarrer erklärt, und Maria, die die Kaffeetassen abgeräumt hatte, sah ihn entgeistert an. Toleranz ist wichtig, hatte er gesagt. Der Pfarrer, der ihn nicht verstand, hatte ihm zugeprostet und sich ein Glas Schnaps genehmigt. Maria hatte an die Predigt gedacht und nicht übersetzt. Das würden sie später klären.

Lucia stand in der Küche und buk Brot. Sie musterte Maria, ohne etwas zu sagen. Es war ungewöhnlich, dass sie im Schlafanzug hinunterkam. Maria küsste ihre Mutter flüchtig und stellte Wasser für ihren Mokka auf den Herd. Sie würde Lucia nichts von dem Tier erzählen, es würde sie nur unnötig aufregen. Der Kaffee sprudelte, sie goss ihn in eine kleine Tasse, stellte eine zweite für Lucia hin. Am Tisch inhalierte sie seinen Duft, statt ihn zu trinken.

»Was ist los?«, fragte Lucia. »Was hast du?«

»Die Zeit vergeht«, sagte Maria und schnüffelte am Kaffee.

»Ja«, sagte Lucia, »aber das macht nichts.«

Als Anna wegen einer verletzten Taube die Feuerwehr angerufen hatte, war der Rettungswagen nicht gekommen. Gemeinheit, hatte Anna geschimpft.

Maria verbrachte den Tag in der Werkstatt und kam erst kurz vor dem Termin zurück ins Haus. Sie lief die Treppe hinauf ins Badezimmer, wusch sich den Ton von den Händen, aus dem Gesicht, den Haaren, zog sich um. Trotz allem: Ihr Spiegelbild war unverändert. Sie steckte die Haare hoch, zog den Lippenstift nach. Im Haus roch es nach frischem Brot. Als es klingelte, hörte sie Lucia zur Tür gehen, jemand sagte »Grüß Gott«. Auch Lucia sagte »Grüß Gott«.

Maria eilte die Treppe hinab. Der Kammerjäger erklärte Lucia gerade in breitem Bayerisch, dass er der Kammerjäger sei, auf die schwarze Lucia war er nicht vorbereitet gewesen. Als er Maria erblickte, wandte er sich erleichtert an sie, Lucia ging langsam in die Küche zurück und drehte das Radio lauter.

»Kommen Sie«, sagte Maria und führte ihn hinauf.

Am Kopf des Tisches saß Lucia und war mit einer großen Gabel und einem rostigen, aber scharfen Messer bewaffnet. Adam hatte auf ihrem Platz auf der Küchenbank Platz genommen und saß Maria gegenüber. Lucia schnitt das Brot, das sie am Morgen gebacken hatte, reichte es Adam wortlos, griff mit der Gabel nach einem großen Stück Fleisch und begann, es auf ihrem Teller zu zerlegen. Sie pikte den Salat direkt aus der Schüssel und ignorierte die Salatteller, die Maria bereitgestellt hatte. Sie aß, tief über ihren Teller gebeugt, schweigend. Essen diente der Aufnahme von Nahrung, vornehmlich von Fleisch. Auch Adam und Maria sagten nichts, weil sich Lucias Schweigen über den Tisch ausbreitete. Lucia aß hastig und als sie den letzten Bissen im Mund hatte, stand sie sofort auf, ließ Wasser ins Spülbecken laufen und klapperte mit dem Geschirr in der Spüle.

»Lass das doch bitte«, sagte Maria, »das machen wir später.« Aber Lucia klapperte unbeirrt weiter. Sie ignorierte Marias genervtes Flüstern, ihr Bitten und die Spülmaschine, die nicht sauber genug spülte. Sie tauchte die Töpfe in den Schaumberg, sie liebte die Schüsseln und die Ofenbleche, aber die Töpfe waren eindeutig ihre Leidenschaft. Und das fließende Wasser. Besonders das warme. Die ersten Wochen nach ihrer Ankunft hatte Lucia vor den Waschbecken gestanden, als sei sie von einem anderen Stern. Maria hatte sich viel Zeit genommen, ihr alles genau zu erklären, damit sie möglichst wenig auf ihre Hilfe angewiesen war, aber ihre Mutter war sperrig wie ein altes Möbel und ließ sich nur schwer in ihr Haus integrieren.

»Mein ganzes Leben habe ich ohne fließendes Wasser verbracht, es ist nicht nötig jetzt noch damit anzufangen«, hatte sie gesagt und den Wasserhahn nicht angerührt.

»Es ist aber nun mal so, dass wir das Wasser hier nicht aus dem Brunnen holen.«

Den ganzen Sommer hatte sie sich am Gartenschlauch im Hof bedient und demonstriert, dass sie Komfort nicht brauchte. Inzwischen liebte sie die Küchenspüle und das fließende Wasser, sie spülte und polierte alle Töpfe regelmäßig. Dazu dudelte das Radio.

»Mama, jetzt lass das doch«, sagte Maria noch mal, aber fast zaghaft, weil es keine Worte gab, die es mit Lucias Sturheit aufnehmen konnten, außerdem hatte sie ihre Ohren längst verschlossen. Sie war jetzt immer öfter in einer anderen Welt. Maria betrachtete ihren krummen Rücken und ihre zierliche schwarze Gestalt.

»Gott hat mir jetzt das Gehör genommen«, sagte Lucia.

»In dem Fall kann man natürlich nichts machen, obwohl du das beim grauen Star auch gesagt hast.«

»Mehr Wein?« Maria griff nach der Karaffe. Adam hielt ihr sein Glas entgegen.

Maria trank einen großen Schluck Rosé und nahm einen weiteren Bissen. Das Fleisch war gut geworden. Sie hatte es an Lucia vorbei aus dem Ofen gerettet, sodass es zart und rosa war, nach Rosmarin und Knoblauch duftete. Keine Soße. Nur Pfeffer und Salz.

»Guter Wein«, sagte Adam. »Aus Kroatien?«

Maria sah Lucia bei dem Wort kurz auftauchen, dann versank sie wieder in ihrer Arbeit.

»Nein, natürlich nicht«, sagte Maria streng.

»Ich habe gehört, dass der kroatische Wein sehr gut sein soll.«

»Von wem?« Maria lachte. »Die Kroaten sind der Meinung, dass ihr Land das beste der Welt ist. Und offensichtlich überschätzen sie auch ihren Wein.«

»An der Adria schmeckt er wahrscheinlich sehr gut«, sagte Adam versöhnlich.

»Überschätzt und teuer«, sagte Maria. »Für den halben Preis kriegst du einen doppelt so guten Spanier.«

Adam zog eine Augenbraue hoch.

»Ach was.«

»Doch, wirklich.«

»Du übertreibst.«

Lucia war jetzt fertig und verließ wortlos den Raum.

Maria bekreuzigte sich. »Lieber Himmel, niemals spricht eine Kroatin schlecht über kroatischen Wein.«

Nun wurde sie rot, blickte über den Tisch, wo Adam sorgsam ein Stück Fleisch kaute. »Wirklich sehr gut.« Er nickte, kaute bedächtig und schluckte.

»Sie ist eine interessante Frau«, sagte er dann.

»Auf jeden Fall.«

»Das Brot ist sehr gut.«

»Ich bin ihre einzige Gesprächspartnerin, seit Anna weg ist, und sie vermisst sie sehr. Sie kann nicht verstehen, dass die Familie nicht zusammenbleibt. Also das, was davon übrig ist.«

»Hat sie sich denn eingelebt?«

»Na ja, sie macht es uns nicht unbedingt leicht.«

»Wie meinst du das?«

»Sie bleibt einfach, wer sie ist, schätze ich.« Maria überlegte. »Nein, sie hat keine sehr große Anpassungsbereitschaft.«

»Und du?«

»Ich?«, frage Maria erstaunt. »Ich bemühe mich.« Sie leerte ihr Glas. »Ich denke schon, dass ich versucht habe, mich einzufinden in das Leben und zu schauen, wo es mich hinführt. Lucia bleibt stehen und lässt das Leben an sich vorbeiziehen. Und in mein Leben reinpassen möchte sie offenbar auf keinen Fall. Sie lehnt das Fremde ab. Sie lehnt mein Leben ab. Gut kann nur sein, was sie kennt. Deshalb ist sie einsam hier.«

Adam blickte sie an.

»Aber darüber spricht sie natürlich nicht«, sagte Maria.

»Sie ist schweigsam.«

»Ja.«

»Sie war nicht die ganze Zeit so still, eine Weile hat sie mir sehr viel erzählt. Alle möglichen Familiengeschichten, aber es gibt immer noch vieles, das ich nicht genau weiß. Ich habe nicht danach gefragt und plötzlich war der Fluss versiegt.«

»Ist sie deprimiert?«

»Meinst du, dass sie deprimiert ist?«

»Es könnte sein. Ja.«

»Sie hat beide Söhne verloren, und ich habe einen deutschen Mann geheiratet.« Maria nahm noch einen Schluck, strich eine Haarsträhne, die sich gelöst hatte, hinter ihr Ohr und sagte jetzt leiser: »Gewissermaßen ist nicht alles so gekommen, wie sie es sich erträumt hat.«

»Was hat sie sich erträumt?«, fragte Adam.

»Ich bin gar nicht sicher, ob sie Träume hatte. Nein. Es sollte einfach anders kommen, das hätte gereicht.«

Adam schwieg, wartete.

»Träume, Wünsche, nein, das passt nicht zu ihr.«

»Wie meinst du das?«

»Das ist einfach kein Konzept, was sie kennt. Das heißt nicht, dass sie keine Träume oder Wünsche hat, aber sie nimmt sich nicht bewusst wahr. Alle Frauen, von denen ich umgeben war, haben gearbeitet und funktioniert. Sie haben nicht über sich oder ihr Leben nachgedacht. Glück, was soll das sein? Das Leben hat Lucia viel Leid gebracht und vielleicht arbeitet sich das nun doch zu ihrer Seele vor. Den deutschen Mann hat sie irgendwann sehr fest in ihr Herz geschlossen« – Maria machte eine theatralische Geste, um sich über den Inhalt des Satzes hinwegzuhelfen – »und er ist gestorben. Damit sind alle Männer unserer Familie tot. Und überhaupt ist die Familie recht klein. Prost.«

»Prost«, sagte Adam seufzend.

Der Klang der Gläser blieb als leiser Ton und Maria dachte an ihren Besuch in Berlin letzte Woche.

»Was macht Anna eigentlich in Berlin?«, fragte Adam, und Maria sah ihn erstaunt an.

»Das weiß ich auch nicht so genau. Hauptsächlich lernt sie Kroatisch und macht ein Praktikum bei einem Kulturverein.«

»Das klingt doch gut«, sagte Adam. »Oder was denkst du?«

»Sie wollte unbedingt hier weg. Und das muss ich als ihre Mutter einfach verstehen. Aber Lucia versteht es nicht. Ein paar Sorgenfalten sind also dazugekommen, da, wo noch ein wenig Platz war.« Maria strich in Gedanken mit den Fingern über ihr Gesicht und sagte wie zu sich selbst: »Nein, eigentlich verstehe ich es überhaupt nicht.

Ich denke, sie hat keinen blassen Schimmer, was sie tun soll.«

»Sie wird es schon herausfinden. Das braucht Zeit.«

»Sie hat die Schule geschmissen«, sagte Maria. »Das schränkt die Optionen ein wenig ein.«

»Machst du dir Sorgen um sie?«

»Ich bin sauer auf sie. Sie kann machen, was sie will, aber das Gymnasium jetzt abzubrechen war ein Fehler.« Maria trank das Glas in einem Zug aus.

»Das kann sie immer noch nachholen.«

»Wozu? Und warum wollte sie so dringend weg von uns? Von mir? Ich hätte ihr das Geld einfach nicht geben sollen.«

»Was meinst du?«

»Wir hatten etwas Geld für ihr Studium gespart. Das habe ich jedenfalls gedacht. Und Georg hat ihr eine recht große Summe vererbt. Davon wusste ich gar nichts.« Maria spürte die Tränen.

»Da wird er sich was bei gedacht haben«, sagte Adam.

»Dass sie nun ohne Plan in Berlin ist? Ganz allein?«

»Sie kennt doch sicher viele Leute.«

»Ich kenne die nicht.« Maria schnäuzte sich laut in ein Taschentuch.

»Das hier ist einfach ein Dorf, und sie wollte weg. Das verstehe ich.«

»Das hier ist kein Dorf«, sagte Maria entschieden. »Glaub mir.«

Maria schnitt noch zwei dünne Scheiben Fleisch ab und tat Adam Salat auf. »Sie fehlt mir einfach.«

»Besuch sie doch.« Adam pikte Salat auf die Gabel.

»Ich war letzte Woche in Berlin.«

»Oh wirklich? Das hast du noch gar nicht erzählt.«

»Ich habe einer sehr guten Galerie ein paar Sachen von mir gezeigt. Vielleicht war das auch nur ein Vorwand. Ja, ich denke, ich wollte Anna einfach sehen.« Maria schenkte Wein nach.

Ihre Wohnung hatte Anna ihr nicht gezeigt. In der jetzt Georgs Tisch stand. Vor ein paar Wochen hatte sie diesen von einer Spedition abholen lassen. »Den Tisch, ihr Lastenfahrrad und die Mundharmonika«, erklärte Maria. »Das war alles, was sie haben wollte. Die Mundharmonika habe ich nicht gefunden. Anna fand das dramatisch. Soll sie doch kommen und sie selber suchen. Ich schätze, ich wollte hauptsächlich den Tisch wiedersehen«, sagte Maria, um ihre Stimmung aufzuhellen. Es hatte sich wieder diese Schwere auf das Gespräch gelegt, und ihre Stimme bekam einen anderen Ton.

Maria hatte Georgs Papiere sortiert, abgeheftet und in Kisten verstaut. Sie hatte sein Chaos sortiert, abgestaubt und die Kisten auf den Dachboden gewuchtet. Nun sah man dem Zimmer an, dass jemand gegangen war, der nicht wiederkommen würde, und Maria hatte die Tür geschlossen, die vorher offen gewesen war. Manchmal ging sie noch hinein, auf ein Glas Rakija, wenn sie nicht einschlafen konnte. Dann ging sie die Bücherregale entlang, tastete seine Dinge mit den Fingern ab, durchdachte Erinnerungen und hoffte, seine Stimme zu hören. Aber der Tisch fehlte ihr.

Maria fuhr mit dem Finger über den Küchentisch, strich die Brotkrümel zusammen. Sie suchte in Adams Augen.

Sie wusste genau, wie sich das Holz von Georgs Tisch anfühlte, das lange nicht geölt und oft zu nass abgewischt worden war. An einigen Stellen hatte es sich durch die Nässe gewellt, und sie hatte die Rillen deutlich gespürt, als sie den Tisch leer geräumt und den letzten Staub mit der Hand weggewischt hatte. Der Tisch, eigentlich ein alter Küchentisch, hatte schon immer in diesem Haus gestanden. Die vorherige Besitzerin hatte ihn unbedingt noch abholen wollen, aber sie war nie wiedergekommen. Der Tisch, der darauf gewartet hatte, abgeholt zu werden, stand in der Mitte des Raums. Irgendwann hatte ihn Georg aus praktischen Gründen vors Fenster geschoben, dann nach und nach seine Papiere und Dinge darauf abgelegt, und dabei war es geblieben. Sie hatten sich noch manchmal gefragt, was der Besitzerin dazwischengekommen und warum der Tisch vergessen worden war. Ausziehen ließen sich die Seitenteile nur noch mit großer Mühe, dann ächzte und quietschte der Tisch jämmerlich, aber dafür war in Annas kleiner Küche mit den Dachschrägen wohl ohnehin kein Platz. »Sie hat eine schöne kleine Wohnung gefunden«, erzählte Maria.

»Ist doch toll«, sagte Adam.

»Ja, vielleicht hast du recht.«

»Was habt ihr gemacht?«, fragte Adam in ihre Gedanken. Nach ihrem Termin hatte Maria Anna von der Sprachschule abgeholt. »Wir waren mittagessen in einem kleinen türkischen Restaurant. Und wir haben Kaffee getrunken, sie hatten guten Mokka.« Maria dachte an den Kaffee und den starken Kaffeesatz.

»Du warst gar nicht in ihrer Wohnung?«

»Nein. Sie hat mir Bilder gezeigt, aber kein Wiedersehen mit dem Tisch.«

»Worüber habt ihr gesprochen, was hat sie erzählt?«, wollte Adam wissen.

»Von ihrer Reise. Und von ihrem Hund. Er hat psychische Probleme. Er hat auch große Probleme, sich zu integrieren.« Maria lachte.

»Das klingt nicht gerade nach aufrichtiger Anteilnahme«, stellte Adam fest.

»Nein, weil ich mich nicht noch mit einem labilen Hund beschäftigen kann. Ich finde, Anna und Lucia und ich reichen völlig aus. Das ist typisch Anna. Wenn es nach ihr und Georg gegangen wäre, hätte ich hier einen Zoo. Anna musste dann auch bald los, ihn abholen. Er war bei irgendeiner Freundin untergebracht.« Maria seufzte.

»Sie liebt ihn sehr?«

»Ich habe Angst vor Hunden, ich kann mir das gar nicht vorstellen.«

»Doch, das kannst du.«

»Na wenn du meinst.«

»Im Zug habe ich übrigens einen älteren Herrn kennengelernt«, sagte Maria jetzt fröhlich. »Du erinnerst mich ein wenig an ihn.«

»Ach?«

»Ja. Er hatte auch einen Hut.«

Adam lachte und verschluckte sich fast am Wein.

Maria freute sich und lachte auch.

»Er war einundneunzig Jahre alt.«

Adam zog entsetzt die Augenbrauen hoch.

»Aber ich hatte ihn auf siebzig geschätzt. Ein sehr angenehmer Gesprächspartner. Er hatte seine Wohnung aufgelöst und war auf dem Weg nach Norden, um mit seiner neuen Frau zusammenzuziehen. Unter Umständen ist das Leben also sehr lang. Kaum ein Mann in meiner Familie ist sechzig geworden, mein kleiner Bruder nicht mal dreißig.«

»Und bei mir ist es umgekehrt, ich verliere die Frauen. Meine Mutter starb in deinem Alter, nein, jünger.«

»Das tut mir sehr leid, Adam.«

Sie aßen jetzt schweigend. Adam wischte seinen Teller mit einem Stück Brot blank und legte Messer und Gabel säuberlich nebeneinander.

Maria goss Rosé nach und leerte die Flasche, schob ihren Teller in die Mitte des Tischs und zog ein Bein auf den Stuhl.

»Ich kann dir noch eine Geschichte erzählen: von einer Nonne.«

»Erzähl.«

»Mit vierundsechzig entschied sie sich, Geburtshelferin zu werden, und mit über neunzig arbeitete sie noch im Krankenhaus.«

»Eine Nonne also, die viele, viele Kinder geboren hat«, ergänzte Adam. »Und was willst du damit sagen?«

»Dass das Leben noch nicht vorbei ist, auch wenn es sich so anfühlt«, sagte Maria fast ein wenig feierlich.

Zum Nachtisch gab es Annas Lieblingsspeise, Tiramisu, dazu Mokka aus den kleinen Tassen. Maria zündete sich ein Zigarillo an. Als sich der Mokkaduft mit dem Zigarillorauch vermischt hatte, öffnete sie die Tür zum Hof, sah, dass bei Lucia kein Licht mehr brannte, und begleitete

Adam hinaus. Am Gartentor rauchte sie das letzte Zigarillo für heute, frierend, denn die Nächte waren schon sehr kalt geworden. Sie entschied, noch mal nach Lucia zu sehen.

Leise öffnete sie die Tür und hörte Lucia sprechen. Das Zimmer war dunkel, und Maria suchte Lucia in ihrem Bett, fand sie dann aber kniend davor. Lucia betete. Sie schloss die Tür wieder und überlegte, ob sie abwarten sollte. Sie hörte ihre Mutter nun deutlicher, ärgerlicher, sie verhandelte über ihren Tod. Mit wem sprach sie? Zu Gott? Der Tod ließ sich nicht drängen und Lucias Zeit war noch nicht gekommen.

8

Noch im Schlafanzug holte Maria das letzte Teil aus ihrer Werkstatt und wuchtete es in die Küche. Es war massiv und zugleich äußerst zerbrechlich. Die blank polierten Eisenspäne, die sie in den Ton eingelassen hatte, glänzten im Schein der Küchenlampe, als Maria die Scheibe auf den Tisch legte, sich dann anders entschied und sie vorsichtig auf die Küchenablage stellte und gegen die Wand lehnte, damit Lucia sie besser betrachten konnte.

»Das ist für dich«, sagte sie und wischte sich den Staub von den Händen. Sie schaute zu ihrer Mutter, die auf der Küchenbank saß und sich zu konzentrieren schien. Maria verschränkte die Arme vor der Brust und wippte ungeduldig mit dem Fuß auf dem Boden.

»Was ist das?«, fragte Lucia schließlich.

»Kunst«, sagte Maria. »Kunst für dich.« Sie lächelte Lucia an. »Willst du wissen, wie es heißt?«

»Was?«

»Na das Kunstwerk. Mein Werk.«

»Gut«, sagte Lucia. Sie nickte.

»Sunce sija ko tepsija«, sagte Maria feierlich.

Lucia schaute sie erst einfach an, stand dann auf, kam näher und betrachtete die Oberfläche, die in ihrem rauen Muster an ein Gebirge erinnerte. Sie stand da und schaute. Die kurzen Beine steckten in Hausschuhen. Sie trug eine Strickjacke über den Röcken. Nach einer Weile setzte sie sich wieder vor ihre Tasse kalten Kaffee.

»Was sagst du dazu?«, fragte Maria erwartungsvoll, aber Lucia sagte nichts.

Maria stapfte fluchend hinaus, holte Packpapier, Pappe und Schnur und umwickelte wütend und hastig die dicke Tonscheibe. Sie war schwer. Maria keuchte. Es war, als würde sie sich selbst verpacken und zuschnüren.

»Es wird später abgeholt«, sagte sie zu Lucia, doch Lucia blickte aus dem Fenster. »Für die Ausstellung.«

»Diese Sonne gehört nur dir, sie ist unverkäuflich«, sagte Maria leise, Tränen liefen ihr über das Gesicht. Sie flüchtete hinaus, lief erneut über den kühlen Hof und die Stufen zur Werkstatt hinauf und warf die Tür hinter sich zu.

Maria hatte bis spät in die Nacht gearbeitet. Jetzt begann sie, wie immer, wenn die Arbeit für eine Ausstellung abgeschlossen war, aufzuräumen. Ein Ritual, bei dem sie zugleich alles in ihrem Körper an den richtigen Platz schob, auch die Gedanken und Gefühle. Sie wischte den Arbeitstisch, auf dem sich Farben zu einem dunklen Ton gemischt hatten, fegte Scherben und Tonreste zusammen, säuberte Pinsel, warf Schürzen auf einen Haufen, sortierte Farbtöpfe, und weil der Herbst den Tag schon früh verdunkelte, zündete sie Kerzen an und kochte Tee. Sie öffnete die Verandatür und rauchte. Als sie sich über das Geländer beugte, konnte sie Lucia sehen, die immer noch in ihrem Schweigen am Küchentisch saß.

»Ich werde taub«, hatte sie Maria gesagt.

»Ich weiß, dass du mich hörst.«

Maria hatte sie zum Arzt gebracht. Er hatte ihr versichert, dass Ohren natürlich alterten, sich ihre Mutter aber eines ausgesprochen guten Gehörs erfreute. Er hatte angedeutet, dass es eine Frage des Willens war.

»Er hat keine Ahnung«, jammerte Lucia, die Ärzten misstraute, obwohl sie vor nicht langer Zeit von ihrem Katarakt befreit worden war. Maria liebte Worte mit K: Katarakt, Kaskade, Kakadu. Sie erwähnte es so häufig, bis selbst Lucia es in ihrem Gebet benutzte, in einer eigenen Klangfarbe ihres dalmatinischen Akzents. Lucia schwor beim heiligen Rocco, der ihr Schutzpatron für alle Eventualitäten und auch für taube Ohren und alte Mütter war, und beharrte auf ihrer Taubheit.

»Du hörst nur, was du willst«, sagte Maria. »So ist das.«

»Nein, nein«, versicherte Lucia.

An diesem Abend hatte Lucia ihr das erste Mal gesagt, dass sie nicht mehr leben wolle und hoffe, Gott habe nicht mehr allzu viel Zeit für sie vorgesehen.

Der Anruf kam, als Maria gerade unter der Dusche stand. Sie hörte das Telefon durch das Wasserrauschen klingeln und hoffte, dass Lucia abnehmen würde, was sie nicht tat. Sie war dabei, die Töpfe zu schrubben, während der Ofen leise surrte und ein Brot darin eine dunklere Farbe annahm. Lucia, dachte Maria ungeduldig und stellte das Wasser ab, nun geh schon ran. Lucia roch, wenn das Brot fertig war, und, da war Maria sicher, sie hörte das Surren und auch das Telefon. Maria wickelte sich tropfend in ein Handtuch, ein weiteres um den Kopf. Sie trat aus dem Bad in ihr Zimmer, sah auf dem Display, dass es Anna war, und nahm den Hörer ab.

»Hallo mein Schatz.«

»Hallo Mama.«

Maria klemmte den Hörer ein, ging in ihr Badezimmer zurück, nahm Nagellack und Wattebäusche, trat wieder in ihr Zimmer und setzte sich aufs Bett.

»Ich wollte dir nur kurz einen schönen Abend wünschen«, sagte Anna.

»Das ist lieb von dir.« Maria steckte Wattekugeln zwischen ihre Zehen.

»Und?«

»Es wird die beste Ausstellung, die ich je gemacht habe.«

»Echt?«

»Echt. Du hat keine Ahnung, was du verpasst.« Maria schraubte den Nagellack auf und gab dem ersten Nagel rote Farbe.

»Ich weiß, Mama. Ich kann hier wirklich nicht weg.«

»Hm ja, das sagtest du. Der Hund.«

»Es ist wirklich nicht so einfach, der Hund ist sehr ängstlich. Er hat Traumata.«

»Traumata? Wie das denn?«

»Er ist in der Großstadt überfordert, er hat Angst. Vor Fahrrädern, vor dem Verkehr, am allermeisten vor anderen Hunden.«

»Und jetzt macht er eine Therapie, oder was?« Maria beherrschte sich, den Ton nicht zu scharf werden zu lassen.

»So was in der Art. Es ist eine neue Form der Hundeerziehung.«

»Ach. Und wer bezahlt das?«

»Ich.«

»Hast du jetzt einen Job?« Maria malte sorgfältig weiter und sah kurz auf die Uhr. »Ich muss gleich los.«

»Was ist denn?«

»Ich verstehe einfach nicht, dass du dir einen psychisch gestörten Streuner ans Bein binden musst. Du warst jetzt ewig nicht hier. Lucia fragt auch schon, aber das mit dem Hund werde ich ihr nicht erzählen. Die Vorstellung, dass du dir einen Hund ins Haus geholt hast, wird ihr den Rest geben.« Maria pustete auf ihre Zehen.

»Was heißt denn hier den Rest?«, fragte Anna beleidigt.

Das Gespräch hatte den üblichen Punkt des Unverständnisses erreicht, den zerknirschten Ton der Enttäuschung, eine fühlbare Zähigkeit und war fast beendet. Maria fror und wollte sich anziehen. In Gedanken suchte sie nach dem Kleid, das zu den neuen Schuhen passen würde.

»Sie ist überzeugt, dass sie taub ist, sie versinkt in depressives Schweigen und ist nicht ansprechbar. Offiziell ist sie in eine Art Hungerstreik getreten, um mir nicht zur Last zu fallen, aber nachts höre ich sie in der Küche, wenn sie sich über den Kühlschrank hermacht wie eine Maus. Ich tue so, als merke ich es nicht. Ich versichere ihr, dass sie mir nicht zur Last fällt, was natürlich nicht stimmt. Denn die Wahrheit ist«, Maria wurde lauter, »dass sie mir zur Last fällt.«

»Du bist gemein«, sagte Anna.

»Ja, aber keine Angst, das schlechte Gewissen zernagt mich. Mist.« Nagellack war danebengegangen, Maria wischte mit der Watte nach.

»Genieß jetzt den Abend, okay?« Anna klang nun sanft.

»Das habe ich mir fest vorgenommen. Wenn ich nicht durchdrehe, ist das auch schon viel.«

»Du wirst nicht durchdrehen.«

»So viele Leute, das bin ich gerade nicht gewohnt.« Maria prüfte, ob der Lack getrocknet war.

»Ist doch toll, dass so viele Leute kommen. Du bist eben berühmt.«

Maria beobachtete den Lack. Sie bemerkte eine winzige unebene Stelle am rechten kleinen Zeh und lief über den Teppich zurück ins Bad.

»Ich hatte gehofft, dass du da sein würdest.«

»Es tut mir leid.«

»Ich muss Schluss machen, Grüße an den Hund.«

Sie legte auf und nahm das Beruhigungsmittel aus dem Schrank, schluckte eine kleine blaue Tablette und spülte mit Wasser nach.

»Es wird Regen geben«, sagte Lucia leise und wollte in ihr Zimmer verschwinden, aber Maria versperrte ihr den Weg.

»Quatsch, es ist vollkommen trocken.« Maria schob Lucia durch die Küche in die Diele. »Nur sehr kühl, also nimm die dicke Jacke.«

Als Lucia sich nicht rührte, nahm Maria die Jacke vom Bügel und den Schal und begann Lucia darin einzuwickeln. Sie zog den Reißverschluss bis zum Kinn hoch wie bei einem Kind. Lucia wurde täglich kleiner, ihre Knochen schwanden und sie sah jetzt besonders klein aus, da sie noch keine Schuhe anhatte und in dicken Strümpfen auf dem Dielenboden stand.

»Setz dich«, sagte Maria und drückte Lucia sanft, aber bestimmt auf den Stuhl, der zwischen Garderobe und dem kleinen Schränkchen stand, auf dem Maria ihre Schlüssel ablegte, im Sommer die Sonnenbrille, die silberne Zigarillodose mit ihren Initialen. Daneben hatte die verpackte Scheibe gestanden, die vor ein paar Stunden von einem jungen Kurier abgeholt worden war. Lucia hatte tatsächlich die Klingel gehört, die Tür geöffnet und ihm das Kunstwerk übergeben. Als er ihr Kugelschreiber und Block gereicht hatte, wollte sie Maria rufen, hatte dann aber doch die Hände aus der Schürze genommen und die Abholung in unsicheren Buchstaben quittiert.

»Ich möchte, dass du mitkommst«, sagte Maria bittend. Sie kniete vor ihrer Mutter und half ihr mit dem Schuhanzieher in den klobigen Schuh.

Ich habe noch ein anderes Stück für dich gemacht, dachte sie, als sie die Schnürsenkel zuband. Für Lucia, die nicht nur ihr Gehör und die Stimme, sondern auch ihre Worte langsam verliert.

»Ich habe Schmerzen«, jammerte Lucia und hielt ihr doch den zweiten bestrumpften Fuß entgegen. »Ich kann nicht laufen.« Sie machte ein unglückliches Gesicht. Maria blieb entschlossen und band den zweiten Schuh.

»Doch, du kannst laufen. Wir haben in den letzten Wochen unzählige Ärzte aufgesucht. Sie konnten nichts finden.«

»Sie haben keine Ahnung.«

»Was für eine Zeitverschwendung«, schimpfte Maria, »du hast nichts.«

»Sie haben keine Ahnung«, wiederholte Lucia.

»Du erfreust dich einer ungewöhnlich guten Gesundheit. Nein. Du erfreust dich gar nicht.«

»Ich habe Schmerzen«, jammerte Lucia.

»Phantomschmerzen.«

»Herz«, sagte Lucia.

»Du bist weder blind noch taub noch lahm. Kein Rheuma, kein Zucker, nicht mal hoher Blutdruck.« Maria verknotete die Schlaufen. »Aber das ewige Rumsitzen tut natürlich keinem gut. Du musst dich bewegen.«

»Ich will nicht.«

»Jetzt komm schon. Ajde. Es wird ein schöner Spaziergang.«

»Ich will nicht raus. Es wird Regen geben«, sagte Lucia verwirrt und ohne in den Himmel zu blicken, als Maria sie aus dem Haus zog.

Als sich die Tür der Galerie schloss, platzte draußen ein Sturzgewitter aus den Wolken, die völlig unmerklich in der frühen Dunkelheit des Abends aufgezogen waren. In der Ferne erleuchteten Blitze den Himmel. Ein Vorhang aus Regen schob sich vor die großen Fenster der Galerie, dann beschlugen die Scheiben und die Spuren, die die Tropfen auf ihnen zogen, gaben nur wenig Blick frei. Maria rauchte, obwohl das Rauchen hier sicher verboten war. Das schwarze Kleid saß wie eine zweite Haut. Seit sie eine weitere Tablette genommen hatte, war es, als hätte sie Watte in Ohren und Kopf. Sie begrüßte Menschen, die sie kannte und vergessen hatte, und Freunde, die sie seit Georgs Beerdigung nicht gesehen hatte. Wie in Zeitlupe nahm sie alles an: Blumen, Beileid und Glückwünsche. Die Blumen kamen in Vasen. Sie erkannte Käufer und Besucher früherer Ausstellungen. Es waren viele Menschen gekommen und es wurde langsam stickig im Raum. Der Trubel machte Maria leicht schwindelig und ihre Hände schwitzten. Falls sie sich auflöste, würde sie zwischen den geschliffenen und geölten Dielen verschwinden. Die Bürgermeisterin, die sie seit Jahren kannte, umarmte sie, die Galeristin sorgte für sanfte Musik und eilte jetzt durch den Raum, um die Tür ein weiteres Mal zu öffnen, für Adam. Maria zerdrückte ihr Zigarillo mit ihrem neuen Schuh und griff nach einem Glas Sekt. Sie ließ die Bürgermeisterin stehen und bahnte sich den Weg zur Tür, umarmte erleichtert den klitschnassen Adam.

»Ich habe überhaupt nicht mit Regen gerechnet«, sagte er grinsend. »War gar nicht angekündigt.«

»Du bist zu spät«, sagte Maria fröhlich.

»Nur Minuten.«

Adam schaute in den Raum.

»Was hier los ist.« Er umarmte sie noch mal, euphorisch.

»Sekt?« Maria machte sich frei und zog Adam zur Theke.

»Erst mal will ich den nassen Mantel loswerden. Mist, die nächsten Wochen werde ich krank im Bett verbringen.« Adam war bester Laune. Er legte den Mantel über den Arm. »Zum Glück bin ich Arzt«, murmelte er und zog eine nasse Spur, die keiner bemerkte.

Sie gingen umher und betrachteten Marias Arbeit. Ihre Agentin nannte es ihr Werk. Ein komisches Wort, fand Maria. An der Decke die goldene Krake, ein Ungetüm mit vielen Armen, daneben der mächtige Leuchter, der aus den Scherben der letzten Monate gefertigt war. Aus den Tagen, an denen nichts mehr ging. An einer Wand hing das acht Meter lange Bild, das aus Schuppen zu bestehen schien und grün angeleuchtet war. Auf dem Tisch in der Mitte in den Blautönen ihrer inneren Berglandschaft feine, glatte Gefäße, Vasen, Schalen. Daneben grobe, raue Skulpturen, kleine und große, an Teufel erinnernde Figuren in Schuppenkleidern. »Nichtraucherspirale«, las Adam. »Interessanter Titel.« Maria zog ihn weiter. Im hinteren Teil des Raums hing golden ausgeleuchtet Lucias Scheibe. Darunter das kleine Schild mit dem Titel und der Zusatz: »unverkäuflich«.

Adam reichte ihr ein Glas Wasser.

»Wunderschön.«

»Meine Sonne.« Maria war stolz. »Inspiriert von der Redewendung meiner Mutter.« Maria zeigte auf die Scheibe. »Sie gehört Lucia.«

»Sunce sija ko tepsija«, las Adam. »Was heißt das?«

»Die Sonne scheint wie ein Backblech.« Maria blickte zu ihm hinauf und strahlte ihn an.

»Wie ein was?«

»Kaum etwas ist so perfekt wie ein Backblech, wusstest du das nicht?«

»Nein, überraschende Betrachtungsweise.«

»Diese perfekten Tage sind allerdings selten, meist war es laut meiner Mutter heiß wie unter der peka, einer Art Tajine, einer Glocke, unter dem auf dem Feuer Brot gebacken, aber auch Fleisch und Gemüse gegart wurde. Aber die Backblechtage sind wirklich perfekt.« Maria lachte und deutete zu Lucia, die auf einem Stuhl an der Wand saß. »Sie ist mitgekommen.«

»Dann werde ich ihr etwas Gesellschaft leisten«, sagte Adam.

Maria drehte sich auf dem Absatz um. Bernhard und Christiane bahnten sich den Weg zu ihr.

»Danke, dass ihr gekommen seid.« Maria umarmte sie.

»So sehen wir dich mal«, sagte Christiane. »Wir haben auch schon was gekauft. Großartige Sachen, besonders die Schnecken.« Christiane lachte verschmitzt.

»Spiralen.«

»Wir wollten aber was Pompöses.«

»Wirklich?« Maria tat erstaunt.

»Das Pompöseste.«

»Nein, oder?«

»Doch.«

»Ihr seid ja verrückt, wo wollt ihr denn die Krake hinstellen?«

»Bevor deine Aktien ganz durch die Decke gehen«, sagte Bernhard. »Geldanlage. Sie kommt in den Garten. Fürs Wohnzimmer ist sie leider zu groß.«

»Wirklich schade.«

»Astrids Zimmer ist zwar frei, aber wir kriegen sie wohl nicht in den ersten Stock.«

»Nein, wohl nicht.« Maria überlegte. »Im Garten ist schön. Wenn ich sie vermisse, stelle ich mich an den Gartenzaun.«

»Wir müssen die Hecke hochwachsen lassen, sonst haben wir immer Schaulustige. Oder wir nehmen Eintritt«, sagte Bernhard. »Für dich natürlich frei.«

»Danke.«

»Sie sieht wirklich sehr lebendig aus. Maria, sie ist umwerfend.« Christiane leerte ihr Sektglas und ihre Wangen glühten.

»Vielleicht ist sie ja lebendig und kommt mal herüberspaziert.« Maria hatte plötzlich das Gefühl, ihren Witz und ihre Geselligkeit aufgebraucht zu haben.

»Wirklich schön, dich zu sehen«, sagte Christiane. »Ich würde auch gerne mal wieder vorbeikommen. Darf ich?«

»Ich hab grad viel zu tun«, sagte Maria zögernd. »Klar. Das wäre schön.«

»Wie geht es dir denn?«

Sie wurden unterbrochen, Maria weitergereicht.

»Wir sehen uns später.« Sie winkten.

Maria sprach nun mit der Vorsitzenden des örtlichen Kulturvereins, die einen Journalisten im Schlepptau hatte. Maria suchte in ihrem Kopf nach ihrem Namen und versuchte, sich auf seine Fragen zu konzentrieren. Sie blickte sich um, suchte Adam, der im hinteren Teil des Raums bei Lucia stand. Er nickte ihr zu. Ich komme gleich, sagte sie mit ihrem Blick. Das Gespräch war zäh, sie schaffte es nicht, die Fragen zu beantworten. Nach kurzer Zeit sah der Mann enttäuscht aus.

»Das waren wirklich seltsame Fragen«, sagte Maria zu Adam, dennoch schämte sie sich.

»Mach dir nichts draus«, sagte Adam.

»Ich bin noch gar nicht so weit«, sagte Maria. »Hierfür.«

»Es ist egal.«

»Ich wusste absolut nicht, was ich ihm sagen sollte. Die Hälfte seiner Fragen habe ich gar nicht verstanden.«

»Der soll sich lieber deine Sachen ansehen.«

»Dieses ganze Interpretieren und Erklären, das ist nicht mein Ding. Dafür soll Anna studieren.«

»Offenbar ist es auch nicht ihr Ding.«

»Ich mach die Sachen einfach.«

»Vergiss es. Hast du gesehen, es wurde schon einiges verkauft.«

»Die Krake haben meine Nachbarn gekauft.«

»Du meinst aus Mitleid?«

Maria zuckte mit den Schultern.

»Quatsch.«

»Keine Ahnung. Ich glaub, ich dreh noch eine Runde.«

»Ich bleibe bei Lucia.« Adam zog einen Stuhl heran.

Maria spazierte in die Menge und wandelte auf einem Stimmenteppich, sie empfand plötzlich große Freude, dass die einsame Arbeit vieler Monate nun aus der Werkstatt heraus war. Das Licht in der Galerie war schön, schon vor der Dunkelheit hatten die großen Fenster so viel Licht hereingelassen, dass die Arbeiten klar und leicht wirkten, selbst die wuchtigen Teile waren voller Würde. Die Krake warf deckenhohe Schatten und präsentierte stolz ihren schwarzen, goldschimmernden Körper.

In der Galerie wurde jetzt Klaviermusik gespielt und jemand hatte Kerzen angezündet. Der Journalist war verschwunden. Irgendwann sagte Adam, dass er Lucia nach Hause bringen würde. »Ich komme mit«, entschied Maria und leise verließen sie die Party. Draußen war es wieder trocken, nichts erinnerte an den heftigen Regenschauer. Nur als sie ein Taxi anhielten, roch es schon nach Schnee.

WINTER

9

Als Maria aufwachte, wusste sie, dass es geschneit hatte. Sie kletterte aus dem Bett und setzte sich auf die Fensterbank. Eine dicke Schneeschicht lag auf den Dingen, den Bäumen, dem Hof, dem Garten, und sie war noch unberührt. Mit mulmigem Gefühl blickte Maria hinaus, denn sie mochte ihn nicht. Weiß war keine Farbe. Schnee war immer nur für Anna gewesen. Und für Georg. Sie erinnerte sich an die harte Winterzeit in den Bergen, die nur in der Erinnerung schön war. In der Realität war Schnee nass und kalt. Es schneite nun in schweren Flocken und Maria wusste nicht, was sie mit Lucia tun sollte. Sie blickte weiter in den Garten und war plötzlich traurig, dass der Winter so heimlich gekommen war.

Sie hatte die Heizung einbauen lassen, bevor die Wände des Hauses gestanden hatten, hatte Georg immer gescherzt. Dabei hatten sie diese Wände nicht gebaut und das Haus nur komplett saniert. Der erste Winter war sehr kalt gewesen. Die Sonne schien jetzt und der Schnee glitzerte.

Vielleicht würde sich das irgendwann poetisch anhören: Als Anna geboren wurde, kam der erste Schnee. Als Lucia sich entschloss zu sterben, kam der erste Schnee, würde sich wohl nie poetisch anhören, aber vielleicht wie ein Märchen. Und so wahr sein, wie ein Märchen eben wahr ist. Märchen-Schnee war schön. Sanft und leise. Keine Schneeflocke gleicht der anderen, hatte sie zu Anna gesagt. Und die hatte es eines Nachmittags zu ihrer Freundin Astrid gesagt, als sie auf dieser Fensterbank gesessen und sich die Nasen an der Scheibe platt gedrückt hatten. Sie hatten ihren Atem gegen das Glas gehaucht und den Hauch mit den Fingern vermalt. Lachende und weinende Gesichter geschaffen, die Scheibe eingesaugt und den Garten beobachtet, der sich weiß einfärbte.

»Können wir raus?«, hörte Maria die Kinder fragen.

»Gleich.«

Gleich, gleich, später, nie.

Schreien und Weinen.

»Na gut. Kurz.«

»Wir müssen den Gehweg freihalten«, hatte Georg gesagt. »Wir haften.«

Anna hatte sich erschreckt, weil sie dachte, sie würden verhaftet. Warum war sie so ängstlich? Maria hatte sich auch erschreckt, vor diesem Wort, und gehofft, dass die Nachbarn das Stück Weg mitkehren würden, damit sie nicht hinausmusste. Sie hatte vorgehabt, den Winter über drinnen zu bleiben, aber die Nachbarn taten es nicht. Verflucht war er, der Schnee.

»Was hast du denn nur?«, hatte Georg gefragt und sie angesehen, auf diese Weise, die Maria innerlich zusammenfallen ließ, als stimme irgendwas nicht mit ihr, als habe sie sich in etwas Komisches verwandelt.

»Was schimpfst du denn die ganze Zeit?«, hatte Georg gefragt.

Maria hatte übersetzt: »Ich ficke deine Mutter und den Schnee«, hatte sie ganz ruhig gesagt.

Wortlos war Georg hinausgegangen und hatte mit den Mädchen einen Schneemann gebaut. Der Schneemann trug Marias besten Hut. Sie schaute aus dem Fenster in den Garten. Die Kinder tobten mit Georg durch den Schnee, eine wilde Schneeballschlacht war im Gange. Klick. Die Erinnerung hatte sie eingerahmt und in ihrem Inneren aufgehängt. Ein Schneeball war hart gegen ihr Fenster geknallt.

Maria überlegte, was zu tun war, und es fiel ihr schwer, die Gedanken zusammenzuhalten. Sie musste sich anziehen und zu Lucia hinüber. Ihr den Schnee zeigen oder ihr zumindest davon erzählen. Schauen, ob sie es warm hatte, die Vorhänge aufziehen, damit das trübe Sonnenlicht hereinfiel, und sie musste Adam anrufen. Als Erstes musste sie Adam anrufen.

»Ist sie verändert in letzter Zeit?«, fragte Adam am Telefon. »Wesensveränderungen?«

»Ich weiß nicht«, sagte Maria.

Maria dachte daran, dass Lucia noch eine ganze Regentonne mit Salzwasser gefüllt und darin Kohlköpfe versenkt hatte. Dann hatte sie beschlossen, nicht mehr zu essen.

»Wer soll das alles essen«, hatte Maria gefragt, unwirsch, denn sie mochte Kohl nicht besonders.

»Du«, hatte Lucia gesagt.

»Ja«, sagte Maria ins Telefon.

»Beschreib das mal.«

»Sie hat keinen Hunger mehr. Sagt sie. Sie will nichts mehr anrühren, zu jedem Schluck muss ich sie zwingen. Sie ist traurig geworden. Sie sagt, sie möchte sterben«, sagte Maria und merkte, dass sie weinte.

»Ich komme vorbei«, sagte Adam. »Ich wollte eh einen Spaziergang machen. Herrlicher Schnee, oder?«

Anna war in einem langen kalten Winter geboren. Die Schneeflocken waren unaufhörlich gefallen, der Garten und die Luft waren still geworden und die Wege verschwunden. Sie hatten es nicht geschafft, sie freizuschaufeln. Im Schneetreiben waren die Minuten wie Stunden vergangen und Maria hatte gefühlt, dass etwas in ihr nicht stimmte. Die Fenster des Hauses waren noch nicht renoviert gewesen und zwischen den Scheiben hatte sich Wasser gesammelt, das in schweren Tropfen hinuntergelaufen war, die Farbe war abgeblättert und die Rahmen hatten geschimmelt und irgendwann war das Wasser gefroren.

»Beste Voraussetzungen für Eisblumen«, hatte Georg gesagt. Er hatte versucht zu scherzen.

»Ein Winter wie im Märchen«, hatte er gesagt. »Wir haben sogar eine Eisprinzessin. Wasserdampf verfängt sich an Kristallisationskeimen, an Staub, kristallisiert zu Eis und beginnt zu blühen«, hatte er erklärt.

Dann gab es doch keine Eisblumen, aber das Haus hatte sich in eine Eishöhle verwandelt und Maria vermisste die Aussicht in den Garten.

»Eishölle«, hatte Maria gesagt.

»Eisblumen sind eben sehr empfindlich.«

»Alles in Ordnung«, hatte die Hebamme gesagt.

Und als Maria Anna vorsichtig in den Arm genommen hatte und die vereisten Stufen hinabgestiegen, durch den Schnee gestapft und zum Arzt gefahren war, hatte das auch der Arzt gesagt.

Maria schaute auf die Uhr, um sich zu vergewissern, dass ihre innere Uhr noch richtig ging. Adam würde gleich hier sein. Nach Annas Geburt hatte sie das Gefühl für die Zeit verloren und immer wieder auf die Uhr und auf den Kalender geschaut, um zu prüfen, dass die Tage vergingen. Durch die vereisten Scheiben täglich dasselbe Bild: Schnee. Sie war in der Nacht aufgeschreckt, hatte Anna sanft geschüttelt, bis sie ein Seufzen hörte oder eine Bewegung spürte. Maria hatte die Worte nicht gekannt, um ihre Angst zu erklären, und im Schein der Nachttischlampe hatte sie Vokabeln gelernt. Als sie die Worte wusste, blieben sie ihr fremd, die Sprachlosigkeit war nicht vergangen und auch nicht die Schlaflosigkeit. Sie hatte an Milan gedacht und Annas Atem gelauscht. Sie hatte Lieder für Anna gesungen und das erste Mal Heimweh gehabt, ohne den Ort, nach dem sie sich sehnte, in ihrem Herzen zu finden. Es war, als kehrte dieses Heimweh gerade zurück.

Maria zog sich an, setzte Georgs Fellmütze auf, holte die Kehrschaufel aus dem Schuppen neben der Küche. Sie kehrte den Weg zu ihrer Mutter frei. In Lucias Zimmer zog sie die Vorhänge auf und die Sonne schien herein, sie lüftete, schüttelte das Federbett auf, zwang Lucia, einen Schluck zu trinken, küsste ihr weiches Gesicht, dessen Haut fast durchsichtig über einer Landschaft verschiedenfarbiger Adern lag. Lucias Augen blickten wissend durch sie hindurch.

»Möchtest du aufstehen?«, fragte Maria. »Kommst du in die Küche? Ich koche Kaffee. Der Ofen ist an. Es schneit.«

Als Lucia die Augen schloss, ging Maria hinaus. Sie kehrte die Stufen vor dem Haus, legte die Steinplatten des Wegs, der zum Gartentor führte, frei, kehrte und fegte den Bürgersteig, auch den vor dem Haus von Bernhard und Christiane, die im Skiurlaub waren.

»Das gibt es bei uns nicht«, sagte Maria entgeistert, als Adam angekommen war und sie zusammen in der Küche saßen. Dann staunte sie kurz über das »uns«. Maria kochte Kaffee.

»Das glaube ich nicht«, sagte Adam.

»Nein, wirklich. Wie soll das auch gehen. Auf dem Dorf. Sie können ja schlecht aus dem Fenster springen oder sich erschießen. Rattengift?« Maria schüttelte den Kopf. »Du spinnst ja. Wirklich. Bei uns gibt es das nicht«, wiederholte Maria. Sie schaute in den Schnee und merkte, dass ihre Hand leicht zitterte, als sie nach der Tasse griff, also stellte sie sie zurück. »Lucia ist eine sehr gläubige Katholikin und sie wird sich nicht umbringen. Ich erlaube das außerdem auch gar nicht.« Wieder griff sie nach der Tasse, doch ihre Hand zitterte jetzt so stark, dass sie den Kaffee verschüttete.

Adam lehnte sich über den Tisch, legte die Hand auf ihren Arm.

»Es ist nur eine Phase«, sagte Maria.

Draußen fiel der Schnee. »Sie wird wieder aufstehen und hier mit mir leben.«

»Das denke ich nicht.«

»Ich habe dich gehört, aber ich verstehe nicht, was du sagst«, schrie Maria.

Sie sah Adam an, aber er schwieg.

»Sie hat sich entschlossen zu sterben?«

»Ich denke ja.«

Über der Tür tickte die Küchenuhr. Alle Gedanken verschwanden, Leere breitete sich aus, eine neue Zeit war gekommen.

»Weißt du, was die Kroaten sagen?«

Adam schüttelte leicht mit dem Kopf.

»Der Koffer ist voll.«

Adam nahm ihre Hand.

»Wir können es mit Medikamenten versuchen, falls sie sie nimmt. Vielleicht will sie das aber nicht.«

»Was will sie dann? Sich tothungern? Das geht nicht, das geht einfach nicht. Auf gar keinen Fall. Das erlaube ich nicht.« Verzweiflung stieg in Maria auf, dann Wut.

»Es ist ihre Freiheit, das selbst zu entscheiden«, sagte Adam sanft.

»Jetzt fängst du auch noch damit an.«

»Was meinst du?«

»Jeder hier ist frei, zu tun und zu lassen, was er will. Großartig, wirklich großartig. Mein Koffer ist echt voll«, sagte Maria.

Es schneite die ganze Woche und Maria machte sich nicht mehr die Mühe, den Schnee wegzuräumen. Über den Hof führten nur noch ihre eigenen Spuren. Es war sehr kalt geworden und über Lucias Tür wuchsen Eiszapfen, die niemand beachtete. Sie kam nicht mehr herüber und blieb die meiste Zeit im Bett. Maria betrat die warme Küche, nahm die Mütze ab, den Schal behielt sie an. Sie stellte das Tablett auf den Tisch und tauschte ihre Boots gegen die Hausschuhe, die an der Tür bereit standen. Sie trug eine warme Strickjacke, die vom Schnee weiß gepunktet war. Als sie sich auf die Bank vor dem Ofen fallen ließ, wurden die Punkte zu Tränen. Sie betrachtete das Essen auf dem Tablett. Es war unberührt.

Das Display ihres Handys leuchtete. Adam. Sie ließ es klingeln. Es verstummte, dann leuchtete eine Nachricht auf: Gehen wir spazieren?

Adam lebte und arbeitete wie Maria außerhalb der kleinen Stadt. Seine Patienten waren in die Jahre gekommen und er sagte, er wolle sie begleiten, solange es ging. Er ging davon aus, dass sich für seine Praxis kein Nachfolger finden würde.

»Wenn ich schließe, haben meine Patienten keinen Arzt«, erklärte er. »Zu viel Ruhe ist zudem wirklich nichts für mich.«

Seine Sprechstundenhilfe Helga war längst im Rentenalter, aber auch sie wollte nicht gehen. Wohin auch? Warum aufhören? Helga wieselte in der Praxis umher, plauschte, trug das Telefon an die Hose geklemmt. Nahm Blut ab, maß Blutdruck. Brachte Adam grünen Tee. Als Maria in die Praxis kam, um Adam auf einen Spaziergang abzuholen, roch es schon weihnachtlich. Auf dem Tresen stand ein riesiger Adventskranz und eine erste Kerze brannte.

Helgas Gruß kam aus dem Wartezimmer. Maria steckte den Kopf hinein, sie grüßte Helga und mit einem Kopfnicken einen letzten Patienten, der seine Tasche auf dem Schoß festhielt und wartete. Helga sortierte die Zeitschriften. Auf dem Glastisch in der Mitte des Raums standen ein weiterer leuchtender Adventskranz, daneben Gebäck, eine Karaffe mit Wasser und blaue Gläser. Helga strahlte sie an, wechselte ein paar freundliche Worte mit dem letzten Patienten und ging mit Maria hinaus.

»Nur noch einer«, sagte sie. »Es wird nicht allzu lange dauern.«

»Ich bin zu früh«, sagte Maria. Sie zog die roten Lederhandschuhe aus, legte sie ordentlich auf den Tresen an der Rezeption und lehnte sich an. Helga tippte etwas in den Computer, sie vereinbarte telefonisch einen Kontrolltermin. Dann legte sie auf und erkundigte sich nach Lucia. »Wie geht es deiner Mutter?«

»Es geht so«, sagte Maria.

Helga nickte. »Es ist nicht einfach.«

»Nein.«

»Was meinst du eigentlich genau mit begleiten?«, fragte Maria. Sie spazierten den Weg entlang, der zum See hinabführte. Die Felder waren eingefroren. Schnee lag auf den Bäumen. Der Weg war glatt.

»Wir unterhalten uns«, sagte Adam. »Wir reden.« Hinter den kahlen Bäumen war jetzt der See zu sehen, hell und glatt wie eine Scheibe.

»Ihr redet?«

»Ja.«

»Deine Patienten sind nicht krank?«

»Die meisten sind nur alt.«

»Sie brauchen aber Medikamente?« Maria zündete ein Zigarillo an und hakte sich unter.

»Schon«, sagte Adam. »Aber das ist nicht das Dringendste.«

»Meinst du mit begleiten auch in den Tod begleiten?«

Adam ging schweigend weiter.

»Adam?« Maria blies langsam Rauch aus.

Er zögerte.

Als sie über eine besonders glatte Stelle mussten, hielten sie sich aneinander fest und rutschten in kleinen Schritten voran.

»Auch.«

»Wie meinst du das?«

»Manche brauchen mich. Sie haben Angst, alleine zu sterben.«

»Warum gerade du?«

»Sie vertrauen mir.«

»Und was tust du?«

»Ich bin einfach da.«

»Aha.«

»Sie wollen in Ruhe sterben«, erklärte Adam. »Sie wissen, ich rette sie im Notfall nicht.«

»Musst du sie nicht retten? Schließlich bist du ihr Arzt.«

»Ich kenne sie seit vielen Jahren und weiß, dass sie in Ruhe sterben wollen. In ihrem Haus. Also lasse ich sie in Ruhe. Ich bin kein Notarzt. Und ich rufe keinen.«

»Und woher weißt du, dass sie das wollen?«

»Weil wir es besprochen haben.«

Das letzte Stück führte durch den Wald, der das Licht schluckte und das Geräusch ihrer Schritte.

»Dafür gibts doch Patientenverfügungen.«

»Das interessiert im Notfall nicht.« Adam blickte auf den See, streckte einen Fuß aus, fühlte, ob das Eis schon trug. Es knackte.

»Im Sommer waren wir noch hier«, sagte Maria, als Adam nicht weitersprach. »Anna wollte Lucia Schwimmen beibringen. Das kommt mir so lange her vor. Alles kommt mir plötzlich so lange her vor. Das ganze Leben.« Maria zog hektisch an einem neuen Zigarillo. Adam warf einen Stein, zwei Enten flogen erschrocken auf.

Maria trat auf der Stelle. Ihr war kalt. Die Bäume waren schrecklich kahl.

»Das war Lucias letzter Sommer. Dieser Schnee ist auch zum Davonlaufen.« Sie betrachtete den See und dachte an den Sommer.

»Hilfst du ihnen beim Sterben?«, fragte Maria nach einer Weile. Adam ließ weitere Steine über das Eis schlittern.

»Adam?«

»Jetzt sag schon.« Ihre Stimme erschreckte den Wald.

Adam blickte sie an, dann schüttelte er langsam den Kopf. »Nein.«

Maria blies viel Rauch aus.

»In den meisten Fällen bitten mich die Menschen einfach um Rat. Es geht ihnen um Autonomie, Maria. Sie haben Angst, dass ihr selbstbestimmtes Leben endet. Manche sind schwer krank …«

In Adams Gesicht schien die Sonne. Der See leuchtete. »Eigentlich geht es darum, wie wir leben«, sagte Adam.

»Und ja, es geht auch darum, wie wir sterben.« Er machte einen Schritt auf das Eis.

»Mich erschreckt der Tod«, sagte Maria.

»Ich habe mich an ihn gewöhnt«, erwiderte Adam. Das Eis knackte jetzt laut und er sprang aufs Ufer zurück, wandte sich zum Gehen. Er ging mit großen Schritten voran, Maria lief hinterher. Erwischte ihn am Mantel. Adam blieb stehen.

»Kannst du mir was verschreiben?«, fragte Maria. »Gegen meine Schmerzen.«

»Helfen deine kleinen blauen Pillen nicht?«

»Das geht dich nichts an.« Marias Wangen glühten.

»Ich weiß.« Adam streckte den Arm nach ihr aus, aber Maria machte sich los. »Lass mich.«

»Das sind starke Beruhigungsmittel.«

»Lass uns gehen.« Maria lief zum Wald.

Am Abend rief sie Anna an.

»Hallo Mama, na?« Anna klang fröhlich.

»Ich möchte, dass du nach Hause kommst. Lucia geht es nicht gut.« Maria saß auf ihrer Fensterbank, blickte hinüber zu Lucias kleinem Haus, in dem noch Licht hinter den Vorhängen brannte, und in ihren dunklen Garten.

»Was soll das denn heißen?«

»Dass es ihr nicht gut geht«, sagte Maria.

»Wie meinst du das? Glaubst du, sie stirbt?« Anna fing sofort an zu weinen.

»Ich weiß es nicht. Es könnte sein, ja.«

»Gehts ihr nicht gut? Ich meine, hat sie Schmerzen?«, fragte Anna besorgt.

»Eigentlich ist alles in Ordnung.« Maria versuchte, ihr Spiegelbild in der Fensterscheibe besser zu erkennen.

»Was denn jetzt? Kannst du mal klar sagen, was los ist?«

»Es wäre einfach gut, wenn du kommst. Das wird sie freuen.« Maria fragte sich, wo Anna gerade war und wie es ihr ging.

»Okay. Klar.« Anna fasste sich. »Wann genau?«

»Nächste Woche?«

»Okay.«

»Spätestens.«

»Soll ich besser schon am Wochenende kommen?«, fragte Anna.

»Ja, noch besser. Am Wochenende wär gut.« Maria war erleichtert.

Anna schnaufte.

»Ich würde gerne eine kleine Feier machen, ein Essen«, sagte Maria plötzlich fröhlich.

»Was sagt Baba dazu?«

»Was soll sie dazu sagen?«

»Ist das nicht komisch?«

»Auch nicht komischer als alles andere«, erwiderte Maria barsch.

»Stimmt schon, wird nur nicht gerade eine unbeschwerte Feier.«

»Nein. Vielleicht nicht.«

»Also gut.«

Maria hörte Anna denken.

»Mach dir keine Sorgen. So ein Tief kommt schon mal vor.«

»Meinst du?« Anna klang nicht überzeugt.

Maria hörte Wasser rauschen.

»Entschuldige«, sagte Anna, »ich musste mal.«

Maria verdrehte die Augen.

»Frag sie doch erst mal, ob ihr nach Feiern ist«, meinte Anna.

»Meine Güte, ein schönes Essen, was soll sie dagegen haben?«

»Wenn sie sich nicht wohlfühlt.«

»Nun mach dir mal keine Sorgen. Ein kleines Festessen. Hast du damit ein Problem?«

»Nein«, sagte Anna. »Ich dachte nur …«

»Gut«, sagte Maria. »Was machst du denn jetzt?«, fragte Maria gereizt.

»Entschuldige, ich ziehe meine Jacke an. Ich muss gleich los.«

»Ich würde noch Adam einladen. Bringst du jemanden mit?«

»Nein, natürlich nicht.«

»Sehr gut.«

»Nur den Hund. Also wenns geht?«

»Versuch ihn irgendwo unterzubringen. Ich mag ihn nicht in meinem Haus haben«, sagte Maria streng.

»Anna?«

Maria hörte eine Tür zuschlagen, dann eilige Schritte.

»Ich versuchs.«

»Also vier. Ist das laut bei dir, wo bist du denn?« Lärm drang durchs Telefon in ihr stilles Zimmer.

»Ich steh mitten auf einer Kreuzung«, sagte Anna.

»Ist ja furchtbar«, sagte Maria. Wieder drang Lärm in ihre Stille, dann legten sie auf.

Es schneite, als Anna kam, und es schneite, als Anna wieder ging. Am Tag ihrer Ankunft schaufelte und fegte Maria den Weg von der Haustür bis zum Gartentor frei und eine schmale Schneise, die von der Küche über den Hof zu Lucias Eingangstür führte. Dort lehnte sie Schaufel und Besen an die Hauswand, stampfte mit den Füßen, um die Schuhe von Schnee zu befreien. Sie ließ sie in der kleinen Diele, betrat Lucias Zimmer. Lucia lag in ihrem Bett, eine gehäkelte Decke war über die Daunendecke gebreitet. Maria zündete alle Kerzen des Adventskranzes auf der Kommode an, sagte ihr, dass Anna heute kommen würde, und gab ihr einen Kuss auf die weiche, faltige Stirn. Sie zögerte und sagte dann doch: »Es ist Weihnachten! Wir werden dich mit rübernehmen.«

Lucia antwortete nicht. Aber hinter ihrer Tonlosigkeit gab es eine kleine Veränderung. Ein Ausdruck glimmte in ihre Augen, den Maria gerne bewahrt hätte. Maria saß jetzt im Schaukelstuhl, noch immer in Jacke und Schal gewickelt, und schaute aus dem Fenster hinaus und der Wintersonne zu, die Lichtspiele, lustige sonnige Punkte und bewegte Schatten hereinwarf. Ab und zu glitt ihr Blick zu Lucia hinüber, die ihre Augen wieder geschlossen hatte. So hatte Maria schon viel Zeit verbracht, sitzend und schweigend. Der Impuls, ihre Gedanken in Worte zu fassen, war schwächer geworden und schließlich verschwunden, die Zeit war unbestimmbar geworden, und sie beschränkte sich darauf, Lucia beim Atmen zuzuschauen und den Schneeflocken bei ihrem Fall. Lucia war eingeschlafen. Maria löschte die Kerzen und öffnete das Fenster für einen Moment. Sie legte ihre Hände auf Lucias und flüsterte, dass sie später wiederkäme. Sie ging die Schneise zurück zur Küche. Die Treppe, die zur Werkstatt hinaufführte, war komplett eingeschneit. Seit ihrer Ausstellung hatte Maria sie nicht betreten.

Maria wusste, wann der Bus ein paar Straßen weiter halten und wann Anna den Weg heraufkommen würde, sofern ihr Zug keine Verspätung gehabt hatte. Auf dem Küchentisch stand die Kiste mit der Weihnachtsdekoration, auf dem Herd kochte das Mittagessen, ein Topf Sarme, Krautrouladen, die sie heute früh gewickelt hatte, was sie nie tat, weil es sonst Lucia für Anna machte, Vegetarier hin oder her. Sarme aß Anna für ihr Leben gern. Hackfleisch und Reis hatte sie üppig mit Gewürzen gemischt, dann in die Blätter des Weißkohls gerollt, den Lucia als letzte aktive Handlung in die mit Salzwasser gefüllte Regentonne eingelegt hatte. Den Kohl hatte ein Bauer aus der Umgebung angeliefert.

Wer den Winter über Weißkohl aß, wurde nicht krank. Krautwickel, Krautsalat, Sauerkraut. Lucia hatte im Winter bereits zum Frühstück Sauerkraut gegessen und war tatsächlich nie krank gewesen. Wenn sie Maria gefragt hatte, ob sie Kohl eingelegt habe, hatte sie gelogen: Ja. Ob sie Anna genügend Sauerkraut gebe: Ja. Vielleicht weil ihr das Bäuerliche daran peinlich war, weil sie den Geruch nicht mochte, der sich nach dem Öffnen der Regentonne über die ganze Umgebung legte. In früheren Wintern hatte sie ihn manchmal in der Nase.

»Hier wohnen Jugoslawen«, hatte sie bei einem Spaziergang durch München zu Georg gesagt.

Und Anna hatte gefragt: »Was sind Jurolawen?«

»Erklär ich dir später«, hatte Maria gesagt und Georg dabei nicht angesehen.

In ihrem größten Topf kochten die Wickel nun in cremiger Tomatensoße.

Maria hatte Schokoladenkuchen gebacken und vielleicht würde Adam später auf einen Kaffee vorbeikommen. Die Tagung, zu der er eigentlich gefahren wäre, hatte er abgesagt.

Anna wollte in Georgs Zimmer auf dem Sofa schlafen und Maria verbrachte die verbleibende Zeit damit, das Zimmer abzustauben und eine dicke Decke mit Annas Lieblingsbettwäsche zu beziehen. Hatte Lucia auch so auf Maria gewartet? Oder hatte sie immer nur auf Milan gewartet, dass er heimkäme aus seinem Krieg, auf seine Briefe, als er nicht kam, dann auf seine Knochen, seinen Schädel, seine Uniform. Auf ihre Enkeltochter. Ihre blonden Locken, ihre fremden Wörter. Auf den Postboten mit der Rente. Die Leere, die sich in Georgs Zimmer ausgebreitet hatte, war auch dieses Mal überraschend, und sie ging geradewegs zum Bücherregal, füllte ein kleines Glas und goss den Schnaps hinunter. Maria war das Warten leid.

»Wo ist die Mundharmonika?«, fragte Anna, als sie ihre Tasche nach oben gebracht hatte.

»Ich weiß es nicht«, sagte Maria. »Hast du Hunger?«

»Ja. Bärenhunger.« Anna umarmte Maria. »Es riecht köstlich.«

»Hallo mein Kind«, sagte Maria und küsste Anna. »Wie schön, dass du hier bist.«

Anna löste sich aus der Umarmung und ließ sich auf die Küchenbank fallen. »Was für ein Schnee, oder?«

»Ja.«

»Ich kann mich nicht daran erinnern, dass wir schon mal so viel Schnee hatten.«

»Hm.«

Ich schon, dachte Maria. Sie hob den Deckel mit einem Küchentuch an, es dampfte. Sie rührte mit dem Holzlöffel um, der neben dem Topf auf einem Teller lag.

»Es ist einfach irre. Der Garten sieht ja fantastisch aus. Wie im Märchen.«

»Hm.«

»Macht viel Arbeit, oder?«

»Was jetzt?«

»Das Kehren.«

»Ja. Chris und Bernhard sind im Urlaub.« Maria rührte weiter.

»Ich frag mich, ob der Schlitten noch im Keller ist.«

»Wahrscheinlich. So ziemlich alles ist doch noch im Keller.«

»Was meinst du?«

»Das ganze alte Leben. Die Vergangenheit. Alles dort unten. Das Leben von früher, deine Kindheit.«

Maria stülpte den Deckel auf den Topf. »Gleich fertig. Ihr geht und lasst den ganzen Erinnerungskram dort.«

»Vielleicht gehen wir rodeln? Mama?«

»Auf keinen Fall. Ich hasse rodeln. Ich habe auch Hunger, habe heute gar nicht gefrühstückt«, sagte Maria

»Ich auch nicht. Nur Kaffee«, sagte Anna. »Apropos, ich freu mich auch auf einen Mokka.«

»Mach ich gleich nach dem Essen.« Maria stellte jetzt zwei dampfende Teller auf den Tisch, Salat und Brot. Anna holte Besteck aus der Schublade.

»Das riecht köstlich«, sagte sie.

»Ich bin gespannt«, sagte Maria. »Das habe ich ewig nicht gekocht.« Maria setzte sich an den Tisch und breitete die Serviette akkurat über ihren Schoß.

Anna probierte. »Uh, heiß, sehr lecker.«

»Wie war die Fahrt?«, fragte Maria und tunkte Brot in die Soße. »Warum die Verspätung?«

»Irgendwas mit der Oberleitung. War aber nur eine halbe Stunde.«

»Ja.«

»Isst Lucia gar nicht mit?«, fragte Anna.

»Nein.«

»Kommt sie nicht rüber?«

»Nein.«

Anna legte den Löffel neben den Teller. »So, Mama, jetzt sag mir mal, was los ist.«

Nach dem Kaffee verschwand Anna in Lucias Zimmer. Maria blieb am Tisch sitzen und betrachtete die Weihnachtskisten. Dann holte sie die Kartoffeln aus der Kammer, schälte, wusch und zerteilte sie, legte sie zusammen mit dem Fleisch, Knoblauch, Oliven und Rosmarin auf ein Backblech und schob alles in den Ofen. Sie räumte die Küche auf und wischte den Tisch und die Ablagen ab. Als Anna nicht wieder auftauchte, hob Maria die Deckel der Kisten und begann, das Wohnzimmer und die Küche zu schmücken. In einer kleinen Kiste lagen, säuberlich zusammengelegt, unzählige goldene und silberne Sterne, die Anna über die Jahre in Kindergarten und Grundschule gebastelt hatte. Sie behängte die kleine Tanne im Hof mit Lichterketten, suchte das Verlängerungskabel heraus, und als es dunkel wurde, machte sie Licht. Maria probierte das Fleisch, öffnete eine Flasche Rotwein und setzte grüne Bohnen auf. Sie trank ihr Glas leer und fragte sich, ob sie hinübergehen oder die beiden allein lassen sollte. In der stillen Küche summte nur der Ofen. Plötzlich hatte sie den Impuls, noch eine Suppe zu kochen. Sie schnitt ein wenig Gemüse, setzte Wasser auf und gab verquirltes Ei hinein. Sah zu, wie es ausflockte und Gestalt annahm.

Endlich klingelte es und sie ließ Adam herein. Er zog die tropfenden Schuhe aus und nahm in Socken am Tisch Platz.

»Hier ist schon Weihnachten«, stellte er verwundert fest.

Maria wurde rot. »Für Lucia. Ich habe überlegt, ob wir im Wohnzimmer essen, aber hier ist es gemütlicher.«

»Ja. Bleiben wir am Ofen. Es riecht köstlich.«

»Ist auch gleich fertig.« Maria reichte Adam Georgs Hausschuhe und ein Glas Wein.

»Danke«, sagte Adam. »Ist Anna gut angekommen? Keine Probleme mit dem Schnee?«

»Erstaunlich wenig Verspätung. Sie ist seit Stunden bei Lucia drüben. Ich hol sie gleich.« Sie stießen mit ihren Weingläsern an. »Danke, dass du gekommen bist.«

»Du siehst toll aus«, sagte Adam.

Maria strich den Rock glatt. »Danke schön.« Sie strahlte.

Maria zündete Kerzen an und deckte den Tisch. Und als sich die Küchentür zaghaft öffnete und Anna die in eine Decke gewickelte Lucia hineinschob, nahm Maria schnell ein weiteres Gedeck aus dem Schrank und stellte es dazu. Anna wickelte Lucia aus der Decke und führte sie zu ihrem Platz.

»Lucia meint, es sei Weihnachten«, sagte Anna und zuckte mit den Schultern. »Oh, sieht echt danach aus. Was ist denn hier passiert?« Was soll das, fragte ihr Blick.

»Man weiß nie, ob man Weihnachten überlebt«, murmelte Maria und schob Anna schnell Richtung Küchenbank.

»Anna, ich möchte, dass du Adam kennenlernst. Adam, meine Tochter Anna.«

Anna ließ sich auf den Sitz plumpsen. »Hallo.«

»Das freut mich ganz außerordentlich.« Adam sah Anna neugierig an, streckte die Hand aus und Anna ergriff sie kurz.

Maria sah, dass Adam fest zupackte und Anna ihn musterte.

»Du hast deine Oma mitgebracht.«

Alle sahen Lucia an, die am Kopf des Tisches saß. Maria strich ihr sanft über den Rücken und stellte die dampfenden Schüsseln in das unsichere Schweigen.

Lucia ließ sich von Anna den Teller füllen und auch als Maria ihr einen Schluck Wein eingoss, gab es keinen Protest.

»Dass ihr zwei da seid, also ihr drei, dass feiere ich. Guten Appetit.« Maria hob ihr Glas.

Es sah aus, als ob Lucia das Essen genoss, das sie nicht in sich hineinschaufelte, sondern sorgsam zerkaute. Sie zerschnitt Fleisch und Kartoffeln selbst, legte das Messer beiseite und hielt die ganze Zeit über Annas Hand. Sie leuchtete im Kerzenschein, die Wangen waren gerötet. Die Decke lag über ihren Schultern, obwohl es warm war in der Küche. Nach dem Essen trank sie noch einen Kaffee, dann wollte sie gehen, und Anna brachte sie in ihr Zimmer zurück.

»Du hattest recht«, sagte Adam, als die beiden durch die Tür waren.

»Darüber bin ich selbst erstaunt«, meinte Maria freudig.

»Das ist wirklich ein Grund zum Feiern«, sagte Adam, und sie stießen an.

»Živjeli.«

»Ich mach mich lieber auf den Weg. Dann habt ihr zwei Zeit zusammen.«

»Gut, aber warte, ich pack dir noch einen Kohl ein. Auch einen für Helga?«

»Das wird sie sicher freuen.«

Maria hantierte im Hof. »Dieser ganze Kohl. Ich fasse es nicht.«

Nach Annas Besuch war Lucia wie ausgewechselt. Sie saß wieder in der Küche vor dem Radio, spülte auch wieder die Töpfe und blickte aus dem Küchenfenster hinaus in den Garten. Adam verschrieb ihr Antidepressiva und Maria nahm Lucia jetzt mit zu ihren Einkäufen in den Ort. Sie ließ Lucia im Blumenladen Frühlingsblumen aussuchen, das Gemüse und Obst auf dem Markt befühlen. Sie stellte sie in den Buchladen, wo sie stehen blieb, während Maria durch die Regale stöberte, sie besuchten Adam in der Praxis, die Galerie und Lucias goldene Sonne und gingen zum Friseur, wo Lucia sich die langen grauen Haare auf Wickel drehen ließ. Sie kochten gemeinsam und Lucia verarbeitete den Kohl, den sie auch zu Anna nach Berlin schickten. Oft saßen sie schweigend vor dem Radio oder betrachteten das Wetter, Maria zeichnete Skizzen am Kamin und schrieb Tagebuch. Abends wartete Lucia auf Annas Anruf. Maria plante den nächsten Tag, damit es, so schien es ihr, einen nächsten Tag geben würde, und wenn sie abends ins Bett ging, war sie nicht sicher, ob ein neuer Tag kommen würde, aber er kam.

»Am Wochenende gibt es ein Konzert in der Kirche«, sagte Maria freudig, fast erleichtert und klappte die Zeitung zu. »Da gehen wir hin.«

»Lies mir das vor«, sagte Lucia und schob Maria ein dünnes Buch über den Tisch. Es war ein kroatisches Kochbuch.

»Das ist ein Kochbuch.«

Lucia hatte die Hände vor dem Bauch gefaltet und wartete.

»Irgendwas Bestimmtes oder einfach von vorne?«, fragte Maria.

»Von vorne«, sagte Lucia.

Maria las das Rezept für dalmatinische Fischsuppe vor, dann die Zubereitung von gebackenem Tintenfisch, Stockfisch und Fischeintopf.

»Ich wusste gar nicht, dass ich das habe.« Maria betrachtete die Bilder.

»Lies weiter«, sagte Lucia.

Maria seufzte und las die Zutatenliste für »Gegrillter großer roter Drachenkopf«, dann, wie man ihn ausnimmt.

»Gefüllte Krebse, meine Güte. Und Hummer.« Maria schüttelte sich.

»Weiter.«

»Dafür kommst du morgen mit mir nach München.«

Am nächsten Tag setzte Maria Lucia auf den Beifahrersitz und schaltete das Autoradio an. Sie wollte eine Galeristin treffen und eine Ausstellung im nächsten Sommer besprechen, und sie wollte Lucia nicht einen ganzen Tag alleine zu Hause lassen. Sie hatte mit mehr Widerstand gerechnet, aber Lucia ließ sich anziehen und zum Auto schieben, sie trug ihr gewohntes Outfit aus schwarzen Röcken und klobigen Schuhen, ihr Kopftuch und einen warmen Pullover. Maria warf die Mäntel auf die Rückbank. Die Galerie lag in der schicken Münchner Innenstadt, die aus blanken Schaufenstern leuchtete, und sie passierten sie mehrere Male auf der Suche nach einem bezahlbaren Parkplatz. Maria fluchte. Sie ließ Lucia noch im Auto sitzen, während sie rauchte und ihre Mappen aus dem Kofferraum holte. Schließlich holte sie auch Lucia heraus und führte sie in den hell erleuchteten Raum. Die Galeristin war jung und elegant, die frisierten Haare wippten, als sie auf sie zueilte, sie duftete, als sie Maria küsste, und ihre Armbänder klimperten, als sie Lucia die Hand hinstreckte.

»Das ist meine Mutter«, sagte Maria. Maria trug hohe Schuhe und beide Frauen überragten die jetzt winzige Lucia.

Die Galeristin lächelte und sah Maria verwundert an.

»Ich bin Meike, wie schön Sie kennenzulernen«, sagte Meike professionell, als sei dies eine ganz normale Angelegenheit, und sie führte die beiden in ihr schickes Büro, das von grellen Lampen erleuchtet und spärlich eingerichtet war. Kein Staubkorn tanzte. Maria trug ein blaues Kostüm und fröstelte, es war warm gewesen im Auto.

»Sie spricht kaum Deutsch«, sagte Maria und lächelte.

»Kaffee?«, fragte Meike und drückte die Knöpfe einer kleinen Maschine.

»Unbedingt«, sagte Maria. »Kann ich hier rauchen?«

»Leider nein«, sagte Meike und schüttelte heftig mit dem Kopf.

»Kein Problem«, sagte Maria.

Sie musste plötzlich an Annas Worte denken: »Lucia in München, das ist wie ein Astronaut im Zirkus.« Und sie überlegte, ob Anna recht hatte mit ihrer Wut. Ob sie sich angepasst hatte oder ob sie es ihnen leicht gemacht hatte. Passte sie hierher? Wohin gehörte sie? Lucia jedenfalls sah aus, als gehöre sie vor einen alten Ofen in ein kleines Steinhaus in einem kleinen Dorf in den blauen Bergen, weit, weit fort.

So weit fort nun auch wieder nicht, dachte Maria und nippte am heißen Kaffee. Aber fremd genug für München. Hier war sie ein fremdes Wesen, zu alt, zu schwarz und zu krumm, sie gehörte in ein Leben, das die Menschen hier nicht kannten. War Meike vor den knochigen Fingern zurückgeschreckt? Erinnerte Lucia sie an den Tod? Wusste sie, dass er kommen würde, so hell ihr Leben auch war? Es war eine sehr renommierte Galerie und Maria würde hier ausstellen, das hatte sie doch immer gewollt, und deshalb hatte sie sich angezogen, als käme sie aus New York, und deshalb mochte sie Kohlgeruch nicht und deshalb hatte sie das J aus ihrem Namen gestrichen, damit niemand darüber stolperte, denn das waren sie nicht gewohnt. Und deshalb hatte sie geheiratet und Georgs Namen angenommen. »Das ist ja furchtbar«, hatten die Leute gesagt. »Das ist ja ein furchtbarer Name. Sprechen Sie überhaupt Deutsch?«

Meike war nett und drehte die Heizung hoch, sie führte Lucia durch die Galerie, während Maria sich umsah, sie hatte Humor, und bevor sie sich verabschiedeten, rauchten sie.

»Ich wusste gar nicht, dass du aus Kroatien kommst«, sagte sie. »Soll ein schönes Land sein. Ich muss unbedingt mal hinfahren.«

Den restlichen Tag verbrachten Maria und Lucia auf den Bänken in der Gemäldegalerie, wo es leer war und warm.

10

Als Weihnachten kam, feierten sie noch einmal, in fast gleicher Besetzung. Am Weihnachtstag klingelte es und Helga stand vor der Tür.

»Nanu.«

»Zu viel Schnee«, schnaufte Helga, »nehmt ihr mich auf?«

»Natürlich.« Maria lachte. »Komm rein.«

Maria führte Helga in die Küche, wo Anna und Lucia beim Frühstück saßen.

»Das ist Helga«, sagte sie auf Kroatisch. »Wegen dem Schnee kann sie nicht zu ihren Kindern fahren, sie feiert mit uns.«

»Meine Tochter Anna«, sagte sie zu Helga. »Meine Mutter kennst du ja.«

Lucia, der nichtkroatische Menschen suspekt waren, schien Helga zu mögen, und auch Anna war sichtlich froh, dass sie die ersten Weihnachten ohne Georg nicht allein mit Maria und Lucia feiern musste. Lucia ging über die doppelte Weihnachtsverwirrung hinweg und ließ sich nichts anmerken, sie erweiterte die Dekoration lediglich um ein paar Heiligenbilder. Helga und Lucia begannen zu backen, aufwendige Plätzchen in allen Formen, und auch Anna half mit. Dann kochten sie. Als Adam kam, aßen sie alle Plätzchen. Am Abend verzehrte Lucia ein Festmahl, und auch, als die Teller schon lange abgeräumt und alle aufgebrochen waren, blieb sie noch sitzen.

Der Frühling war schon zum Greifen nah, als Lucia ihre Tabletten nicht mehr nahm. »Meine Zeit ist jetzt gekommen«, sagte sie. Sie rührte kein Essen mehr an und lag klein wie ein uralter Zwerg unter einem Berg Frotteebettwäsche. Lucia schlief friedlich, aber Maria, die im Schaukelstuhl neben ihrem Bett saß, schreckte hoch. Lucia schlug die Augen auf, betrachtete das hüpfende Licht, das die tiefe Sonne an die Zimmerdecke warf. Nach einer Weile schloss sie die Augen wieder und Maria bewegte sich leise hinaus. Maria rief Adam an.

»Sie will jetzt sterben«, sagte sie. »Fangen wir also an.«

Am Abend brachte Adam eine medizinische Matratze für Lucia und ein paar Bücher, die Maria in den Nächten durchlas. Lucia wurde schnell deutlich schwächer und verließ das Bett kaum noch. Sie sahen sich Fotos an, hörten gemeinsam Musik und unterhielten sich. Lucia sah friedlich aus. Ein einziges Mal schrie sie in der Nacht. Maria schreckte von ihrem Lager auf, gab ihr das Beruhigungsmittel, das auf dem Tisch bereitlag, stieg zu Lucia ins Bett und hielt sie im Arm. Ruhig schlief sie weiter und als der Morgen kam, war sie ganz klar. Sie setzte sich in ihrem Bett auf und Maria führte sie zu ihrem Sessel, damit sie ihr Bett frisch beziehen und Lucia aus dem

Fenster schauen konnte, wo der Schnee wie immer vom Himmel fiel.

»Bei Gott, was für ein Schnee«, sagte Lucia.

»Es ist fast Frühling. Wirklich!« Sie führte Lucia zurück zum Bett, seufzend ließ sie sich in die Kissen sinken.

»Kaum zu glauben, aber wenn du das sagst.« Lucia lutschte die kleinen Eiswürfel, die Maria ihr reichte.

»Geht es?«, fragte Maria. Sie sprühte Lucia mit Rosenwasser ein und befeuchtete ihren Mund.

»Es ist erträglich, aber es dauert lang«, sagte sie ernst. Maria stellte frisches Wasser neben sie, aber Lucia ließ sich nicht beirren. »Ich bin auf dem Weg. Das weiß auch Gott.«

»Ja, das weiß er.«

Adam kam und ließ Schmerz- und Schlafmittel auf dem Nachttisch. Maria erklärte Lucia den Unterschied und dass sie die Tabletten jederzeit nehmen könnte.

»Ich brauche doch nichts, mein Kind«, sagte Lucia.

Als Lucia das Sprechen schwerfiel, erzählte Maria ihr von Anna, von Milan, von Bila, vom Sommer, von der Walnussernte. Sie beschrieb den Baum und seine ausladenden Äste, seine dichte Krone und den Schatten, den sie spendete. Von den süßen Feigen.

»So viele Feigen«, sagte Lucia.

Milans Geschichten brachten sie zum Lachen.

»Ja«, sagte Lucia. »Ich erinnere mich sehr gut.«

Maria saß in Lucias Schaukelstuhl und erzählte ihr vom Meer, von den Zypressen, vom Sonnenuntergang, vom Fisch, der vor der Küste lebte, vom Tuckern der Fischkutter, von der Tinte im schwarzen Risotto. Sie erzählte immer weiter, vom Markt, den Gewürzen und Kräutern, die es dort zu kaufen gab, und dem Gemüse, das üppig auf den Steintischen lag, von den Marktfrauen mit ihren starken Stimmen und ihrem heiter-mürrischen Gemüt, vom Geschmack des Olivenöls. Sie listete die Zutaten für imaginäre Gerichte auf, die nach Meer rochen, nach Zitrone, nach Knoblauch, Thymian und Rosmarin, Lorbeer und Pfeffer. Adam kam vorbei, setzte sich zu ihnen und hörte zu. Maria beschrieb den Geschmack des saftigen, fettigen Bureks, das es in einer kleinen Bude am Markt zu kaufen gab, dann ihr Lieblingsessen, gegrillte Calamari, dazu Mangold und Wein, das kleine Restaurant in den verwinkelten Gassen von Omiš in den schläfrigen Mittagsstunden. Und sie beschrieb die blauen Berge, die Lucias Heimat waren, die weite Sicht, den Schrei des Hahns, den Klang der Räder auf dem Makadam, die Stimmen im Wind. Maria dachte daran, wie streng Lucia sie erzogen hatte, an die ängstlichen Nächte, an Milan, an die Nachtigall und ihren Schrei in der Stille, an ihr Pferd, an den Lehrer, der die Eltern gebeten hatte, sie weiter zur Schule zu schicken, an ihren großen Bruder Mate, an die Scheune voller Tabak, an ihren Vater und Großvater, an Milans Geburt, an das Schlachten der Hühner. Adam erhob sich leise, sie umarmten sich, dann ließ er sie allein.

Über Lucia baumelte der »Wortfänger«, ein filigranes Mobile, das Maria für sie gemacht hatte, das ihr helfen sollte, ihre Wörter und Gedanken zusammenzuhalten, als Lucia meinte, sie gingen verloren. Manchmal nahm Lucia ihre Bibel zur Hand und fuhr mit den Fingern über die Zeilen. Maria dachte daran, dass Lucia in ihrem Leben kein Wort gelesen hatte.

Lucia war Analphabetin, aber als sie ein paar Brocken Deutsch konnte, die sie abenteuerlich verwendete, hatte sie Anna erklärt, sie sei ein Alphabet. Analphabet, Baba, hatte Anna sie korrigiert. Ja, hatte sie unwirsch erwidert, sag ich doch: Alphabet. Wahrscheinlich hatte sie recht. Maria musste schmunzeln.

Einmal saß Lucia plötzlich aufrecht im Bett und breitete die Arme aus. Sie murmelte freudige Worte, die Maria nicht verstand.

»Haben wir Besuch?«, fragte Maria.

Lucia ließ sich zurückfallen und schlief wieder ein.

In ihren letzten Tagen verstummte Lucia ganz, aber Maria sah sie die Lippen bewegen. Vielleicht betete sie oder sprach mit ihren Geistern, vielleicht mit ihrem Mann, vielleicht mit Milan. Sie bekreuzigte sich. Maria setzte sich zu ihr ans Bett, fragte, ob sie ein Schlafmittel wolle, und reichte ihr die Tablette. Diesmal nahm Lucia sie an und spülte sie mit einem kleinen Schluck Wasser hinunter.

Eines Nachts starb sie schließlich, wie immer auf ihre Art bescheiden, mit nicht mehr als einem leisen Seufzer, und Maria blieb bis zum Morgen wach.

Sie streichelte ihre Arme, ihr Gesicht und ihre Hände, faltete sie. Sie kämmte das weiße Haar, flocht es und steckte es an Lucias Kopf fest. Sie rief Adam an, dann Anna, die den nächsten Zug nehmen wollte. Später telefonierte sie mit dem kroatischen Bestattungsunternehmen.

»Ich verstehe jetzt, dass dies der einzige Weg für sie war«, sagte Maria, als sie mit Adam in der Küche saß.

»Es ist wahnsinnig gut verlaufen, Maria. Du hast sie großartig versorgt.«

»Ich danke dir, dass du so oft hier bei mir warst.«

»Soll ich Kaffee kochen?«

»Aber mach doch Filterkaffee bitte.«

Adam füllte die Kaffeemaschine.

»Meine Mutter hat einen starken Willen.« Maria lachte laut. Adam sah sie erstaunt an.

»Hatte. Oh Gott, meine Nerven«, sagte sie entschuldigend und lachte nochmals laut.

Adam kam zu ihr herüber und nahm sie in den Arm. »Hoffentlich werden wir das bald wieder öfter hören.«

»Ja«, sagte Maria und begann zu weinen, »so ein starker Wille.«

»Und ein starkes Gottesvertrauen, oder? Das hat ihr sicher geholfen«, sagte Adam.

Die Maschine gluckerte jetzt und der Duft nach Kaffee tröstet sie.

»Ich wusste immer, dass meine Mutter tapfer ist, aber ich wusste nicht, dass sie mutig ist. Natürlich weiß ich eigentlich nicht viel über sie oder über ihr Leben.«

Adam stellte dampfende Tassen auf den Tisch und Maria nippte an der Tasse und ein wenig Leben kam in ihren Körper, der sich kalt und starr anfühlte.

»Wie hat sie das nur geschafft?«

»Es ist wirklich ein sehr mutiger Schritt«, sagte Adam.

»Ich bin so froh, dass es nun vorbei ist.«

Schweigend tranken sie Kaffee.

»Sie hatte gar keine Angst«, sagte Maria nach einer Pause erstaunt.

»Ich denke, es war einfach richtig so.«

Maria dachte kurz nach, weinte wieder, putzte sich die Nase. »Mit Anna konnte sie nicht mehr sprechen«, sagte sie. »Anna ist sehr traurig.«

»Ist sie schon unterwegs?«

»Ich glaube ja.«

Adam goss Kaffee nach.

»Streng genommen ist es Selbstmord, nicht war? Adam?«

»Ob es medizinisch so definiert wird, spielt doch jetzt gar keine Rolle. Lucia sah das offenbar anders. Und was wissen wir schon.«

»Ja.«

»Es war ihre einzige Möglichkeit.«

»Selbst dem Sterben steht der Glaube im Weg.«

»Vielen hilft er doch sehr.«

»Fragst du dich, was da kommt?«

»Nach dem Sterben?«

Maria nickte.

»Nein.«

»Niemals?«

»Nein.«

»Hast du keine Ehrfurcht davor?«

»Nein.«

»Ich kann jetzt wohl aus der Kirche austreten«, meinte Maria.

»Du kannst tun, was du willst«, sagte Adam.

»Ich habe mich nicht getraut.«

Adam lachte.

»Ja, lach nur. Ich hatte die Fantasie, dass es einen direkten Draht gibt. Von hier in das Dorf meiner Mutter. Der

Pfarrer dort wird es erfahren und Lucia erzählen, und sie wird auf der Stelle tot umfallen.«

»Du bist sehr gläubig.«

»Gewisse Nachrichten haben sich immer wie ein Lauffeuer ausgebreitet, das Feuer war nicht zu stoppen. Die Nachrichten flogen durch die Luft, über die Dörfer.«

»Wir alle lieben diese Geschichten.« Adam zuckte mit den Schultern.

»Ich habe mich getraut, die deutsche Staatsangehörigkeit anzunehmen, davon habe ich Lucia auch nichts erzählt. Das mit der Kirche«, Maria schüttelte den Kopf, »es ging einfach nicht.«

»Wirst du es jetzt tun?«

»Wir werden sehen.«

»Jetzt bloß nichts überstürzen«, sagte Adam.

»Eben.«

»Doch«, sagte Maria dann. »Ich will endlich aus der Kirche austreten.« Sie war sehr müde. Im Garten steckten die ersten Blumen ihre Köpfe aus der Erde. Zarte Blüten sprenkelten die Hecke. Auch an den Armen des Flieders entdeckte Maria erstes Grün. Es war noch immer kalt, aber die Sonne schien. Der Wein vor Lucias Tür sieht vertrocknet aus, dachte Maria besorgt.

»Ich überlege, es Anna nicht zu erzählen«, sagte Maria.

»Oh.«

»Später.«

»Ist gut.«

»Und niemandem sonst«, sagte Maria.

»Ja. Willst du frühstücken? Hast du Hunger?«

»Ich kann nichts essen, zu müde. Ich geh schlafen.«

Maria stand auf. »Ich muss jetzt allein sein.«

»Ich bleibe hier, wenn es dir recht ist.«

»Das ist mir recht.«

Maria stieg die Stufen zu ihrem Zimmer langsam hoch, ihr Körper war steif und unbeweglich. Ihr Zimmer war so, wie sie es verlassen hatte, und Maria schloss erleichtert die Tür. Sie zog die Vorhänge vor den sonnigen Tag und ließ sich auf ihr Bett fallen, streckte Arme und Beine aus, betrachtete die Zimmerdecke und ihr Leben, in dem ein weiterer Platz frei geworden war. Sie hörte die Küchentür und Adam, der zu Lucia hinüberging. Als wäre eine Melodie zu Ende gesungen, eine Stille ohne Farbe, weiß wie der erste Schnee. Sie dachte an das leise Seufzen ihrer Mutter, an Lucias blasses Gesicht im Dämmerlicht, an die silbrige Haut, die über den Adern lag, verästelt und verzweigt, in dünnen Falten geknittert, an die kühle und sanfte Hand, an die weiche Stirn, die rauen Lippen. Maria hatte das Licht nicht angeschaltet und kein Geräusch gemacht. Und der Moment, den sie gefürchtet hatte, füllte sie jetzt aus mit einem Gefühl, das voll war, wie Freude. In Marias Brust klopfte und hämmerte es, ihr Herz schlug nun schnell und brachte Lebendigkeit in ihren ganzen Körper. In den nächsten Stunden würden sie aufbrechen und Lucia nach Hause bringen. Sie würde einen Flug buchen, dachte Maria schon im Halbschlaf. Doch noch bevor sie eingeschlafen war, wusste sie, dass sie denselben Weg wie Lucia nehmen würde. Den langen. Mit dem Auto.

FRÜHLING

11

Maria ging den Weg zum Haus hinauf und blieb vor der Tür stehen. Sie hörte Männerstimmen. Sie hörte Georg. Die Tür öffnete sich quietschend und Zigarettenrauch schlug ihr entgegen. Im Licht, das ins dunkle Innere des Hauses fiel, glänzte Staub vieler Jahre. Maria blickte auf die Staubschicht auf ihren Schuhspitzen, beugte die Knie und stellte ihre Tasche ab. Langsam, in neuen schwarzen Schuhen, ging Maria weiter zur Küche.

»Georg, da bist du ja«, sagte sie, als sie in der Küche stand. Sie zog den Rock ihres Kostüms zurecht, streifte das Jackett ab und ließ es über eine Stuhllehne gleiten. Dann setzte sie sich auf den Stuhl, der für sie freigeblieben war, und zündete sich ein Zigarillo an.

Georg, der rücklings auf einem Stuhl gesessen hatte, kam herüber und umarmte sie.

»Da bist du ja«, sagte er in ihr Ohr.

»Da bist du ja, Maria«, sagte auch Mate, der am Herd Kaffee kochte, sich zu ihr umdrehte und ihr ein Glas Schnaps eingoss. »Živjeli! Wer hätte gedacht, dass wir uns wiedersehen. Du warst so schnell verschwunden, Schwester.«

»Unsere Mutter ist tot«, sagte Maria und trank den Schnaps in einem Zug. In der anderen Hand verglühte das Zigarillo.

»Ich weiß, Maria, das sind wir alle.«

»Ich nicht.«

Mate hatte ihr wieder den Rücken zugewandt und antwortete nicht.

»Hörst du, Mate? Ich bin nicht tot.«

Mate lachte.

Maria wurde unruhig. Mitten im Traum erkannte sie plötzlich, dass dies ein Traum sein musste. Sie wollte aufwachen und wurde doch wieder hineingezogen, sah sich selbst im Zimmer sitzen und zur Tür blicken, durch die nun Milan und Adam hereintraten, obwohl eigentlich kein Platz mehr war. Aber früher hatten hier auch viele Menschen Platz gefunden. Ihr großer Vater, der fast bis an die Decke reichte, die kleine Mutter, die Brüder und Nachbarn.

»Was machst du hier, Adam?« Sie sah, dass er antwortete, doch was er sagte, ging in dem Lachen von Georg und Mate unter. Mate rief: »Maria, weißt du, dass das mit Jelena damals kein Unfall war? Vielleicht war es ja gut, dass du gegangen bist.«

Sie dachte an die schöne Jelena. Bilder zogen an ihr vorbei wie Landschaft vor einem Zugfenster. Für einen Moment war es, als würde sich alles in Zeitlupe bewegen, die Stimmen wurden undeutlich, dann wieder klar. Die Hexe hat sie geholt, hörte sie jemanden sagen. Für die schöne Jelena hatte es keinen anderen Ausweg gegeben, dabei war eine andere Welt doch gar nicht weit.

Maria betrachtete Georg, der einen Vollbart trug, wie damals, als sie mit ihm Jugoslawien verlassen hatte. Wie jung er aussah neben Mate, der nicht so viel Schnaps trinken sollte. Sein Leben lang hätte er nicht so viel Schnaps trinken sollen.

»Anna wird bald hier sein«, sagte sie zu Georg. »Sie müsste längst hier sein.«

»Maria ist gekommen«, freute sich Mate. Er wurde immer lauter.

»Mate«, sagte Maria laut, aber er hörte sie nicht. »Ich werde nicht lange bleiben.«

Maria zündete sich ein Zigarillo an und Mate verschwand im Rauch. Sie hatte Angst, dass auch Georg verschwinden würde, und streckte die Hand nach ihm aus, berührte ihn, obwohl er sich zu entfernen schien, ihr Arm wurde länger. Während sie den Geschmack des Zigarillos genoss, spürte ihre Zunge, dass einer ihrer vorderen Zähne wackelte. Sie fühlte mit dem Finger nach, wackelte ihn heftig hin und her, drehte ihn und legte schließlich den Zahn auf den Tisch. Als sie Georg mit ihrer Zahnlücke anlächelte, sah sie sich selbst.

Milan und Adam verschwanden, ihre Bilder wurden zu Spiegelbildern, die auf dem Wasser lagen, und als ein Wind aufkam, trugen die Wellen sie fort. Als auch Georg verschwand und sie allein in der Küche zurückblieb, war das Feuer erloschen und sie spürte die Angst.

Maria erwachte, als die Steine gegen das Autoblech schlugen und der Wagen an der Kirche die Kurve nahm. Noch ganz benommen begrüßte sie die Berge, den Lavendel und

Rosmarin, die Nuss- und Feigenbäume, die Natur, die begonnen hatte, über das Dorf zu wachsen, das verlassener als verlassen war. Die Natur hier oben in den Bergen war üppig, als ob alles, was zu Boden fiel, sich in ein sprießendes Gewächs verwandelte. Verlassene Häuser waren zusammengefallen, aus morschen Dächern wuchsen Bäume. Der Bestatter kannte den Weg und das Haus und Adam folgte dem schwarzen Wagen. Sie fuhren am Friedhof vorbei und ließen ihn hinter sich. Das hatte noch Zeit; Maria wollte Lucia nach Hause bringen.

Die Autos hielten vor Lucias Haus und als das Motorengeräusch erstarb, war sie wieder da, diese mächtige Stille, die Maria kurz den Atem verschlug. Sie betrachtete stumm die Berge, bis der Bestatter ungeduldig zu werden begann. Steif hatte er im Anzug neben seinem Wagen gestanden und in die andere Richtung, zum Haus geblickt, nun trat er unruhig von einem Bein auf das andere. Maria holte die Zigarillodose aus dem Auto und ging dann rauchend den steinigen Weg hinauf. Sie hörte, wie der Kofferraum geöffnet wurde. Plötzlich blieb sie erschrocken stehen: Ein Siebenschläfer bewachte die Tür und fauchte sie an. Sie griff einen Stock, der an der Mauer lehnte, und schlug auf das Tier ein.

»Hau ab, du Vieh. Das ist mein Haus«, schrie sie. »Mein Haus.« Sie keuchte. Sie haute weiter, als das Tier schon verschwunden war. Schwer atmend holte sie den Schlüssel aus der Tasche und schloss die Tür auf. Ihr Herz klopfte laut. Staub schlug ihr entgegen und die Leere des Hauses, in dem alle Stimmen längst verklungen waren. Adam und der Bestatter holten den Sarg aus dem Leichenwagen und trugen ihn in das kleine Schlafzimmer, das rechts vom Flur abging. Maria stand rauchend in der Tür und beobachtete, wie die Männer ihn in das Zimmer schoben. Er passte gerade neben das Bett. Der Bestatter verbeugte sich unmerklich und ging hinaus. Adam legte ihr kurz die Hand auf den Arm, dann ließ auch er sie allein. Maria betrachtete den wuchtigen Sarg. Dort ruhte Lucia. Dritte Tochter, mit den für ihre Körpergröße riesigen Füßen und dem kleinen Muttermal an der rechten Ferse, das weiße Haar geflochten und am Kopf festgesteckt. Mit dem langen Zeh, den Maria und Anna geerbt hatten und über den sie oft gesprochen hatten. Die schwarzen klugen Augen geschlossen, schlief sie. Nun für immer.

Das Leben hatte Lucia in Falten gelegt. Maria sah das Gesicht ihrer Mutter vor sich, ohne den Sarg zu öffnen, in dem sie unter einer Glasscheibe lag. Das wäre so üblich, hatte der Bestatter gesagt, und sie hatte den Sarg mit Glasscheibe genommen, obwohl sein Preis haarsträubend war und sie wusste, dass sie ihn nicht mehr öffnen würde, Glasscheibe hin oder her.

Lucia hatte Maria alles beigebracht, was sie über das Leben hier wusste. Alles über das Überleben. Eine lange Zeit hatte Maria in dieser Wildnis überlebt. Erst später erfuhr sie, dass es einen Unterschied gab zwischen Leben und Überleben. Maria hatte Böden blitzblank geschrubbt und keine Zeit gehabt, in Eisenwannen zu rodeln, aber dafür waren alle ihre Knochen heil geblieben und sie hatte ein Gespür für die Dinge entwickelt, die sie umgaben. Sie hatte die Seele in ihnen entdeckt, in den Tassen und Tellern und ihren kleinen Rissen, in Lucias Porzellanfigürchen, im

Ticken der Uhr, in den Zweigen der wilden Kirsche, die dem geräucherten Fleisch den besonderen Geschmack gab, im Geruch des frischen Knoblauchs, natürlich in den Augen von Bila, der Kuh, in Milans ruhigem Atem, in Lucias Muttermal am Fuß, in der Kraft ihres Pferdes und den Steinen unter ihren Füßen, wenn sie von der Schule nach Hause gekommen war. Im Knistern des Feuers, der Stille des Winters, wenn es endlich nicht mehr so viel Arbeit gab.

Lucia hatte ihr das Backen und Kochen beigebracht, die Tiere zu hüten und zu töten, Käse zu machen, Kräuter zu finden, einzumachen, zu lüften, zu trocknen, zu stricken, zu häkeln, zu pflanzen und zu ernten, zu nähen, zu stopfen. Sie hatte die roten, aufgeschwemmten oder im heißen Wasser verbrannten Hände eingecremt und eingewickelt, und manchmal hatte sie sie auch im Arm gehalten. Maria hatte geträumt, Lucia hatte sie gewiegt und gemurmelt, dass ihre Schwiegermutter ihre Knochen noch im Grab verfluchen würde. Und obwohl sie den Sinn der Worte nicht verstand, hatten sie Maria in Lucias Schoß zutiefst erschreckt. Am Ende hatte Lucia sie gelehrt, den Tod nicht länger zu fürchten.

Vorsichtig ging Maria über die alten Dielen im kleinen Flur. Durch die breiten Ritzen zog die Leere des ehemaligen Stalls hinauf. Früher war es die Wärme der Tiere gewesen. Es war sehr kalt und nichts für hochhackige Stiefel. Sie trippelte in die Küche, stieß das Fenster auf. Luft und Stille kamen herein und mischten sich mit der Verlassenheit des Hauses und ihrer eigenen. Sie warf den Zigarillorest nach draußen, zog die Lederhandschuhe aus, unsicher, wo sie sie ablegen sollte. Sie hätte sich gerne die Hände gewaschen, aber es gab kein Wasser im Haus. Zögernd setzte sie sich auf einen Stuhl an den Küchentisch. Ein Bein war locker und er wackelte. Draußen verabschiedete Adam den Bestatter. »Ich komme in zwei Tagen«, rief er in Marias Richtung. Auch das war üblich.

Der Traum der Autofahrt steckte Maria in allen nach der Fahrt schmerzenden Gliedern. Sie hatte lange und tief geschlafen, dabei war es doch nur eine halbe Schlaftablette gewesen. Nun holte sie den Rakija aus dem Küchenschrank. Lucia hatte ihn mintfarben gestrichen und seine Türen und Schubladen mussten äußerst behutsam geöffnet werden. Es war so unglaublich eng hier, trotz der Kälte schwitzte sie. Die Mokkatässchen und Schnapsgläschen waren winzig, sie kam sich vor wie in einem Puppenhaus, fühlte sich unwohl in dieser Spärlichkeit. Wie passte nur alles hier hinein, Maria sah sich um: der runde Tisch, dazu zwei wackelige Holzstühle, der Herd an der Wand neben dem Fenster, daneben das Küchenbuffet, ein Kühlschrank mit Häkeldeckchen, ein grünes Sofa neben der Tür. Ein zweites Fenster mit Blick in die Berge. Maria zog die Gardine aus Spitze zur Seite, die sich starr und staubig anfühlte.

Adam berührte fast die Decke. Als er ins Haus kam, musste er den Kopf einziehen. Er stand in der Tür und hielt die Tüten mit ihrem Einkauf in einer Hand.

»Ach, sogar ein Kühlschrank?«, meinte er zufrieden.

Das Bett würde für Adam viel zu klein sein. Sie goss den Schnaps ein und wollte sich darin ertränken, in einem riesigen Schwall Balkanmelancholie. Mit Gesang. Ja, so sind wir vom Balkan, Säufer und Sänger, rief sie in Gedanken und hob ihr Glas. Es hatte anders werden sollen, das Leben, nicht so einsam und still. Maria setzte sich und goss nach.

»Ich schlafe auf dem Sofa«, sagte Adam und Maria nickte.

»Gute Idee.«

Adam lachte, setzte sich neben sie und betrachtete die Tüten auf dem Tisch.

»Es tut mir leid.« Maria füllte noch ein Glas und schob es Adam rüber.

»Was tut dir leid?«

»Das alles. Einfach alles.«

Adam trank den Schnaps.

»Hier sind wir also«, sagte Maria.

»Ja.«

Sie schwiegen.

»Macht Anna noch ihren Serbokroatischkurs?«, fragte Adam plötzlich in die Stille.

»Natürlich. Aber er heißt seit Neuestem Kroatischkurs.«

»Wann kommt sie?«, fragte er.

»Bald«, sagte Maria.

»Gut.«

»Wir werden nicht auf sie warten«, sagte Maria bestimmt.

Und dann warteten sie.

»Es ist kalt hier.« Maria schauderte und schloss das kleine Küchenfenster.

»Können wir denn Feuer machen?«, fragte Adam.

»Warum nicht? Der Ofen müsste funktionieren, und Holz ist auch da«, sagte Maria. Sie zeigte auf einen Berg Holzscheite in der Zimmerecke und zündete sich ein weiteres Zigarillo an, blickte an ihrem schwarzen Rock zu ihren hohen Stiefeln hinunter und fühlte wieder den leeren Stall direkt unter den Dielen. Wie konnte sie eine Kuh vermissen? Langsam blies sie den Rauch aus. Adam schichtete das Holz in den Ofen, schob Zweige in die Zwischenräume, entzündete das Feuer, aber kurz darauf stand das Zimmer in dichtem Rauch. Maria sprang auf, lief durch den Flur und öffnete die Haustür.

»Ach du Scheiße.«

»Funktioniert wohl doch nicht mehr?«, fragte Adam. »Er zieht nicht.«

Maria rannte zurück und öffnete auch das kleine Küchenfenster. »Oh nein.« Sie hustete.

»Ich weiß nicht, was los ist.« Adam zuckte mit den Schultern. »Ich kriege es nicht hin«, sagte er noch, als im Ofenrohr ein fremdes Geräusch zu hören war und etwas hinabschoss.

»Was ist das?«, schrie Maria. Sie starrten ungläubig auf den Ofen.

Adam stocherte im Holz.

»Ameisen.«

»Ameisen?« Maria machte auf dem Absatz kehrt. »Unfassbar«, murmelte sie. »Ich muss hier raus.«

Maria saß vor dem Haus, Adam machte sich drinnen weiter an Lucias Ofen zu schaffen, kehrte und säuberte, und als das Holz schließlich brannte, kam er hinaus, um Wasser zu holen. Irgendwann stand eine kleine Tasse mit kroatischem Wappen vor ihr. Sie tranken türkischen Mokka, der so gut schmeckte wie nie zuvor. Auf das Leben!

Sie war Adam dankbar, dass er auf ihrer Reise kaum gesprochen hatte. Schweigend hatte sie die Erinnerungen eingesammelt und hatte Georg zugehört, der über das Land sprach, das er so geliebt hatte, das durch den Krieg noch mehr »da unten« war und drohte, aus der Welt zu fallen.

Maria wusste nicht, in welchen Grenzen sie sich verorten sollte und ob sie Grenzen brauchte, wo die Vergangenheit aufhörte und die Zukunft begann. Sie spazierte den Weg hinauf zu dem flachen Platz vor den alten Ruinen, die einmal Heuschober gewesen waren, und blickte in die Berge. Dahinter konnte nur das Meer sein. Es war für sie als Kind schwer vorstellbar gewesen, dass dieser Fleck Erde zu einer Welt gehörte. Maria dachte an Jelena, die auch öfter hier gesessen hatte, bis zu dem Tag, an dem sie im Brunnen vor ihrem Elternhaus ertrunken war. Jelena war älter als sie gewesen und sehr schön, als Kind hatte Maria sie aus der Ferne bewundert und sich nicht getraut, sie anzusprechen. Ein schrecklicher Unfall sei das gewesen, hatte ihre Mutter gesagt. Und die Nachbarn. Trotzdem war es, als hätte sich Nebel über die Geschichte gelegt. Erst viel später, als sie längst in Deutschland lebte, hatte Maria gewusst, dass es kein Unfall gewesen war. Und sie erinnerte sich, dass Jelenas Sandalen ordentlich neben dem Brunnen gestanden hatten.

Der Brunnen hatte Maria Angst gemacht. Wasser zu holen war schwere Arbeit, viele Meter fiel der Eimer an seiner Kette hinab, bis er das Wasser erreichte, das ihr Vater als das beste der Welt gepriesen hatte, und mühsam war es, den vollen Eimer hochzuziehen. Die Angst vor der Hexe, der Baba Roga, die tief im Brunnen wohnte, sollte die Kinder beschützen, sie bändigen und bewahren. Täglich wurde sie genährt, die Angst, und Maria hatte sich eifrig gefürchtet, vor dem Brunnen, den Schlangen, den Hunden, der Nacht, dem Nachbarn und vor Milans Atempausen in der Dunkelheit. Besonders wenn die Eltern nicht da waren und sie mit ihrem Bruder allein gewesen war.

Die Natur holt sich alles zurück, dachte Maria. Sie inspizierte die Umgebung. Das Gras stand hüfthoch, die Pflanzen hatten ihre Dornen ausgefahren und waren zu Gestrüpp geworden. Sie wucherten und verschluckten die alten Steinhäuser. Die Räucherkammer war fast verschwunden und das Backhaus ganz. Der Weg war unzugänglich, Maria gab schnell auf. Das kleine Haus war einfach weg. Sie setzte sich auf einen Stein und sah den Abhang hinunter. Schwere Brote hatte sie dort gebacken, auf dem Feuer unter der Ascheglocke. Im Winter war es dort drinnen schön warm gewesen und im Sommer kühler als draußen. Beim Backen hatte Maria den klebrigen Teig immer gemocht, vor allem seinen Geruch. Das richtige Maß der Dinge ergab das neue Ganze, und wenn Maria das Salz in den Teig gab, kannte sie dessen Geschmack, bevor sie ihn probierte. Viele Stunden hatte sie im Backhaus verbracht, hatte geknetet, gesungen, sich selbst Geschichten erzählt oder Milan, den sie oft dabeihatte, als er noch ein kleines Kind gewesen war. Während der Teig aufging, auf wundersame Weise wuchs, konnte sie ihren Gedanken nachhängen und aus dem geschützten Dunkel den Geräuschen lauschen, die draußen über die Berge schallten.

Das Backhaus war ein sicherer Ort gewesen, jedenfalls bis zu dem Tag, als ihr Bruder Mate plötzlich die Tür aufgerissen, sie hinausgezerrt, auf die Wiese geschickt hatte, um für die Tiere Gras zu pflücken. Die Mittagssonne brannte auf ihrem Körper, als sie mit bloßen Händen die letzten grünen Halme aus der trockenen Wiese rupfte. Sie hatte den ganzen Nachmittag gebraucht, um den Sack zu füllen. Kaum waren die Eltern fort, übernahm Mate das Regiment.

Die Bilder drängen sich hier auf, dachte Maria, die weiter auf dem Stein saß und rauchte. Sie sah sich selbst, vielleicht zehn Jahre alt, mit ihrem Sack vom Feld kommen, das Gesicht von Dreck, Schweiß und Tränen schwarz, von der Sonne verbrannt. Langsam ging sie zum Brunnen, von der Hitze geschwächt. Sie blickte sich nach Mate um, aber er war nirgends zu sehen. Wahrscheinlich machte ihr Bruder seinen Mittagsschlaf. Maria wusch alles gründlich ab. Den Dreck, den Schweiß und die Tränen. Sie ordnete ihre Zöpfe und schwor sich, dass sie von hier weggehen und niemals wiederkommen würde. Dann kochte sie für Mate Abendessen.

Die Mauer des ehemaligen Räucherhauses würde bald komplett einstürzen. Vielleicht war Milan schuld, dachte Maria plötzlich und schmunzelte. In einem Winter war er in einer Eisenwanne den Weg hinabgerodelt, aus der Kurve geflogen und mit voller Wucht gegen die Hauswand gekracht, die nun bröckelte. Die Knochen seines Ellenbogens hatten sich durch Fleisch und Haut gebohrt und ausgesehen wie Fremdkörper. Als endlich jemand gefunden war, der einem Arzt am nächsten kam und Milans

Knochen ohne Betäubung richtete, hatte Milan, knapp sechsjährig, nur gesagt: Gebt mir eine Zigarette, damit ich nicht weine. Milan, der Zarte, der immer stark sein wollte, als ob er geahnt hatte, dass er mit seiner Klugheit allein hier nicht weit kommen würde. Milan, der Tapfere, der die Zigarette geraucht und keinen Mucks gemacht hatte. Er wurde ein starker Raucher und wäre vielleicht nicht alt geworden, aber die Granate war tödlicher als das Nikotin seiner selbst gedrehten filterlosen Zigaretten, die auch er mit einem absurden Stolz rauchte, weil sein Großvater Schmuggler gewesen war und er der tapferste Sechsjährige, den es in den Bergen jemals gegeben hatte. In den schwer leserlichen Briefen, die er Maria nach Deutschland schrieb, fand sie oft Tabakkrümel und eine Nähe, die manchmal unerträglich war. Sein männliches Gehabe, wie Maria es nannte, hatte er während seiner Besuche bei ihr abgelegt, aber als sie ihn gebeten hatte, zu bleiben, sagte er Nein.

Maria machte sich auf den Weg zum Friedhof, wo es von toten Milans wimmelte, nur ihrer war nicht dabei. Die Kirche und der Friedhof lagen auf einer Anhöhe und Maria folgte dem ausgetretenen Schotterpfad zur Kirche hinauf. Im Familiengrab war noch Platz, für Milan, falls man ihn je finden würde, und für sie. Die Toten mussten sich hier verlassen fühlen unter kalten Marmorplatten. Auf den Gräbern steckten Plastikblumen, als sollte hier nichts lebendig sein. Aber die Natur hielt sich nicht an die Regeln. Unbeirrt wuchs das Kraut zwischen den Steinen und bewegte sich leise im Wind. Die weißen Steine knirschten unter Marias Schuhen, und sie überlegte, sich nach einem Stein zu bücken, der runder und weißer war als alle anderen. Sie betrachtete die Fotos der Verstorbenen auf ihren Grabsteinen, Menschen aus lang vergangener Zeit, ihr älterer Bruder Mate, ihr Vater, Onkel, Großvater, sie lebte schon so lange ohne sie, aber sie wusste, die Zeit ohne Georg würde sich viel länger anfühlen.

Maria holte ihr Handy aus der Tasche, hier oben hatte sie ein wenig Empfang. Sie wählte Annas Nummer.

Sie weinte ins Telefon, als sie Annas Stimme hörte.

»Mama? Beruhig dich, ich bin doch fast da.«

»Ich kann mich nicht mehr beruhigen, warum bist du immer noch nicht hier? Ich will, dass du mich überlebst.«

»Das hatte ich vor.«

»Adam und ich sind ganz allein hier, das Dorf ist tot. Bis du kommst, wächst aus Lucias Haus ein Baum.«

»Wo bist du?«

»Auf dem Friedhof. Ich stehe an meinem eigenen Grab. Ich wollte immer weg, aber mein Grab ist hier. Daran habe ich nicht gedacht«, schrie sie über die weite Stille. »Ich will bei Georg liegen.«

»Das kannst du doch«, sagte Anna.

Der Tod kümmerte sich nicht um Grabplätze oder Reihenfolgen, und Milans Knochen würde man niemals finden. Auch sein Platz würde im Familiengrab freibleiben und ihre Eltern und Mate mit den Geistern des Dorfes allein sein.

»Wann zum Teufel bist du endlich da? Hast du keinen Respekt?« Maria war wütend.

»Schrei mich nicht so an«, sagte Anna.

»Entschuldige, ich bin unendlich müde.«

»Ich musste mich noch um den Hund kümmern und ein paar Dinge regeln, ich bin unterwegs und bald da.« Annas Stimme war leise und weit weg.

»Hoffentlich findest du den Weg«, sagte Maria und legte auf, denn die Verbindung war schlecht geworden.

Maria suchte nach einem Taschentuch, fand keins und wischte Tränen und Rotz mit dem Handrücken ab. Sie blickte in die Berge. Es war ein wunderschöner Ort, aber es war einfach nicht auszuhalten. Sie hob den weißen Stein auf, verließ den Friedhof an seinem zweiten Ausgang und trat zurück auf den Weg, der sich hier weiter hinauf in die Berge schlängelte. Sie folgte ihm ein Stück, lief dann über eine wilde Wiese und kletterte über eine Steinmauer. Die Sonne schien, doch es war kühl. Im Nachbardorf standen ein paar neu gebaute Häuser, in denen an den Wochenenden Familien aus der Stadt wohnten. Jetzt lag auch dieses Dorf verlassen da, aber auf der Bank vor einem leuchtend rot gestrichenen Haus entdeckte Maria eine Frau. Es stand auf einem Hügel und Maria lief hinauf und grüßte.

»Da bist du ja«, sagte die unbekannte Frau. »Komm, ich hole dir einen Schnaps.«

»Gib mir lieber einen Kaffee«, sagte Maria und ließ sich erschöpft auf die sonnige Bank fallen.

Nach einer Weile kam die Frau zurück, und schweigend tranken sie Kaffee.

»Komm, ich zeig dir was«, sagte sie irgendwann. Rauchend folgte Maria ihr zu einem Stall. Was machte sie nur hier, so allein? »Ich liebe die Einsamkeit hier«, antwortete die Frau, als könnte sie ihre Gedanken lesen. »An den Wochenenden sind nun einige aus der Stadt da. Ich bin auch aus der Stadt, aus Zagreb, aber ich lebe jetzt hier. Mit den Ziegen. Schau mal.«

Maria zertrat den Rest ihres Zigarillos, und aus der Sonne traten sie in einen dunklen Stall mit Ziegen. Eine Ziege lag allein im Heu und stieß zaghaft stöhnende Laute aus.

»Was ist mit ihr?«, fragte Maria erschrocken.

Die Frau lachte. »Sie bekommt ihr erstes Kind.«

12

Die erste Nacht war tiefschwarz. Maria sah nichts, aber die Sterne tanzten in ihrem Kopf. Mäuse, Ratten oder Marder trappelten, und sie wartete auf die Nachtigall. Schließlich musste sie wieder eingeschlafen sein, denn die Hähne weckten Maria früh am Morgen. Wie konnte man bei diesem Lärm schlafen? Wieder krähte der Hahn in einem Dorf und von weit her krähte ein anderer zurück. Maria starrte an die Decke, sie war unruhig und konnte nicht länger liegen bleiben, obwohl sie müde und zerschlagen war. Sie lauschte, aber in der Küche, wo Adam auf dem Sofa schlief, blieb es still. Ich hasse diese schwarzen Nächte, dachte sie und zog sich an. Unschlüssig stand sie im Flur, ging dann hinaus und schloss leise die Tür. Weil sie nicht wusste, was sie sonst tun sollte, ging sie erneut den Weg zum Nachbardorf. Diesmal nicht am Friedhof vorbei, sie wählte den direkten Weg über die alten Felder, wo ein schmaler Trampelpfad durch das Gestrüpp führte, und als sie das Dorf erreichte, leuchtete die Sonne hinter den Bergen. Die Fensterläden des roten Hauses waren fest verschlossen und Maria lief zum Stall. Die Tür sah aus, als ob sie sich nur geräuschvoll öffnen ließe, aber sie sprang sofort auf, lautlos. Die Ziege hatte ihr Baby bekommen, es schlief jetzt neben seiner Mutter im Stroh. Vorsichtig streichelte Maria die kleinen Ohren.

Als sie an die frische Luft trat, sah sie sich um. Die Frau winkte aus ihrem Haus auf dem Hügel, dann kam sie herüber. Sie drückte Maria eine Tasse Mokka in die Hand und schaute nach den Ziegen. »Das hast du gut gemacht, meine Kleine«, hörte Maria sie aus dem Stall. »Ein niedliches Ding, oder?«, rief sie zu Maria herüber. Sie kam heraus und bot Maria eine Zigarette an. »Du weißt nicht, wer ich bin, oder?«

»Es tut mir leid. Ich erinnere mich nicht.«

»Jelena.« Sie stand im Rauch.

»Jelena?« Maria schluckte. »Maria.«

»Ich weiß. Ich kenne deinen Namen.«

»Hilf mir auf die Sprünge«, sagte Maria.

»Ich war sehr eng mit eurer Nachbarin befreundet.«

»Jelena«, rief Maria. »Auch Jelena.«

»Mich riefen alle nur bei meinem Nachnamen, weil wir immer zusammen waren.«

»Die wunderschöne Jelena.« Maria dachte an ihre Schuhe, die ordentlich neben dem Brunnen standen, bevor sie wie das Mädchen für immer verschwanden und Nebel aufgezogen war.

»Ich habe sie aus der Ferne angehimmelt.« Maria lachte bei der Erinnerung. »Ich habe sie bewundert, weil sie so schön war. Aber an ihre Freundin erinnere ich mich nicht.« Es tat Maria sehr leid, dass dieser Teil in der Erinnerung fehlte. »Ich hatte wohl nur Augen für sie.« Ratlos zuckte sie mit den Schultern.

»Vergangen ist vergangen«, sagte Jelena, »ist doch gut.«

»Meine Erinnerungen sind so löchrig wie das alte Kopftuch meiner Oma.« Sie setzen sich aus Geschichten zusammen, dachte Maria, aus einzelnen Bildern, Stimmen, vielleicht Träumen. Vielen Erinnerungen traue ich nicht und die Wirklichkeit ist verschwunden. Die Dunkelheit in mir erschreckt mich.

»Beste Freundinnen. Ich war immer an ihrer Seite. Nur nicht an diesem Tag.« Jelena sah plötzlich sehr traurig aus.

»Erinnerst du dich an Nebel? An Raureif?«, fragte Maria.

»Nein, alles war unverändert. Die Sonne schien.«

Jelena rückte ihren Hut zurecht.

»Du bist früh auf den Beinen.«

»Die erste Nacht schlaf ich hier nie«, sagte Maria.

»Ich weiß, es ist zu schwarz.«

»Ich habe Angst, in der Dunkelheit zu verschwinden«, murmelte Maria.

»Seit ich hier bin, habe ich am Ende jeder Nacht einen schrecklichen Traum. Ich weiß nicht, wo ich bin, aber ich weiß, dass es um Leben und Tod geht, dass wenn ich jetzt etwas falsch mache, Schreckliches geschehen wird.«

Maria schüttelte sich. »Jede Nacht?«

»Ja.«

»Gruselig. Willst du nicht lieber ohne diesen Albtraum leben?«

»Ich will rausfinden, was der Traum zu bedeuten hat.«

Sie rauchten schweigend.

»Erst hier habe ich verstanden, dass es keinen Himmel gibt. Dass alles unendlich ist. Mein Haus, mitten im endlosen Raum. Das überwältigt mich und vielleicht kann ich deshalb nicht mehr zurück in die Stadt.«

»Ich bleibe auf keinen Fall hier.«

Der starke Kaffee tat gut und Maria blinzelte in die Sonne.

»Ich erinnere mich an den Tag, an dem du fort bist«, sagte Jelena und schaute sie an.

»Ehrlich?«

»Ich habe ein gutes Gedächtnis.« Sie grinste.

»Wann bist du weg?«, fragte Maria, sie wollte das Thema wechseln.

»Ein paar Jahre später.«

Die Kirche läutete den Sonntag ein, sie lauschten dem Glockenschlag.

Maria dachte an Adam. »Ich muss los«, sagte sie und lief los.

»Willst du kein Frühstück?«

Aber Maria war schon den Hang heruntergelaufen. Sie joggte den Weg zurück. In der Nacht hatte es geregnet und sie sprang über ein paar Pfützen. Die Feuchtigkeit lag glitzernd auf den Wiesen. Die Welt leuchtete.

Als sie zurück zum Haus kam, stand Adam in der Küche und fröstelte in seinem gestreiften Pyjama.

»Ich habe Wasser geholt.« Sie stellte eine Schüssel auf den Tisch. »Soll ich es warm machen?«

»Nicht nötig«, sagte Adam.

»Ich fahre jetzt runter«, sagte Maria, »schauen, ob ich einen Laden finde.«

»Fleisch und Kartoffeln haben wir ja.«

»Würdest du das in den Ofen schieben?«

»Klar.« Adam inspizierte den Inhalt seines Koffers.

»Morgen ist also die Beerdigung?«, fragte Adam, obwohl er es wusste.

»Ja.«

Ratlos stand er vor seinen Kleidern, fuhr sich durch die Locken. »Ich werde mich mal rasieren«, entschied er. Er setzte sich vors Haus und baute einen kleinen Spiegel auf, füllte eine Schale mit Wasser und legte sein Rasierzeug bereit.

Maria, die ihm nach draußen folgte, musste lachen.

Adam seifte sich ein. »Sehr witzig. Du hast übrigens Stroh im Haar.«

Maria kämmte ihr Haar durch und zog einzelne Strohhalme heraus.

»Zumindest wird es jetzt wärmer«, sagte sie und blickte in den Himmel.

Sie sah Adams Gesicht im Spiegel.

»Ich frage mich schon, warum Georg mit gerade mal fünfzig Jahren einen Herzinfarkt haben musste.«

Adam hielt kurz inne.

»Lucia ist gestorben wie es sich gehört: alt.«

Adam rasierte bedächtig weiter.

»Ich bin so traurig«, sagte Maria. Sie setzte sich neben Adam.

»Ich weiß.«

»Als ich Lucia hier abgeholt habe, war sie eine der letzten Überlebenden. Du kannst dir nicht vorstellen, wie lebendig es hier mal war. Alles ist verschwunden.«

Maria betrachtete Adam im Spiegel.

»Ich dachte wirklich, sie würde hier sterben. Denkst du, es war ein Fehler, dass ich sie hier weggeholt habe?«

»Nein.«

»Nach Bayern.«

Adam lachte und wischte die Reste des Rasierschaums mit einem Handtuch ab.

»Mach dir nicht so viele Gedanken. Jetzt ist sie hier.«

»Und wir auch.«

»Ja, das hätte ich wirklich nicht gedacht«, sagte Adam. Er legte den Arm um Marias Schulter.

Schweigend sahen sie den stummen Bergen und den lauten Insekten zu, den schimmernden Libellen und glänzenden Käfern, die wie kleine Hubschrauber durch die Luft sausten. Ameisen kamen den Weg zum Haus hinauf. Irgendwo lauerte der Siebenschläfer. Er wartete. Über ihnen rankte der Wein und ließ die Sonnenstrahlen tanzen.

»Ich muss los.« Maria sprang auf. »Ich glaube, ich ziehe mich noch um.« Ihre Jogginghose und ihre Turnschuhe waren nass und mit Erde beklebt, sie fühlte sich fleckig und staubig.

»Zieh dir was Richtiges an, heute kommt bestimmt noch Besuch.«

»Lass mich hier nicht zu lange allein«, rief er. »Es ist schon ein bisschen unheimlich.«

»Willst du mitkommen?«, rief Maria zurück.

»Nein, fahr du mal. Ich kümmere mich ums Essen.«

»Ich dachte, es ist gut, wenn jemand da ist, falls Anna ankommt.«

»Ja, schon gut.«

»Bis später.« Maria lief zum Auto. Sie ließ den Motor an, und die Räder drehten durch auf dem Schotter.

»Fahr vorsichtig«, rief Adam und Maria brauste davon.

Sie war in Gedanken, als das Auto auf sie zukam. Auf der engen Straße konnte sie nicht ausweichen und trat erschrocken auf die Bremse. Die Autos trafen sich kurz hinter der Kirche, an der engsten Stelle der Straße, wo es nicht möglich war, aneinander vorbeizukommen. Erst war Maria überrascht, dass ihr ein Auto entgegenkam, dann erkannte sie Anna. Sie drehte den Schlüssel und blieb sitzen, weil sie keine Schuhe trug. Maria betrachtete die vielen kleinen Pfützen auf der sandigen Straße.

»Anna, worauf wartest du?«, sagte Maria mit einer Handgeste, den glücklichen Blick hinter den großen Gläsern ihrer Sonnenbrille versteckt. Anna winkte und machte keine Anstalten auszusteigen. Seufzend und fluchend griff Maria nach ihren Stiefeln, bewegte den Hebel an ihrem Sitz, schob ihn geräuschvoll nach hinten und zog die Reißverschlüsse ihrer Schuhe hoch.

»Warum steigt sie denn nicht aus, mein Gott.« Maria öffnete die Tür. »Willst du deine Mutter nicht begrüßen?« Reflexhaft nahm sie ihre Tasche und stieg aus.

Anna steckte den Kopf aus dem Fenster. »Die Straße ist so matschig«, rief sie. »Wo fährst du denn hin?«

»Annaschatz, ich habe lange genug hier oben gewartet, jetzt bringe ich den Müll weg.« Maria stakste hinüber, schob die Sonnenbrille hoch und gab den glücklichen Blick frei.

»Schön, dass du da bist, lass dich küssen.« Sie küsste Anna durch das geöffnete Autofenster. Die Sonne schien nun heiß zwischen den Wolken. Anna stieg ebenfalls aus und schloss die Fahrertür behutsam mit einem leisen Klick. Maria umarmte sie. Dann entdeckte sie den Hund, der gerade erwacht war, sich ausrollte und schüttelte. Anna lehnte sich ans Auto und blinzelte in die Sonne. Maria schwieg, sie hatte die Brille wieder auf die Nase geschoben und sah durch die getönten Gläser, die alles noch schöner machten, dass Anna ihre Augen suchte.

»Es ging nicht anders, er musste einfach mit«, sagte Anna nun. »Aber er ist ja kein gewöhnlicher Dorfhund.«

Maria schaute ins Auto. »Er sieht aus wie ein gewöhnlicher Dorfhund.«

Der Hund hatte jetzt die Vorderpfoten auf das Armaturenbrett gestellt und schien die Umgebung zu betrachten.

»Er bleibt draußen.« Maria holte ein Zigarillo aus ihrer Handtasche. »Nur ein, zwei Züge«, sagte sie nun entschuldigend. »Der Weg nach unten zieht sich. Er erscheint mir in diesem Jahr so viel länger, vielleicht fahre ich nicht mehr so schnell wie früher. Gings dir auch so?«

»Ich weiß nicht. Warum fährst du überhaupt runter? Gibts den Müllcontainer an der Kirche nicht mehr?«

»Ein Wort mit Flügeln, Anna.«

Anna schaute verwirrt.

»Vergiss es, ich bin bald wieder da.« Maria überkam wieder diese Traurigkeit, weil Anna nicht wusste, wovon sie sprach. Georg hätte es gewusst. Es war ihr Code für Lagerkoller. Müll wegbringen hieß ganz schnell rausmüssen.

»Du kannst auch mitkommen. Wir kaufen Brot und Kuchen. Heute ist Gottesdienst, danach wird sicher der eine oder andere bei uns auftauchen. Inzwischen wird es sich rumgesprochen haben, dass wir da sind, und die Leute hier sind neugierig. Also was ist? Kommst du mit?«

»Am Sonntag?«

»Streng katholisch hin oder her, hier haben alle Supermärkte und Läden auf. Also?«

»Die Reise war echt anstrengend, ich fahr mal zum Haus.«

»Adam ist da, er bewacht das Mittagessen. Er freut sich sicher.« Maria lief zum Auto zurück, saß einen Moment erschöpft da, die Tasche auf dem Schoß. Mithilfe ihres kleinen Spiegels zog sie den Lippenstift nach, fuhr rückwärts und bog in den Weg zur Kirche ein, um Anna vorbeizulassen. Anna winkte und fuhr los.

»Soll ich dir was mitbringen?«, rief Maria noch hinter ihr her, doch Anna hörte sie nicht. Maria schaltete das Radio ein und fuhr zurück auf die Straße. Sie verfolgte den Beitrag über Kroatiens verlorene Generation, war aber nicht bei der Sache und lauschte auf die Sprache, die ihr heute Mühe machte. Als sie die Kleinstadt am Fuß der Berge erreichte, lagen die Cafés noch ganz verschlafen am Straßenrand. Maria blinkte, parkte und setzte sich auf eine Terrasse, obwohl es aus vorbeifahrenden Autos neugierige Blicke gab. Sie schob die Sonnenbrille auf ihre Nase, schlug die schönen Stiefel übereinander und bestellte Espresso. Auch hier lief der Radiosender. Außer ihr gab es nur einen einzigen Gast, einer der verlorenen Generation. Aufgewachsen im Krieg.

»Ich werde nicht mit Lucia in einem Zimmer schlafen«, sagte Anna, als Maria zurückkam und die Tüten in die enge Küche trug.

»Natürlich nicht«, sagte Adam beschwichtigend.

»Wir schieben sie in den Flur«, entschied Maria. »Habt ihr schon gegessen?« Sie legte Gemüse, Zwiebeln und Knoblauch auf den Tisch und packte süßen Kuchen und Brot aus, Käse und Schinken.

»Nein«, sagte Adam, öffnete das Fach des Ofens und legte Zweige nach. Dann öffnete er seine Tür und wendete das brutzelnde Fleisch. Der Duft von Olivenöl, Rosmarin und Knoblauch breitete sich aus.

»Ich habe versucht zu schlafen«, sagte Anna, »ich bin furchtbar müde.«

»Und?«

»Ich kann nicht schlafen.«

»Da, schneid mal das Gemüse.« Maria legte zwei Holzbretter und Messer vor sie auf den Tisch. »Wir kochen jetzt die Vorspeise.«

»Warum hast du ihn eigentlich nicht mitgebracht?«, fragte Maria, die sich die Schürze überzog.

Anna starrte sie an. »Wen jetzt?«

Maria nahm auf dem freien, wackeligen Stuhl am Tisch neben ihr Platz und begann, die Möhren zu schneiden. »Du bist verliebt, das sehe ich doch.« Sie schob die Möhrenscheiben mit dem Messer zu Seite.

Annas Gesicht war rot angelaufen. »Quatsch. Hör auf.«

»Wer ist es?«, fragte Maria unbeirrt. »Jetzt noch Petersilie.« Sie hielt Anna einen großen Bund duftende Petersilie hin, Annas Wangen leuchteten, die Sommersprossen und ihre großen Augen. Die weichen blonden Locken fielen über ihre Schultern.

Anna zupfte Blätter vom Petersilienstrauß. »Niemand«, sagte sie.

Adam nahm die Zeitung vom Tisch und setzte sich auf das Sofa.

»Nun sag schon, Anna. Du siehst sehr verliebt aus«, sagte Maria. »Und du bist sehr spät gekommen.«

»Ich schneid mal die Zucchini. Was wird das?«

»Hochzeitssuppe«, antwortete Maria.

»Mit Zucchini?«, fragte Anna erstaunt.

»Mit Gemüse«, sagte Maria.

Adam raschelte mit der Zeitung, Anna hackte die Petersilienblätter.

»Verliebt stimmt doch?«, bohrte Maria nach. Anna hackte weiter. Kleine Petersilienflocken segelten von der geblümten Wachsdecke auf den Küchentisch und landeten sanft neben Annas Füßen.

»Ja, verliebt stimmt. Bist du jetzt zufrieden?« Noch mehr Petersilienflocken fielen auf den Boden. Maria nahm das Brettchen und strich die Petersilie in eine Schale.

»Was ist mit ihm?«, fragte sie und legte das Brettchen mit einer großen Zwiebel vor Anna auf den Tisch zurück.

»Nichts ist mit ihm«, sagte Anna, das Messer in der Hand. »Was soll mit ihm sein?«

»Hat er einen Namen?«

»Nein.«

Adam faltete die Zeitung und verließ die Küche. Den Kopf hatte er eingezogen, ängstlich, sich an der niedrigen Decke zu stoßen.

»Ist er Kroate, Serbe oder Bosnier?«

»Mama!«

Maria deutete mit dem Messer auf die Zwiebel und Anna begann sie zu häuten. »Bosnier?«

»Er ist Dozent.«

»Ach so.« Maria überlegte.

Anna warf einen Blick Richtung Tür, durch die Adam verschwunden war.

»Mein Gott, gut, dass Lucia tot ist. Und dein Vater.«

»Wieso?« Anna sah sie entgeistert an. »Was soll das denn jetzt? Sie hätte es sicher nicht gestört.« Annas Augen waren voller Tränen.

»Du hättest ihn mitbringen sollen.« Maria reichte ihr ein Taschentuch.

Anna schob ihr wortlos die Zwiebeln rüber, wischte sich die Hände an einem Küchentuch ab und verschränkte die Arme.

»Irgendwie unpassend, oder?«, fragte Anna und sah sie herausfordernd an. »Dort ist meine Großmutter, in ihrem Sarg, warum auch immer.« Anna ließ den Satz in der Luft hängen.

»Es ist so üblich«, antwortete Maria.

»Wir passen hier kaum rein«, redete Anna weiter. »Es kommt niemand, der sich verabschieden will. Hier ist niemand.« Sie zeigte aus dem Fenster.

»Ich will mich verabschieden«, sagte Maria sanft. »Du nicht? Sicher will sie ein paar Tage hier sein. Dieses Haus war sehr lange Zeit ihr Zuhause. Und außerdem habe ich sie ja nicht aufgebahrt, wie es eigentlich üblich wäre. Ich habe Lucia nach Hause gebracht.«

Maria dachte zurück an die letzten Wochen. »Du könntest den Sarg oben öffnen«, murmelte sie, »also, wenn du möchtest.« Nervös fuhr sie sich mit der Hand durch die Haare. Sie atmete geräuschvoll Anspannung aus.

»Das will wirklich keiner«, sagte Anna beunruhigt. »Wie funktioniert das überhaupt?«, fragte sie ungeduldig. »Ist das überhaupt erlaubt? Sie wird ja nicht gekühlt.«

»Es ist eine Kühlkapsel oder so was. Wir brauchen da jetzt nicht ins Detail gehen.« Maria sprang auf und stellte den Topf für die Suppe auf den Herd. Dann ging sie zum Küchenschrank und goss sich einen Schnaps ein.

»Jetzt trink doch nicht so viel«, sagte Anna.

Maria leerte das Glas und goss noch mal nach.

»Stört es dich, dass Adam hier ist?

»Er ist nett«, sagte Anna. Sie nahm das volle Glas und stellte die Flasche in den Schrank.

»Er ist ein guter Freund geworden.«

»Ist doch klar, dass du das nicht alleine machen kannst.«

Als die Suppe auf dem Herd kochte, schoben Maria und Anna Lucia aus dem Zimmer und stellten den Sarg neben die Zimmertür in den dunklen Flur, er fand gerade so vor der Küche Platz. Sie entzündeten Kerzen und stellten sie auf den Sarg. Anna drehte sich in dem nun freien Zimmer und warf ihren Rucksack aufs Bett. Maria öffnete die Haustür und trat hinaus. Laut rief sie nach Adam.

Als der Gottesdienst zu Ende war, kamen sie. Maria stand draußen neben der Tür, hatte die Arme verschränkt und rauchte, als der kleine Kirchentrupp den Weg hinauflief und der Wind die letzten Glockenschläge hinüberwehte.

Drei alte Frauen in schwarzen Röcken und Kopftüchern schlurften den Weg hoch. Eine hatte sich bei einem Mann eingehakt, der sich später als ihr Sohn herausstellte und bestimmt über siebzig war. Jelena, mit der Maria nun die Liebe zu den Ziegen und Erinnerungen teilte, kam gleich darauf und eine Familie mit vier Kindern aus Split, die ihr Wochenende in einem der Dörfer verbrachte. Maria nickte und küsste zur Begrüßung, Adam kam aus dem Haus, schüttelte Hände und deutete eine Verbeugung an. Anna wurde in der Küche von den Frauen umringt, begutachtet und geküsst. Maria stellte Schinken, Käse und Brot auf den Biertisch vor dem Haus und legte dünne Polster auf die Bänke. Adam übernahm das Kaffeekochen und brachte dampfende Mokkakannen. Aus Prinzip trank Maria nur noch aus den Tassen mit kroatischer Flagge, über die sie mit Adam einen ganzen Abend diskutiert hatte, sie holte Krüge mit Wein, Wasser und eine Flasche Rakija aus dem Haus und setzte sich neben Anna zwischen die Alten.

Maria entspannte sich in dem Stimmengewirr. Sie lauschte Annas klarem Hochkroatisch, es gab nichts zu sagen für sie. Ab und zu übersetzte sie kurz, denn es fiel Anna schwer, die Alten zu verstehen, was vielleicht an den fehlenden Zähnen lag. Sie hatten auch eine Art eigene Sprache entwickelt, mit Lauten, die an die Stelle vergessener Wörter getreten waren, reihten Floskeln und Stoßgebete aneinander, und sie lächelten aus eingefallenen Gesichtern, als wäre es ihr größtes Glück, hier bei ihnen zu sein und die Hand dieses blond gelockten Engels aus dem fernen Land zu halten. Sie staunten und lachten, tranken und quatschten. Erinnerten sie sich an ihren letzten Besuch und daran, wie ratlos sie gewesen waren, weil Anna ihre Sprache nicht verstand. Sie hatten auf sie eingeredet, Anna hatte freundlich genickt und mit den Schultern gezuckt. Nun war irgendwie ein Wunder geschehen: Der Engel sprach. Immer wieder fassten sie mit knochigen Fingern in Annas Gesicht, strichen über ihre Arme und ihr Haar. Sie hielten ihre Hände, hakten sie unter. Von fern hörte Maria Kinderlachen. Sie blickte sich um. Die Kinder hatten sich davongemacht, stromerten herum, spielten vor den alten Heuschobern.

Wie üppig der Wein vor dem Haus gewachsen war, bemerkte Maria. Sie dachte an Lucia, die gewusst hatte, dass sie ihr Haus nicht wiedersehen würde und dass das Leben zu Ende ging. Eine der Frauen rief die Kinder herbei und als sie angehüpft kamen, verteilte sie Geld für jeden und steckte auch Anna, die halbherzig protestierte, einen Schein zu. Der Rest des Bündels wanderte zurück in den Ausschnitt ihres Kittelkleides. Maria schloss die Augen und hörte das Knattern des Motorrads, sah den Postboten den Weg hinaufkommen, auf seiner alten Maschine, und Lucia ihre Rente überreichen. Sie hörte Lucia, die die Kinder aus dem Dorf zu sich rief und lachte, während sie einige der wertlosen Scheine verteilte. Sie sah Anna mit dem schreienden Kindertrupp zum Dorfladen rennen und Lucia, die das restliche Geld in ihre Röcke steckte und dann ihre Arbeit fortsetzte.

Der Familienvater aus Split, der um verschiedene Ecken entfernt mit ihr verwandt war, hatte ein paar Jahre in Deutschland gearbeitet und unterhielt sich in unverständlichem Deutsch mit Adam. Er hatte eine Lobeshymne auf

Kroatien angestimmt, die Maria schon auswendig kannte, Adam aber neu zu sein schien. Maria bedauerte ihn, er war ein guter Zuhörer. Der Vater schwärmte und gestikulierte. Es musste ein Segen sein, im besten Land der Welt zu leben. Ein gesegnetes kleines Volk. Seine Frau saß neben Adam und rauchte. Ab und zu klinkte sie sich in das Gespräch ein, stimmte zu. Sie hatte eine tiefe schöne Stimme. Der kleine Sohn der beiden war müde geworden und kletterte auf seinem Vater herum. Er war vielleicht zwei Jahre alt und rollte sich auf ihm zusammen wie ein kleiner Hund. Sie beobachtete Adam, sie mochte seine klaren Augen, und sie lächelte, als er sein verschmitztes Lachen lachte. Jelena prostete ihr zu. Er war der Einzige, der sie nach Georg fragte, überlegte sie, und der Einzige, der jetzt fast alles über ihn wusste. Und der Einzige, der sich nicht vor ihrer Traurigkeit fürchtete. Tröstete sie ihn auch? Sie hatte es nicht gewagt, ihn zu fragen. Maria lauschte wieder den Stimmen. Später würden sie spekulieren, warum Maria zur Beerdigung mit einem Mann angereist war. Sie würden sicher sein, dass er ihr Liebhaber war, und sie würden sich erinnern, wie ehrlos sie schon immer gewesen war. Aber vorher aßen sie zusammen mittag. Es wurde deutlich wärmer und Maria öffnete die oberen Knöpfe ihrer Bluse. Sie würde bald wieder fort sein. Morgen kam Lucia unter die Erde.

Die Alten sagten, es sei ein junger Pfarrer da. Das war gut. Bei Predigten des alten Pfarrers hatte Maria regelmäßig geglaubt, der Kirchenboden würde sich auftun und ihn und sie alle verschlingen, aber nichts war passiert, und so war sie nur nach draußen geflüchtet und hatte im Schatten des Apfelbaums gewartet, dass ihre Wut verrauchte und

Anna endlich aus der Kirche kam. Anna hatte es geliebt, den Messdienern zuzuschauen, den Ritualen, der Musik und dem Gesang zu lauschen. Auf der Rückfahrt nach Deutschland hatte sie noch ganz aufgeregt von ihren Kirchenbesuchen gesprochen, den Pfarrer hatte sie Schaffner genannt, darüber hatten Georg und sie sehr gelacht. Sie schmunzelte. Und kurz bevor die Sonne tiefer sank, mitten in diesem kroatischen Nachmittag, hoch oben in den Bergen, war sie ganz plötzlich glücklich. Es war ein gutes Leben, Georg. Was war, reicht für mein ganzes.

Als alle längst gegangen waren, kam Lucias alter Freund Pere vorbei und erwies Lucia die letzte Ehre. Er tauchte aus dem Nichts auf und war schon betrunken. Maria bot ihm Kaffee an und einen Stuhl, aber er nahm die Flasche Schnaps vom Tisch und setzte sich neben Lucias Sarg in den Flur. Draußen wurde es kalt. Adam holte Decken aus der Stube, legte sie Anna und Maria über die Schultern und sie blieben sitzen und sahen der Nacht zu. Maria lauschte Peres Geschichten und sein Weinen um Lucia bestürzte sie. Bring mich nach Hause, hatte Lucia gesagt und: Gib nicht zu viel Geld für den Sarg aus, aber nimm was Anständiges. Auf keinen Fall einäschern. Kein Feuer. Natürlich nicht. Als Pere hinaustrat, sah sie im Kerzenschein, dass er sich in die Hose gemacht hatte. Er wankte den Weg hinab.

»Machs gut, Pere«, rief Maria. Sie seufzte.

»Hier sind wirklich wir die Astronauten«, sagte Anna, dann gingen sie ins Bett.

»Gute Nacht«, flüsterte Maria durch den Flur.

13

In der Nacht wachte Maria auf. Regen prasselte, tropfte in verschiedenen Tönen auf und durch das Dach, das der rankende Wein über die Terrasse spannte, auf den Tisch und die Stühle vor dem Haus, gegen das kleine Fenster in ihrem Schlafzimmer, auf das Fenstersims. Irgendwann wurde der Regen leiser und Maria hörte die Nachtigall. Als der Mond aus dem Dunkel schien, versilberte sein Licht die Pfützen auf dem Weg, die so tief waren, dass Milan und sie auf ihnen Papierschiffe fahren gelassen hätten, damals, als es Milan noch gab und Papierschiffe und eine andere Zeit. Kleine Lichtpunkte klebten an der Fensterscheibe. Der Wind ließ die Pfützen zittern und aus dem kleinen Wasser wurde ein Meer und aus dem Wind ein Sturm. Die Papierschiffe schaukelten. Maria dachte an Lucia, die einen Atemzug vorher noch da gewesen war. Und an Georg, der unzählige Momente mit ihr durchlebt und dessen Tod sie nicht erwartet hatte. An sein Weinglas am Hochzeitstag, das eben noch voll gewesen war, sie spulte sich selbst zurück ins Restaurant und holte Georg dazu, sie führte wie schon Hunderte Male das Gespräch, das sie an dem Tisch geführt hatten, und sie fragte sich wie Hunderte Male vorher, warum es von einer Zukunft handelte, die dann doch nicht gekommen war. Nach Georgs Tod war sie oft und allein in dem Restaurant gewesen, sie hatte an dem Tisch gesessen, sie hatte jeden Blick, jedes Lachen, jede Geste, jede Berührung zurückgeholt, und sie verbrachte Tage damit, zurückzuspulen, zu zoomen, zu erinnern, zu träumen und durstig aufzuwachen, sie flüchtete in die Zeit, die voll war, weil sie sich so sehr vor allem fürchtete, was nun leer vor ihr lag. Irgendwann war sie nicht mehr in das Restaurant gegangen, Zustände änderten sich. Und als die Sonne hinter den Bergen aufging, dachte Maria an das Licht auf dem Meer, das in vielen Farben schimmerte, sodass es aussah, als leuchte ein Kern tief im Inneren des Ozeans. Die Sonne schob sich den Himmel hinauf, Dunkelheit machte ihrem Licht Platz und bald würden alle Pfützen verschwunden sein. Vom Nachttisch nahm Maria einen Zettel, der so oft auseinander- und wieder zusammengefaltet worden war, dass er nur noch an wenigen Stellen hielt.

Liebe Marija, wie ich jetzt weiß, habe ich ein schwaches Herz und es kann sein, dass ich doch nicht hundert Jahre lebe. Was würde es ändern, wenn du davon weißt? Ich habe die Zeit mit dir sehr genossen, und was wir miteinander hatten, wird für immer sein. Georg.

Als Maria die Tür zu einem glasklaren Tag öffnete, saß Pere bereits vor dem Haus. Er trug einen feinen Anzug und trommelte mit den Fingern auf dem Tisch. Maria stellte ihm einen Kaffee hin und strich ihm sanft über die

Schulter. Anna trat in einem bunten Sommerkleid aus dem Haus und setzte sich neben Pere, um sich eine Zigarette zu drehen.

»Was soll das?«, fragte Maria genervt.

Anna streute Tabak auf das Papier, rollte ihn ein und verklebte alles zur Zigarette.

»Was soll was?«

»Zieh dich um, der Pfarrer wird gleich hier sein.«

Anna klemmte die Zigarette hinters Ohr, stand wütend auf, wobei der Tisch wackelte und Peres Kaffee schwappte. Sie rauschte zurück ins Haus. Der junge Pfarrer kam und auch er bekam einen Kaffee. Er musterte Anna, die jetzt in einem schwarzen Overall aus dem Haus kam. Die Augen waren tiefschwarz geschminkt. Dann kam Adam.

Zusammen machten sie sich daran, Lucia in ihrem Sarg aus dem Haus zu schieben. Pere schien um diese Uhrzeit nüchtern zu sein, und so würde er natürlich den Sarg tragen, gemeinsam mit dem Pfarrer und Adam, die sich schon zu seinen beiden Seiten aufgestellt hatten.

»Einer fehlt«, sagte Pere plötzlich und sah Maria an.

»Was meinst du?«, fragte Maria. Pere deutete auf den Sarg und Maria verstand: Vier goldfarbene Griffe waren an seinen Seiten angebracht.

»Ich mach das«, rief Anna und stürmte an den freien Griff neben Adam.

»Ich habe noch nie eine Frau gesehen, die das macht«, sagte Pere. Alle sahen jetzt den Pfarrer an, der damit aber keine Erfahrung hatte und nur verwirrt zurückschaute.

»Warum denn nicht?«, fragte Anna.

»Das ist nicht üblich«, sagte Maria.

»Und warum nicht?«, fragte Anna schnippisch.

»Ich hol jemanden«, sagte Pere.

»Auf keinen Fall«, sagte Maria. »Das dauert viel zu lange. Und ich will keinen Fremden.«

»Was machen wir jetzt?«, fragte der Pfarrer.

»Wir haben nun mal keinen«, sagte Anna. »Ist meine Oma. Ich trage.« Sie verschränkte die Arme vor der Brust und schaute den Pfarrer an, der verlegen zu Boden blickte.

»Das gibt es nicht«, sagte Pere. »Hat es noch nie gegeben. Nicht hier.« Er war plötzlich wie festgewachsen und würde sich nicht rühren.

»Wir finden schon eine Lösung«, sagte Maria.

»Hat es noch nie gegeben, Maria.«

Maria ging ins Haus und kam mit einer Flasche Rakija und einem Tablett mit fünf Gläsern zurück. Sie stellte das Tablett auf Lucias Sarg und füllte die Gläser.

»Wir trinken jetzt«, sagte sie ruhig. »Und dann gehen wir.«

Pere, der Pfarrer, Adam und Anna trugen Lucias Sarg den Weg entlang, Maria schritt hinter ihnen, und als sie zur Kirche hinaufgingen, stieß Jelena dazu, die über die Felder gekommen war und heute einen schwarzen Hut mit Stoffblumen zu einem schwarzen Kostüm trug. Die Glocken läuteten weit über die Ebene.

Das Einzige, was hier noch intakt ist, ist die Kirche, dachte Maria. Mit ihren hohen Absätzen lief sie wackelig über das Geröll des Wegs. Jelena hakte sie unter. Der Tag war heiß, aber ein Wind wehte. Da die Dorfkirche allen umliegenden Dörfern diente, waren ihre Bänke jeden Sonntag gefüllt. Neben ihr erstreckte sich zudem der Friedhof, den Angehörige an Sonntagen oder Feiertagen besuchten. Unweit der Kirche zerfiel die Gaststätte, wo sich früher nach der Messe das ganze Dorf versammelt hatte. Jetzt zog Lucias kleiner Trauerzug an den leeren Steinen vorbei.

Ich habe dich nach Hause gebracht, dachte Maria. Und schau, hier hast du nichts mehr verloren.

Das letzte Stück ging es noch steiler hinauf. Das Tor zum Friedhof quietschte, als sie hineingingen. Nur der Wind und ihre Schritte über unzählige weiße Steine waren zu hören. Am Familiengrab stellten sie den Sarg ab. Der Pfarrer sprach. Maria griff Annas Hand und ihr Blick strich über die Ebene zu den blauen Bergen. Ihre Hand war feucht und klebte an Annas. Sie spürte Adam hinter sich, Jelena stand neben ihr. Sie hielt ihren Hut. Und während der Pfarrer mit seiner hellen Stimme sprach, fand alles ein Ende. Der Wind fuhr über den Friedhof, wehte über Grabsteine und Plastikblumen, rauschte in den Wipfeln der alten Apfelbäume. Er reiste über Lavendel- und Oreganofelder und trug den Duft des Rosmarins davon. Er knisterte durch Blaubeer- und Himbeerhecken, verfing sich in den Brombeersträuchen, streichelte die Feigenbäume und erwartete die Trauben für den besten Loza und die Pflaumen für den besten Šljivovica. Der Wind strich schließlich über die Blätter der Marillen- und Walnussbäume, und als er plötzlich still war, ließen sie Lucias Sarg hinab. Hinunter in den fruchtbaren Boden. Maria griff nach Erde und warf sie in den Schacht hinein. »Hier wächst alles«, hatte Lucia stolz gesagt. »Außer Bananen.« Pere stand schweigend da.

»Obwohl. Man muss sie nur einpflanzen, dann wachsen sicher auch Bananen.«

Die Trauer war, als flögen alle Vögel gemeinsam auf und ließen den Platz, an dem sie vorher gesungen hatten, leer. Manchmal hörte Maria noch einen einzelnen Flügelschlag, denn oft war es dafür still genug, aber die Vögel kamen lange nicht mehr wieder. Am Nachmittag spazierten Anna und Maria zum Steinplateau. Anna streckte ihr Telefon in die Luft.

»Ich gebs auf. Kein Empfang.«

»Empfang gibts nur auf dem Friedhof«, sagte Maria.

»Keine Lust auf Friedhof«, sagte Anna, setzte sich neben Maria und begann Gras auszurupfen.

»Wie geht es dir?«, fragte sie.

»Ganz gut.« Maria steckte sich ein Zigarillo an.

»Diese Blume hier mit ihrem zarten hängenden Kopf rührt mich so an, dass ich sie ausgraben, mitnehmen und beschützen möchte.«

»Ich weiß, was du meinst.«

»Ich vermisse die Eichen«, sagte Maria. »Den Weg zu Georgs Grab, den Götterbaum, so schön.«

»Ach, Mama.«

»Ja, jetzt umarm mich mal.«

Anna schlang die Arme um Maria.

»Ein Glück, hier ist er schon da, der Frühling, und ich sehe, dass ich diesen Ort doch auf eine Art liebe. Wenn ich ihn mit Georgs Augen betrachte. Mit Adams Augen. Ich sehe die Berge im Dunst, und ich rieche das Meer.« Maria schnupperte und Anna lachte.

»Das ist unwahrscheinlich«, sagte Anna.

»Ich habe eine sehr gute Nase.«

»Ich liebe es hier auch«, sagte Anna. »Aber es ist ein Ort wie aus der Vergangenheit, es ist komisch.«

»Wenn du hier aufgewachsen wärst, würdest du ihn hassen«, sagte Maria. »Davonrennen.«

»Ja.«

»Verstehst du, dass ich davongerannt bin?«

»Ja.«

»Der Landvermesser soll kommen«, sagte Maria nach einer Pause.

»Warum das denn?«

»Ich lasse das Haus renovieren. Durch die Dielen fällt man ja bald durch. Ich mag nicht in das Dunkel darunter schauen. Es starrt zu mir zurück.«

»Fließendes Wasser wäre auch nicht schlecht.«

»Eben.«

»Warum muss dafür der Landvermesser kommen?«

»Ich will wissen, was hier unseres ist. Bis wohin geht unser Land? Wem gehört zum Beispiel dieser Berg dort?«

»Was willst du denn mit dem Berg?«

»Strauße züchten. Den ganzen Wald abholzen. Bienenvölker ansiedeln. Sauna im Garten, Freilichtkino, vielleicht ein Anbau ans Haus? Was meinst du?« Maria kramte in ihrer Tasche und steckte sich ein weiteres Zigarillo an, Anna drehte sich eine Zigarette und rauchte.

»Ein Salon? Sollen wir auch das Nachbarhaus renovieren? Brauchen wir eine Spielscheune?«

»Eher nicht.«

»Ich brauche eine Werkstatt, ein Atelier. Vielleicht wird

das hier mal ein berühmtes Künstlerdorf. Aber ihr müsst mir helfen, du und Adam.«

»Ich weiß nicht. Ist das jetzt nicht etwas plötzlich?«

»Es ist ein Prozess, Anna.«

»Das hat sich gerade noch ganz anders angehört. Eher als ob du stirbst in diesem Nichts, deine Worte.«

Maria hing ihren Gedanken nach und Anna schwieg.

»Gibt es einen Wasserfall in Knin?«, fragte Anna nach einer Weile.

»Ja, gibt es«, sagte Maria und setzte einen Punkt. Das Gespräch über Knin war beendet.

»Wie heißt eigentlich der Hund?«

»Das fragst du mich echt erst jetzt?«

»Hm.«

»George.«

Maria lachte schallend.

»Du hast ihn nach deinem Vater benannt?«

»Nein. Nach dem Prinzen.«

Maria gluckste.

»Mach dich nicht immer lustig.« Anna war sauer.

»Mach ich nicht.«

»Ich hatte diesen Traum, jetzt hör mal zu. Du hast gesagt, du würdest nach Knin auswandern.«

»Echt?« Maria wurde schlagartig ernst. »Warum Knin?«

»Das habe ich dich im Traum auch gefragt. Warum ausgerechnet Knin? Weil es dort eine so schöne Wohnung direkt am Wasserfall gibt, hast du gesagt, und dann konnte ich dich kaum mehr hören. Hörst du ihn, hast du immer wieder gefragt. Hörst du ihn? Wasserfall. Blätterfall. Wasserfall. Blätterfall.«

»Du träumst verrückte Sachen, Anna.«

Anna sah ihre Mutter an, die dazu nichts mehr sagte.

»Komm mal mit«, sagte Maria. Sie zog Anna hoch. »Ich hole Adam. Und nimm ihn an die Leine, diesen Prinz George, ich will euch was zeigen.«

Sie spazierten den Weg entlang, kletterten über Steinmauern und liefen quer über Wiesen. Adam schlug mit einem schweren Stock auf den Boden.

»Gut, dass du uns vor den Schlangen beschützt, sie sind sehr gefährlich. Die gefährlichsten in ganz Europa oder der Welt, ich weiß es nicht mehr«, sagte Maria.

»Ich habe hier noch nie eine Schlange gesehen«, sagte Anna zu Adam.

»Ich schon«, sagte Maria. »Sie lag direkt vor Lucia in ihrem Gemüsebeet. Als Kind hatte ich furchtbare Angst vor den Schlangen, seit Milan gebissen wurde.

Hier ist es, Adam, das Nachbardorf. Hier ist Lucia geboren. Das ist ihr Elternhaus, oder was davon übrig ist. Dieser Baum ist Hunderte Jahre alt. Und er wird noch in Hunderten Jahren hier sein, wenn wir alle längst zu Staub geworden sind.«

»Danke für die Erinnerung.«

Adam holte seine Kamera hervor und fotografierte das alte Haus.

»Stellt euch mal davor«, forderte er sie auf.

»Sehr schön«, sagte er, als sie zusammenstanden und lächelten.

»So und jetzt ein Gruppenbild«, sagte Maria.

Adam wehrte ab, Anna auch.

»Bitte«, sagte Maria, »stell die Kamera dort auf die Mauer.«

Das rote Kameralicht blinkte schneller, dann hörten sie den Selbstauslöser und schmolzen aus ihrer gefrorenen Haltung.

Sie gingen ein Stück weiter.

»Gut, dass die ekligen Hühner weg sind.« Anna schüttelte sich leicht.

»Du erinnerst dich an die Leute?« Maria war erstaunt.

»Nur an die Hühner. Sie waren doch dort überall.« Anna zeigte auf ein Stück leeres Land.

»Ein paar haben sie immer noch.«

»Aber nicht mehr Hunderte, igitt.«

»Ist jetzt gut, ich will dir was ganz anderes zeigen. Kommt mal mit.«

»Da ist Jelena.« Sie grüßten und gingen den Weg hinauf zum Stall.

Sie traten aus dem Licht, Blinzellicht, wie Anna die kroatische Frühlingssonne nannte, in den dunklen, kühlen Stall.

Im Stall herrschte ein aufgeregtes Gedränge. Unzählige Ziegenfüße klapperten in den Holzverschlägen, Fliegen schwirrten umher. Anna begann begeistert, braune Hälse und Schnauzen zu streicheln und wurde vor Marias Augen zu dem kleinen Mädchen, das sie hier oben zuletzt gewesen war. Auch Adam war jetzt vergnügt. Maria führte sie zur kleinsten Ziege.

»Oh wie niedlich.« Anna streichelte glücklich das Ziegenbaby und Maria trat wieder hinaus, um in Ruhe zu rauchen. Jelena kam herüber und umarmte sie.

»Ich bringe die Ziegen gleich auf die Felder dort hinten.« Sie zeigte in die Berge. Ein zahnloser Mann kam hinzu, reichte Maria eine große, kräftige Hand und drückte sie erstaunlich sanft.

»Mein Beileid«, sagte er. Maria sah beim kurzen Blick in seine Augen, dass der zahnlose Mund und das faltige Gesicht täuschten und er einige Jahre jünger war als sie.

»Das Haus dort vorne habe ich gebaut«, er zeigte links den Weg hinunter, »wir kommen eigentlich nur am Wochenende her.« Im Garten hängte seine Frau die Wäsche auf, zwei junge Mädchen kamen herübergelaufen, gefolgt von einem kleinen Hund. Sie grüßten freundlich und verschwanden dann kichernd im Stall.

»Die reden Bauernsprache hier«, sagte Anna.

»Was soll man denn hier bitte sonst sprechen?«

»Einige Worte denkst du dir einfach aus, oder?«

»Meinst du? Kann sein. Ich habe das Gefühl, sie denken sich auch Wörter aus.«

Anna lachte.

»Wir sind hier am Ende einer Welt. Von lupenreinem Hochkroatisch jedenfalls sehr weit entfernt. Das Thema nervt mich. Kommt, wir gehen.«

Sie lehnten die Einladung des Zahnlosen zum Essen ab und spazierten zurück, diesmal gingen sie nicht querfeldein, sondern folgten dem Weg, der schließlich am Friedhof vorbeiführte.

»Warum sagst du eigentlich gar nichts«, fragte Maria und hakte sich bei Adam ein. »Den ganzen Morgen hast du kaum einen Ton gesagt.«

Adam blickte sie entschuldigend an. »Wirklich?«

»Ich stehe gewissermaßen unter Schock«, sagte er. Sie mussten lachen.

»Ich verstehe«, sagte Maria.

»Entschuldige. Es ist wirklich nicht ganz leicht hier. Schön, aber auch verstörend. Diese Einsamkeit. Kein fließendes Wasser. Ich habe schlecht geschlafen.«

»Also ich habe dich friedlich schnarchen gehört.«

»Das Sofa ist sehr kurz.«

»Oder du sehr groß.« Maria blickte zu ihm hinauf.

»Warum nervt dich das Thema?«, fragte Adam nach einer Weile.

»Sie meint, dass nach dem Krieg jetzt die Sprache an der Reihe ist«, sagte Anna und schaute, ob Maria zustimmte.

»Was meinst du damit?«, fragte Adam.

»Obwohl hier alle die gleiche Sprache sprechen, versuchen sie sich über Sprache voneinander abzugrenzen. Viele Wörter von früher sind heute in Kroatien verpönt. Man soll die kroatische Sprache pflegen …«

»Es ist einfach ein größenwahnsinniges Land, das keine Demut kennt«, sagte Maria.

»Quatsch«, sagte Anna.

Sie betraten nun den Friedhof und blieben am Familiengrab stehen.

»Warum war ich eigentlich nicht auf Mates Beerdigung?«, fragte Anna.

»Dein Vater?«, fragte Adam.

»Mein älterer Bruder«, sagte Maria und zu Anna: »Du hattest Schule.« Sei froh, wollte sie noch sagen, ließ es aber.

»Das ist mein Vater.« Sie zeigte auf ein weiteres Foto auf dem Grabstein. »Er ist gestorben, als Anna noch klein war.«

»Und dein Bruder?«, fragte Adam.

»Mate? Es war ein Unfall«, sagte Maria, und alle drei betrachteten die alten Bilder.

»Es ist nicht klar, ob es ein Unfall war«, sagte Anna plötzlich.

»Lassen wir es einfach dabei«, zischte Maria.

»Du hast doch selbst gesagt, dass es Selbstmord war.«

»Das habe ich zu Georg gesagt, nicht zu dir.«

»Ich habe es aber gehört.«

»Wir wissen es nicht«, sagte Maria zu Adam. »Sie haben ihn aus einem Fluss gezogen.«

»Du weißt doch sonst immer alles«, schimpfte Anna.

Maria sah sie an. »Ich dachte, ich weiß es. Aber die Wahrheit ist, ich weiß es nicht. Ich weiß längst nicht alles.«

»Schule war jedenfalls wichtiger als seine Beerdigung, oder was?«

»Es war kurz nach dem Krieg, Anna, ich hätte dich niemals mit hierher genommen.«

Maria dachte an Lucia, die unter ihr Tuch gegriffen und sich einen geflochtenen Zopf ausgerissen hatte.

»Es ist doch lange vorbei, Anna.«

»Er war schließlich mein Onkel. Familie.«

»Sei froh, dass du nicht auf der Beerdigung warst«, fauchte Maria. »Von Milan fehlte jede Spur und ihr ältester Sohn tot, es war eine absolute Katastrophe für Lucia. Sie war außer sich vor Trauer.« Tränen liefen Maria über das Gesicht.

»Und du hast sie hier allein gelassen«, sagte Anna leise.

»Meine Güte, jetzt übertreibst du aber.«

»Ist doch so.«

Maria wandte sich an Adam, schüttelte traurig den Kopf: »Es tut mir leid, der Streit.« Sie nestelte ein Taschentuch aus der Tasche.

»Schon gut.« Adam machte eine abwehrende Armbewegung.

»Sie haben bisher nichts von Milan gefunden, deshalb ist sein Grab hier leer. Der andere Platz ist wohl für mich vorgesehen, aber ich verzichte.« Maria versuchte zu lächeln.

»Anna«, rief sie ihrer Tochter hinterher, die sich schon auf den Weg gemacht hatte. »Du kannst ihn haben.«

14

Adam reiste am Tag nach Lucias Beerdigung ab und Maria brachte ihn zum Flughafen nach Split. Anna schlief noch. George, Annas Hund, folgte Adam aufgeregt zum Auto, der Abschied fiel beiden sichtlich schwer. Er folgte dem Wagen den Weg hinauf bis zur kleinen Anhöhe, auf der der Friedhof lag, und Adam winkte im Vorbeifahren. Maria sah den Hund im Rückspiegel stehen bleiben, hin- und hergerissen blickte er ihnen nach, bevor er sich umdrehte, um langsam zurückzutrotten. Er hatte im Haus geschlafen, natürlich, denn er war ein ängstliches Tier. Das Leben am Strand, der Kampf mit anderen Straßenhunden, vielleicht auch mit Füchsen, hatten ihn das Fürchten gelehrt und der Mensch war ihm von allen am liebsten. Wie auch ihr.

»Danke für alles«, sagte Maria.

»Na klar«, sagte Adam.

»Ich habe mal von einer Frau gehört, die am Grab ihres Mannes ganz plötzlich gestorben ist«, erzählte Maria.

»Die Füchse hatten sich über ihr rechtes Bein hergemacht.«

»Lieber Himmel.«

»Ja.«

Nachdem sie Adam am Flughafen abgesetzt hatte, fuhr Maria ins Stadtzentrum und lief durch die Stadt. Sie trank Kaffee an der Promenade, wo sich die Stadt der Welt öffnete und Maria immer ein Gefühl des Verlorenseins überkam, jetzt noch mehr, weil Adam gefahren war.

Maria ging ihre innere Stadtkarte ab, folgte den Wegen, die sie mit Georg gegangen war, und suchte schließlich in den Gassen nach dem Restaurant, in dessen Hof sie die schläfrigen heißen Mittagsstunden bei gebratenen Calamari und Wein verbracht hatten, aber sie fand es nicht. Sie blieb stehen und überlegte, was wahrscheinlicher war: dass es das Restaurant nicht mehr gab oder dass sie den Weg nicht mehr fand. Ratlos stand sie in der engen Gasse und Touristen liefen an ihr vorbei. Über ihr zogen sich Wäscheleinen zwischen den Häusern entlang, Hosen und Hemden wehten im leichten Wind, während die Stille der Mittagsstunden sich ausbreitete.

Maria lief bis zum Fischmarkt im Herzen der Stadt. Sie kaufte Sardinen und Scampi und gleich noch ein paar Fische, die sie für ein paar weitere Kuna ausnehmen ließ. Auf dem Rückweg zum Auto ging sie kurz entschlossen in eine Galerie und kaufte eine getöpferte Vase in den Farben von Sand und Meer, deren ovale Form an einen Fisch erinnerte. Die Vase war nur teilweise lasiert und der untere Teil so rau wie der Fels, der hier an der Küste ins Meer tauchte. Sie war so zerbrechlich wie eine schöne Erinnerung.

Als Maria zurückkam, war Anna noch immer im Schlafanzug. Ihre Sommersprossen waren wieder da und die Locken standen ihr wild um den Kopf.

»Das ist wie campen hier«, sagte Anna. »Muss ich wirklich zum Brunnen und Wasser holen?«

»Ja, es ist kaum auszuhalten.« Maria grinste.

»Wir verwildern hier noch völlig.«

Maria wollte sie in den Arm nehmen, ihre zarte Tochter. Anna stellte den Eimer beiseite und nahm Maria in den Arm, die mit beiden Händen Tüten trug und sie vor Überraschung abzustellen vergaß.

»Ich mag Adam«, sagte Anna. »Er ist nett. Ist er dein Freund?«

»Ein guter Freund, und er ist sehr nett«, sagte Maria. »Wir machen heute ein Fischgelage«, rief sie dann fröhlich und brachte die Tüten ins Haus.

»Warum hast du mich nicht geweckt?«, fragte Anna, die mit zwei vollen Wassereimern vom Brunnen zurückkam. Sie goss Wasser in einen Topf, stellte ihn auf den Ofen, füllte diesen mit kleinen Ästen und entzündete das Feuer. In der Küche gab es in dem Fenstersims aus Stein ein Spülbecken, in dem ein Korken steckte. Zog man den Korken heraus, lief das Wasser nach draußen in den Garten. Anna spülte das Frühstücksgeschirr, schöpfte Wasser mit einer Tasse aus dem Eimer und spülte mit heißem Wasser nach.

»Als du ein Kind warst«, sagte Maria und ignorierte Annas Frage, »und das erste Mal mit dem Kindergarten verreist bist, hast du sehr ernst und überzeugt gesagt, dass du Heimweh gehabt hast.« Sie räumte die Einkäufe aus und legte alles auf den Küchentisch.

»Als ich dich gefragt habe, ob du denn weißt, was Heimweh ist, hast du ebenso ernst und überzeugt gesagt: ›Nein, das weiß ich nicht.‹ Ich glaube, so geht es mir auch. Ich hatte immer viel Fernweh. Und kaum war ich fort, hatte ich schreckliches Heimweh, und wenn ich zurückkam zu diesem Ort, wusste ich nicht, wonach ich mich die ganze Zeit gesehnt hatte und wollte so schnell wie möglich wieder fort.«

Maria wickelte die Fische aus dem Papier und begann, Knoblauch und Rosmarin zu hacken und Zitronen zu schneiden.

»So ging es mir heute in Split auch.«

Anna blickte in den Wassertopf. »Du hättest mich ruhig wecken können. Ich wäre gerne nach Split gefahren. Andererseits«, sie befühlte ihren Kopf, »hätte ich mir erst dringend die Haare waschen müssen.«

»Auf der letzten Ausstellung hat mich dieser Journalist gebeten, meine Arbeit zu beschreiben, und ich wusste überhaupt nicht, was ich ihm sagen sollte.«

»Warum?«, fragte Anna.

»Das fällt mir sehr schwer – schau mal, diese schöne Vase. Eine Künstlerin aus Split hat sie gemacht.«

»Ja.« Anna betrachtete die Vase. »Am Ende ist es eine Vase, was soll man dazu sagen?«

Maria strich an der rauen Haut entlang.

»Was hast du denn dem Journalisten gesagt?«

»Ich glaube, ich habe gar nichts gesagt.«

»Der Arme.«

Maria schälte die Kartoffeln und die Schalen fielen in langen Schlangen herab. Anna begann den Salat vorzubereiten, Petersilie zu hacken und Tomaten zu schneiden. »Haare wasche ich später«, murmelte sie und füllte Oliven in eine kleine Schale.

»Warum bist du Künstlerin geworden?«, fragte Anna.

»Vielleicht weil ich mich nicht ausdrücken konnte.« Maria überlegte. »Ich weiß es nicht. Ich wollte einfach.«

Anna träufelte Öl über den Salat.

»Dass ich nichts sagen konnte, als ich nach Deutschland kam, war das Schlimmste. Was habe ich mich abgerackert mit dieser Sprache.« Maria wischte sich die Stirn mit einem Küchentuch. »Die Leute haben mich ausgelacht, wenn ich gesprochen habe.«

»Ehrlich?« Anna sah sie entsetzt an.

»Ja, das war schlimm, allerdings haben sie mich damit auch angespornt. Und es war Georgs Sprache, ich habe sie gleich mitgeliebt. Natürlich wollte ich auch nicht so hilflos sein. Die Scham, die Hilflosigkeit, die Fremdheit«, Maria pustete eine Strähne aus den Augen, »das hat mich voll erwischt. Es waren andere Zeiten damals.«

»Du wolltest perfekt sein«, sagte Anna.

»Ja. Ich bin fast perfekt, würde ich sagen.«

»Warum nur fast? Du bist perfekt.«

Maria zuckte die Schultern. Kurz sah sie stolz aus.

»Lustig ist es schon, dass dein rollendes R dich zu einer Bayerin macht.«

»Ja. In Berlin war ich irritiert, als jemand sagte ›Sie sind aber nicht von hier. Aus Bayern?‹, fragte der Mensch. Da fühlte ich mich das erste Mal richtig bayerisch.«

»Das hättest du diesem Journalisten doch erzählen können.«

»Ja. Stimmt. Aber es wär eh nur wieder dieser Identitätskram dabei rausgekommen. So hatte ich noch eine Chance.« Maria grinste.

»Hast du es gelesen?«

»Nein. Natürlich nicht.«

»Er hat mich nach kroatischer Kunst gefragt. Was soll ich denn dazu bitte sagen?«

Sie lachten.

»Interessiert sich jemand für kroatische Kunst?«

»Keine Ahnung«, sagte Anna. »Wäschst du mir später die Haare?«

»Ja«, sagte Maria, die Wasser aufsetzte. Ein lange vergangenes, glückliches Gefühl stieg in ihrem Inneren hoch. Es war das Gefühl, das sie hatte, als Anna noch in ihrem Bett geschlafen hatte. Das Salz rutschte ihr aus der Hand und färbte das Wasser milchig. »Mist«, sagte Maria. Das Wasser kochte und Maria band sich eine Schürze um, lief auf hohen Schuhen zwischen Tisch und Herd hin und her. Anna hatte nichts mehr zu tun und setzte sich.

»Hast du Kroatisch verlernt?«

»Ja, bestimmt.«

Maria dachte nach.

»Du sprichst übrigens richtig gut Kroatisch«, sagte sie dann und sah, dass Anna sich freute.

»Es gibt so viele Wörter für alles.«

»Ja, jede Region, jede Insel hat ihre eigenen.«

»Vielleicht werde ich Dolmetscherin«, sagte Anna froh.

»Warum denn das?« Maria klang entsetzt.

»Warum nicht?

»Was für eine Idee!« Maria wedelte mit einem Fisch in der Luft.

»Ich dachte, das sei eine gute Idee, aber anscheinend nicht? Was ist das Problem?«

»Willst du dich in einer Kabine einsperren lassen und übersetzen, was andere sagen? Du hast doch selber was zu sagen. Oder nicht?« Maria klatschte den Fisch in die Auflaufform und schob sie in den Ofen.

»Ich dachte, es freut dich, dass ich das Abi nachhole, studiere.«

»Dafür nicht.«

»Wenn man sich auf ein Fachgebiet spezialisiert, ist das ein sehr gefragter Job.«

»Wozu soll es gut sein, bloß zu übersetzen, was andere sagen?«

Maria sah zu Anna, die die Lippen zusammenpresste, in sich abtauchte, ihre Mutter ignorierte. Dann schob Anna den Stuhl vor das Fenster, legte die Füße auf die Fensterbank und sah hinaus.

»Unsichtbar«, sagte Maria. »In eine Kabine eingesperrt.«

»Wie dramatisch.« Anna schnaubte. »Du hast doch gar keine Ahnung von dem Job, überhaupt keine Ahnung.«

Maria sah nach den Fischen.

Anna sagte nichts mehr. Nach einer Weile stand sie wieder auf, öffnete die Schublade des Küchenschranks und inspizierte den Inhalt. Sie fand Georgs Mundharmonika, die staubig quietschte und einen blechernen Ton von sich gab.

15

»Au«, sagte Anna. Sie rieb sich den Arm.

»Wenn die Fliegen beißen, gibt es Regen«, sagte Maria und betrachtete den sonnigen Himmel. Sie lachte. Dann musste sie niesen.

»Wenn Esel niesen, regnet es«, konterte Anna.

»Wer Lucia hat, braucht keinen Esel«, sagte Maria. »Wenn jemand Regen riechen konnte, dann sie.«

»Das gibts doch nicht.« Anna schlug nach einer Fliege.

»Du wirst schon sehen.«

»Eine Wetter-App braucht man mit dir jedenfalls nicht.« Am Himmel war keine Wolke zu sehen.

»Wer hat denn da gewohnt?«, fragte Anna. Sie gingen an einem kleinen zerfallenen Steinhaus vorbei. Ein Feigenbaum wuchs gerade aus dem Dach.

»Die Zwergin«, antwortete Maria. »Warum kann ich mich nicht mehr an ihren Namen erinnern? Sie war sehr klein und hat irgendwann den Verstand verloren.«

»Schrecklich.« Anna machte ein entsetztes Gesicht.

»Ja.« Maria seufzte.

»Lebt sie noch?«, fragte Anna.

»Wer?« Maria dachte nach.

»Na die Zwergin, die Frau?«

»Ich weiß es nicht. Ich glaube nicht.« Sie schaute das zerfallene Haus an.

»Fröhliche Geschichten gibt es hier wohl nicht, oder?«

Maria blieb stehen, kratzte sich am Kopf und dachte angestrengt nach.

»Vielleicht fällt mir noch was ein.«

Sie kamen am Dorfschild vorbei, das Marias Geburtsnamen trug.

»Fast alle hier, und die Frauen sowieso, waren Analphabeten. Wie deine Baba. Es gab eigentlich keine Schrift damals, nicht mal dieses Dorfschild. Alles wurde weitererzählt. Die Geschichten, die Predigt in der Kirche …«

»Du weißt wirklich nicht mehr, wie sie hieß?«

»Ich kann mich nicht erinnern.«

»Schade.«

»Ja, einige Dinge fallen mir einfach nicht mehr ein. Ich hab so viele Erinnerungen und genauso viele schwarze Flecken.«

Sie gingen weiter den Weg entlang, dann kamen die ersten Regentropfen, die wirkten, wie aus Versehen aus dem Himmel gefallen, und schwer waren wie Glasmurmeln. Auf dem steinigen Weg platzten sie wie Wasserbomben und färbten die Steine schwarz, das Wasser versickerte entspannt im Schotter. Der Himmel färbte sich dunkelblau, zwischen den Wolkenbergen glühten Sonnenstrahlen. Dann öffneten sich die Wolken und ließen all ihr Wasser auf einmal fließen. In weniger als drei Sekunden waren Maria und Anna durchnässt. Marias luftiges Kleid wurde zu einer Haut, die nicht passte, Anna streckte die Zunge heraus, um das Wasser, das über ihr Gesicht floss, abzuschöpfen. An ihrer Nase tropfte es. Die Landschaft hatte sich in ein unscharfes Bild verwandelt, und auch Marias Gesicht wurde ein undeutliches Bild, auf dem sich die Farben mischten und in kleinen Rinnsalen hinabliefen. Dann wurden die Farben weggespült, ihr Haar klebte schwer auf ihrem Rücken. Regentropfen sprangen auf spitzen Steinen und es schien von oben und unten zugleich zu regnen. Erde und Gras klebten an ihren nackten Beinen. Da es keinen Sinn hatte, zu rennen, gingen sie gemächlich und ließen sich waschen, wie die Bäume, Häuser, Wiesen und Berge. Auch Maria streckte nun die Zunge heraus, hob den Kopf zum Himmel, den ein hektischer Blitz erhellte. Sie sprangen über die kleinen Seen, die sich auf der Straße bildeten, und erreichten schließlich das rote Haus auf dem Hügel. Auf der Fußmatte blieben sie stehen. Die Tür war nicht geschlossen, aber es war niemand zu sehen. Als sie riefen, kam Jelena an die Tür.

»Hoher Besuch.« Jelena zog sie hinein, führte sie ins Badezimmer, reichte ihnen Handtücher und trockene Kleidung und schloss die Tür. Das Badezimmer roch nach Seife, war kärglich eingerichtet und bis auf die notwendigen Dinge leer. Kein überflüssiger Gegenstand, Maria fühlte sich wohl. Das Seidenkleid streifte sie nun wie einen Taucheranzug ab, zerrte den klitschnassen Slip die Beine runter und legte alles ins Waschbecken. Mit duftenden Handtüchern trockneten sie sich ab, und einen Moment blieb Maria nackt auf dem Badewannenrand sitzen, bevor sie nach Jelenas Sachen griff, in einen trockenen Slip und einen grauen Jogginganzug schlüpfte, dann in ihre Strümpfe und Schlappen. Sie steckte das Haar hoch und betrachtete sich im Spiegel. Neben ihr stand Anna in gelben Shorts und einem T-Shirt mit verwaschenem Aufdruck.

»Lasst eure nassen Sachen hier«, sagte Jelena, die in ihrer offenen Küche stand, Kaffee kochte und dabei rauchte. »Ist mein Haus«, sagte sie entschuldigend und lachte. »Nimm dir.«

Maria griff erleichtert nach der Zigarettenpackung.

»Es hat aufgehört«, sagte Anna und öffnete die Tür. Der Himmel hatte seine Geschosse abgezogen und die Ebene lag nun klar da. Die Sonne schien und das letzte Wasser lief den Hügel hinab, als müsse es sich nun beeilen, und schon lag wieder das Summen und Surren unzähliger Insekten in der Luft, die Vögel sangen, der Spuk war vorbei. Maria dachte über das deutsche Präfix un- nach. Das die Dinge so leichtmütig verwandelte, sie aufhob, ihre Energie veränderte. Nur Un-Wetter blieb Wetter, jedoch schlimmer. Jelena wischte den Tisch und die Stühle auf ihrer Terrasse trocken und stellte Kaffee und Kekse hin.

»Was für ein Unwetter«, sagte Maria. Ob die Kroaten ihr »ne« so liebten wie die Deutschen ihr »un«? Anna würde es ihr sicher sagen können. Der Kaffee war heiß und stark, und Maria fand ihre fremde Kleidung sehr gemütlich.

Jelena verscheuchte ein paar Fliegen.

»Siehst du«, sagte Maria triumphierend zu Anna. »Was habe ich dir gesagt?«

»Du hattest recht«, sagte Anna.

»Allerdings.«

»Ich werde es mir merken.«

»Habt ihr Hunger?«, fragte Jelena.

»Nein, danke«, sagte Maria und griff nach einem Keks.

»Und du?« Jelena wandte sich an Anna.

»Nein, für mich auch nichts.«

Jelena ging trotzdem hinein, holte Brot, Schinken und Käse und trug, als sie aus dem Haus trat, auch wieder ihren Hut. Sie hat ein schönes Gesicht, stellte Maria fest. Vorsichtig beobachtete sie die braunen Augen, die aussahen wie Steine im Sand, die zarten Hände, die geschickt den Käse schnitten. Eine goldene Kette mit einem kleinen goldenen Herzen hing an ihrem Hals. In ein paar Jahren würde sie selbst in Jelenas Alter sein.

»Was hast du vor?«, fragte Jelena plötzlich. »Bleibst du noch?«

»Ich weiß nicht«, sagte Maria. »Wohl nicht mehr lang.«

»Willst du nach Hause?«

»Eher nicht hierbleiben.«

»Ja. Das verstehe ich.«

Die Abendsonne erzeugte plötzlich eine große Hitze und legte ihr goldenes Licht über sie.

Jelena holte einen großen Krug Wasser und schenkte Gläser ein.

»Warum bist du weg von hier?«, fragte Maria.

»Ich bekam ein uneheliches Kind.« Jelena machte eine Handbewegung, die *kannst du dir ja vorstellen* sagte.

»Du hast Kinder?« Maria war überrascht.

»Eine Tochter, Mira. Sie lebt in Zagreb. Etwas älter als du.« Sie nickte zu Anna hinüber.

»Warum bist du zurückgekommen?«, fragte Maria.

»Ich musste mich um meine Mutter kümmern.«

»Und dann bist du geblieben.«

»Ja. Das hätte ich nie gedacht.«

Maria lachte unsicher. »Es ist wirklich deprimierend.«

»Ich bin heute eine andere. Und ich habe mein eigenes Haus gebaut, auf dem höchsten Punkt. Von hier aus schaue ich zu, wie das alte Haus meiner Mutter langsam zusammenfällt«, sagte Jelena. »Dort. Und dort das Geburtshaus deiner Mutter.«

»Stimmt.«

»Auch nicht mehr viel übrig.«

Jelena holte Schnaps.

»Anna, siehst du das kleine Steinhaus dort drüben?«, wandte Jelena sich plötzlich an Anna.

»Ja.«

»Es ist eine Komin. In Dalmatien verbringt man in diesen Häuschen am Feuer den Winter. Und das da hat dein Großvater gebaut.«

»Wirklich?« Anna betrachtete es und Maria betrachtete Anna und rauchte.

»Kannst du dich noch an ihn erinnern?«, fragte Jelena.

»Nein.« Anna schüttelte den Kopf.

»Stimmt, als er starb, kannst du höchstens drei oder vier Jahre alt gewesen sein.«

»Vier.«

»Ja. Er hat dich so sehr geliebt.«

»Wie ist er denn eigentlich gestorben?«, fragte Anna mit nassen Augen.

Jelena sah kurz zu Maria hinüber.

»Auf der Türschwelle meiner Mutter«, sagte Jelena. »Es hat geklopft, sie hat aufgemacht, und da lag er. Schlaganfall.«

»Ehrlich?«

»So war es«, sagte Jelena. »Jedenfalls hat es mir meine Mutter so erzählt.«

Anna saß nun schweigend neben ihnen und hörte zu. Nach einer Weile rutschte sie auf ihrem Stuhl hin und her. Sie wollte los, wusste Maria.

Aber sie selbst hatte keine Eile. Sie wollte mit Jelena Schnaps trinken, weil so viele Sätze ins Leere liefen, weil die Melancholie ein Teil von ihr war, weil sie unterschiedliche Geschichten hatten und sie doch teilten. Jelena war da gewesen, als sie ein Kind war, später und jetzt.

»Wann ist deine Mutter gestorben?«, fragte Maria.

»Vor acht Jahren.«

»Das tut mir leid«, sagte Maria.

»Mir auch«, warf Anna plötzlich ein.

»Macht euch keine Gedanken. Ich war erleichtert. Sie wollte partout nicht von hier weg und ich musste herkommen, um sie zu versorgen. Ich war sehr wütend. In den letzten Jahren sind die anderen gekommen, haben ihre Häuser gebaut. An den Wochenenden ist nun richtig was los. Eine Weile war ich hier ganz allein, das war schlimm.« Sie zögerte. »Und gut.«

Irgendwann ließ die Nacht den Vorhang fallen und es wurde vollkommen schwarz. Maria und Anna gingen Arm in Arm zurück, sie hatten keine Angst vor der Dunkelheit.

16

Maria hatte nicht bewusst entschieden zu bleiben, es erschien ihr einfacher als abzureisen, und als Anna abgefahren war, blieb sie einfach sitzen, vor dem Haus. Den ganzen Tag. Und den nächsten. Sie beobachtete den Wechsel der Farben und lauschte den Geräuschen und Tönen, die aus allen Himmelsrichtungen kamen, und der Himmel dehnte sich um sie herum aus. Sie spürte die Wärme der Sonne, die mit dem Mittag kam, sah die Veränderung des Lichts und das Wachsen der Schatten. Die Trauer war jetzt wie Tau. Schwer am Morgen, aber sie verging am Mittag. An einem Abend kam ein Luchs vorbei, deutlich sah sie in den leuchtenden Augen seinen ängstlichen Blick. Ihr wurde unheimlich und sie ging zu Bett. Am nächsten Tag ging sie durch das leere Dorf. Milan hatte sich ständig was ausgedacht. Einmal hatte er sich lange schwarze Röcke übergeworfen und ein Kopftuch umgebunden. Gebückt und krächzende Laute machend, war er die Dorfstraße entlanggeschlichen und hatte bald die Aufmerksamkeit der Menschen auf sich gezogen. Wer war diese Alte, hatten sie sich gefragt. Wer bist du, riefen sie ihr zu, die unbeirrt ihrer Wege ging und mit furchterregender Stimme brabbelte. Diese Alte hatten sie hier noch nie gesehen, und die belustigte Stimmung schlug schnell in Argwohn um. Wer bist du, riefen sie wieder und nahmen sicherheitshalber ein paar schwere Steine zur Hand, denn dieses Geschöpf musste eine Hexe sein. Als Milan das Kopftuch abnahm und sich lachend den Bauch hielt, triumphierte, als habe er einen Sieg errungen, ließen sie erleichtert die Steine fallen. Sie stimmten ein, lachten, klopften ihm auf die Schulter, strichen ihm zärtlich über das Haar. Auch Maria hatte gelacht, denn sie liebte seine Streiche, aber sie vergaß auch die Steine in den Händen nicht.

Die Dorfkneipe gab es nur noch in der Erinnerung. Sie war nicht mehr da und war doch da. Warum musste sie das Verschwundene immer mitdenken? Maria ging um das leere Haus herum. Neben der eigentlichen Eingangstür hatte es eine Art Garagentor gegeben, das im Sommer offen stand, und einmal war Milan mit Bila im Schlepptau hineinmarschiert, um den Vater nach Hause zu holen.

In der nächsten Nacht träumte Maria, dass sie mit Bila in der U-Bahn quer durch München fuhr. Im Traum schaute sie auf die Uhr und es war drei Uhr morgens und nur wenige Menschen waren unterwegs, die keinerlei Notiz nahmen von Maria und ihrer Kuh. Sie blickten zu Boden oder durch sie hindurch und Maria erkannte dieses Gefühl, bedeutungslos zu sein, unsichtbar, es breitete sich aus, umgab sie und verflüchtigte sich erst, als Maria und Bila aus der U-Bahn stiegen, die direkt vor ihrem Haus zum Stehen kam. Sie stutzte, als sie über den Hof ging: Der Flieder war verschwunden und als sie die Tür zu Lucias

Zimmer öffnete, war es leer. Maria betrat jetzt die Küche und fand dort Anna, die auf dem Boden krabbelte und an einer bunten Holzrassel lutschte.

Die Abende, wenn sich die Sonne senkte, verbrachte Maria auf der erhöhten Ebene. Sie wartete und kostete jeden Tag aus, bis er zu Ende war. Der Himmel färbte sich lila, rosa, golden, die Berge wurden flächig und wechselten sekündlich ihre Farbe und wenn der letzte Pinselstrich getan war, ging das Licht aus. Jeden Morgen kam ein neuer, sonniger Tag. Und Maria staunte, weil diese Tage nie alle wurden.

»Als Erstes den Boden«, sagte Maria, als die Bauarbeiter kamen. Das Wetter war stabil und es würde den Männern keine große Mühe machen, die paar Möbelstücke allein vors Haus zu tragen. Zwei stiegen aus dem klapprigen alten Wagen, der rasant und in einer Wolke aus Staub den Schotterweg hinaufgerast kam, drei weitere sprangen von seiner Ladefläche, als er mit einem Ruck und einem Schnaufen zum Stehen kam. Sie gaben ihr freundlich die rauen Hände, griffen fest zu, entblößten Goldzähne und Zahnlücken, staubiges Haar unter Kappen, die sie zum Schutz vor der Sonne trugen. Maria, die keine Lust hatte, den Trupp zu verpflegen, erklärte, dass sie in die Stadt fahren und in zwei Tagen mit Fliesen und allem Nötigen für das Badezimmer zurück sein würde.

Die Männer begannen, die Arbeitsgeräte zu entladen.

»Als Erstes den Boden«, wiederholte Maria, als sie den Chef der Gruppe ins Haus führte und auf ihren hohen Absätzen über die Dielen balancierte.

»Alles klar«, sagte er. »Kein Problem.«

»Und hier«, Maria wies in den Flur, »hier zieht ihr die Wand ein, für das Badezimmer. Hier brauche ich fließendes Wasser, Toilette, Dusche.«

»Kein Problem, alles überhaupt kein Problem«, sagte er. Er sah aus wie ein gutmütiger Bär und war so groß, dass er den Kopf einziehen musste. Die riesigen Füße steckten in klobigen Schuhen, die einst schwarz gewesen und nun von einer dicken weißen Staubschicht überzogen waren. Er stand so fest und schwer auf dem Boden, dass Maria kurz besorgt war, er könnte durch die Dielen fallen. Die Männer hatten den Wagen fertig entladen, sie standen vor der Tür, rauchten und öffneten das erste Bier.

»Mehr ist im Kühlschrank«, sagte Maria, als sie nach ihrer Tasche griff. Sie reichte dem Chef den Schlüssel.

»Wir sehen uns«, sagte sie und lief eilig zum Wagen.

»Alles klar«, rief er.

Als Maria die Bergstraße hinabfuhr, kam ihr eine Frau mit kurzem braunen Haar entgegen, das ihr zerzaust vom Kopf abstand. Sie sah sehr alt aus und trug eine gemusterte Bluse. In den dünnen Armen hielt sie Äste und Zweige. Maria grüßte, aber sie grüßte nicht zurück. Sie schien nicht zu gehen, sondern zu wandeln, wie in einem Traum, und Maria fragte sich, ob das die Zwergin war oder ihr Geist. Oder bloß ein Überbleibsel aus ihrem letzten Traum. Sie war erleichtert, dass die Arbeiter nun beginnen würden.

Die Arbeiten an ihrem Haus in Deutschland waren schwierig gewesen, überall waren damals Probleme aufgetaucht: Denkmalschutz, Schimmel, Statik, Auflagen und Gesetze. Jeder Arbeiter schien nur für seinen kleinen Teil verantwortlich zu sein, immer neue Fachleute kamen und hauten alle Wände auf, ohne Respekt und ohne Liebe für den alten Stein und Maria fand keinen Winkel mehr für sich und für Anna, die noch ein Baby war. Diesmal war es anders. Natürlich war Lucias Haus kleiner und die Arbeiten überschaubar, aber dazu kam die Überzeugung der Arbeiter, dass alles überhaupt kein Problem war. Sie wusste, dass sie den Männern Lucias Haus überlassen konnte und in ein paar Wochen würde alles erledigt sein.

Maria nahm nicht den direkten Weg und als sie durch die Dörfer fuhr, erhob sich keine Hand zum Gruß. Sie blieben vor dem Bauch gefaltet oder in den Hosentaschen. Im Rückspiegel beobachtete Maria, wie die Leute sich nach dem Wagen umdrehten, zu lesen versuchten, wer sie war, die mit unbekanntem Nummernschild durch die Walachei fuhr. Maria verfluchte ihren Argwohn und verpasste fast die Auffahrt zur Autobahn. Sie war die Einzige, die sich an die strenge Geschwindigkeitsbegrenzung hielt, trotzdem war es, als flöge sie Split entgegen, das schon bald unter ihr lag, während sie den Berg hinunterfuhr, immer dem großen Blau entgegen. Sie wurde in dichten Verkehr gespült, der sich langsam in die Stadt voranschob. Das Blau war verschwunden. Maria hatte einen guten Orientierungssinn und fuhr der Nase nach, vorbei an hässlichen Wohnkomplexen, deren Balkone wie Käfige aussahen. Dann tauchte sie kurz in ein schattiges Viertel ein, wo sich alte Villen mit schmucken Vorgärten ehrwürdig aneinanderschmiegten, Restaurants zum Verweilen unter Palmen einluden und Kinder und Hunde im Park spielten. Weitere

Wohnanlagen tauchten auf, die aussahen, als wären sie gerade erst hier hingestellt worden, an einen Fleck, den sie noch nicht kannten. Ein kleines Mädchen fuhr auf einem riesigen Fahrrad an einer Plakatwand vorbei, ein Hund rannte ihm nach, auf der Suche nach einem Baum. Hinter den Plakaten erhoben sich die Häuser wie Körper ohne Farbe. Weitere Menschen spazierten an den Plakaten vorbei, ohne sie wahrzunehmen, dann schaltete die Ampel auf Grün und der Autozug setzte sich in Bewegung. Maria stand nun mitten auf einer lauten, staubigen Kreuzung, es wurde gehupt, weil es nicht weiterging. Beim Beobachten der Passanten hatte sie den Verkehr aufgehalten.

Sie kurbelte das Fenster runter und Stadtluft füllte das Auto. Inmitten der Straßen war es schrecklich heiß und Maria plötzlich sehr müde. Links von ihr lagen nun das Meer und die mächtigen Fähren, die Kurs auf die Stadt nahmen, wie sie. Plötzlich erhob sich vor ihr eine Schranke und sie stoppte auf einem heißen überteuerten Parkplatz an der Riva, direkt neben einer Popcornmaschine und einem Zeitungskiosk, vor dem sich Spielzeug aus Plastik türmte. Die Stadt sah plötzlich neu aus und fragte nicht, wo sie so lange gewesen war.

Anders als die lebendige Riva war die Altstadt ganz in ihr Inneres zurückgezogen und lag längst in tiefem Mittagsschlaf, sie ließ die Touristengruppen über ihre Steine klettern wie Fliegen auf einem schlafenden Tier. Maria hatte Hunger und suchte ein Restaurant. Schließlich bog sie links ab und nahm an einem Restauranttisch unter einem Steinbogen Platz. Ohne in die Karte zu schauen, bestellte sie ihr Lieblingsessen: Gegrillte Calamari mit

Mangold und Wein. Der Wein kam prompt, dazu Wasser und Brot.

Die Putzfrauen am Tisch gegenüber hatten Zeit für einen Kaffee und Plausch. Sie rauchten und lachten. Maria beobachtete sie neugierig, ihre Leichtheit und Gegenwärtigkeit. Sie passten hierher wie ein Puzzleteil und fielen nicht heraus wie Maria; die sich immerzu fragte, ob es irgendwo einen Ort gab, an dem sie freier sein konnte.

Maria wischte den Teller mit Brot, am liebsten hätte sie ihn in beide Hände genommen und abgeleckt. Sie leerte ihr Glas und bestellte Kaffee, zog die weiße Stoffserviette von ihren Knien, schüttelte die Krümel des Brots auf den Boden, schlug die Beine übereinander und rauchte. Sie trank ihren Kaffee und beobachtete hinter der Sonnenbrille weiter die Frauen, die sich gegenseitig ihre Einkäufe präsentierten und lauthals lachten. Maria überlegte, ob sie sich hier nur fremd fühlte oder ob, um mit Anna zu sprechen, auch irgendeine Saite in ihr zum Schwingen kam. Sie wollte mit Anna telefonieren, jetzt, wo sie endlich guten Handyempfang hatte und nicht auf einen Berg klettern und die Arme in die Höhe strecken musste. Aber Anna ging nicht ran.

Die Frauen packten ihre Sachen ein, lachend verschwanden sie, und nur einen Pulsschlag später – der Kellner hatte lässig, aber blitzschnell den Tisch abgeräumt, das Tischtuch abgezogen und unter den Arm geklemmt und ein neues schneeweißes Tuch, das kurz in der Luft flatterte wie ein Schwan, auf ihn sinken lassen – waren die Plätze auch schon wieder neu besetzt. Er verschwand für eine Minute, kehrte mit den Speisekarten zurück, zückte sein Feuerzeug und gab einer schönen Frau Feuer, die, so schien es, mit ihrer Mutter und Tochter gekommen war. Es musste der Einheimischen-Tisch sein.

Einen Tisch weiter waren zwei kleine Kinder unruhig geworden. Sie stritten kurz, auf Deutsch, das jüngere, ein Junge, hatte Limonade über den Tisch gegossen, der mit Tomatensoße und den Resten und Schalen von Scampi, Muscheln und Sardinen übersät war. Er hatte ein ebenso rot verschmiertes Gesicht und die Hände tief in die Soße getaucht. Er sah zufrieden aus, die braunen kurzen Beine wackelten unter dem Tisch und seine blonden Locken lagen wie eine Krone auf seinem Kopf. Das ältere Kind, ein Mädchen, das Maria nur von hinten sah, saß mit geradem Rücken neben seiner Mutter, die versuchte, den Limonadensee mit ihrer Serviette trockenzulegen und zugleich die kleinen Meerestiere aus ihrer Schale zu pulen, um damit den hungrigen Jungen zu füttern. Der Junge wackelte gefährlich auf dem Holzstuhl, glitt schließlich herunter und rannte um den Tisch. Als er auf den Schoß seiner Mutter kletterte und die Arme liebevoll um ihren Hals schlang, hinterließ er hellrote Handabdrücke auf ihrem Rücken, unterhalb ihres Nackens, der in der Hitze schimmerte.

Der Kellner brachte eine neue Limonade und räumte soßenverschmierte Teller mit Serviettenbergen ab und balancierte sie ins Dunkel des Restaurants. »Ohne Kinder gibt es kein Glück«, nuschelte er, bevor er verschwand.

Schon als Kind hatte Maria die Welt oft beobachtet wie eine Fremde, und sie war eine Fremde geblieben und fühlte sich traurig hinter der Sonnenbrille, weil sie einsam war.

Am Einheimischen-Tisch war es ruhig. Die Tochter war in ihr Handy versunken. Die schöne Frau hatte sich der Älteren zugewandt da sie ebenso schön, nur älter war, und sie unterhielten sich. Auf dem Tisch stand eine Flasche Mineralwasser, sie warteten auf das Mittagessen. Besteck lag schon bereit, der Kellner stellte nun einen Korb mit Maisbrot dazu.

Die deutsche Familie zahlte und verließ den Platz der Verwüstung. Diesmal brauchte der Kellner länger, um den Tisch herzurichten, und als er fertig war, blütenweiß und ohne Flecken, blieb er leer.

Die Frauen hatten jetzt mit dem Essen begonnen, ohne ihr Gespräch zu unterbrechen, die Tochter hatte das Handy zur Seite gelegt. Würdevoll sah sie aus, die Alte, dachte Maria und hätte gerne am Einheimischen-Tisch Platz genommen. Sie hatte es im Leben so oft versucht.

Wo ist mein Zuhause, fragte sich Maria.

Ach, hol es der Teufel. Sie dachte an Lucia, die die Welt nicht kannte.

Auf einmal wollte sie nicht mehr bleiben und sehnte sich zurück in die Stille irgendeines Orts.

»Es ist eine Schande«, hatte Lucia gesagt, als Maria gegangen war. »Es ist eine Schande«, hatte sie gesagt, als Jelena gegangen war. Am Ende waren alle gegangen, sogar Lucia selbst.

Es war sehr warm geworden und Marias Kleid klebte an ihren Beinen. Sie winkte dem Kellner. Noch mal ließ sie sich durch die Altstadt spülen und landete an der Riva, wo der Blick unbegrenzt über das Meer glitt, wo der Himmel diesig war, graublau und nur durchzogen von Möwenflug.

Maria hatte entschieden, mit Georg mitzugehen, und alle Türen standen offen. Georgs Türen standen immer offen. Sie blieb am Meer stehen, bis ihre Augen satt waren, holte dann die Tasche aus dem Auto, steuerte ein Hotel an, das direkt an der Promenade lag, und bezog ein Zimmer mit Meerblick. Es war, als wäre sie bereits hundert Jahre hier, trotzdem blieb alles ungewohnt. Maria duschte und zog einen leichten Overall an; sie tauschte die hohen Schuhe gegen flache Sandalen, griff nach Handtasche und Sonnenbrille, nach kurzem Zögern steckte sie auch die Kamera ein, die Anna ihr dagelassen hatte, und verließ das Zimmer, in dem ihre wenigen Sachen nun komplett verstreut lagen.

Sie drehte einige Runden in der Stadt, deren alte Schönheit sie liebte, aber jetzt blendeten die grell leuchtenden Geschäfte sie aus ihren blitzblanken Fenstern, die Stadt war wie eine Kulisse. Sie lief über den Narodni Trg, betrachtete die Aushänge des Theaters, zog ihre Kreise kleiner. In einem Café fragte ein Kellner sie auf Englisch nach ihrem Wunsch. Er legte die Karte bereit. Maria bestellte einen Kaffee, der Kellner entschuldigte sich und fragte etwas verwirrt, was für ein Kaffee es sein sollte. »Ein normaler«, antwortete Maria genervt. Der Kellner entschuldigte sich wieder und räumte schnell die Karte ab.

Ein paar Tische weiter saßen Jugendliche und die Luft war voll von ihren noch hellen Stimmen. Hatten sie frei? Schwänzten sie? Sie waren etwa in Annas Alter. Aus den Lautsprechern des Cafés schallte Musik und Maria konnte sie nicht verstehen, obwohl sie laut waren. Sie tranken

Cola und einige rauchten. Wortfetzen und Zigarettenrauch zogen vorbei. Hinter ihnen mischte sich das Blau von Himmel und Adria, zogen die Schiffe in die Welt, kamen die Wellen von weit her. »Nada«, rief ein Junge, der am Café vorbeilief, und das Mädchen winkte ihm zu.

Nada heißt Hoffnung, murmelte Maria.

Maria ging vor der alten Stadthalle auf und ab. Zufällig waren die Werke eines Künstlers ausgestellt, den sie verehrte. Da alle Kroaten Helden waren, Nationalhelden, war er wohl der Held der Kunst. Aber wer interessiert sich schon für kroatische Kunst, fragte sich Maria und dachte an Anna. Als sie hineinging, ließ sie alle Menschen hinter sich. »Sie können auch gerne wiederkommen mit diesem Ticket«, sagte der Mann am Eingang, der all seine Energie und Freundlichkeit an die einzige Besucherin ausgab. »Wir haben bis zweiundzwanzig Uhr geöffnet.«

»Danke«, sagte Maria. »Ich komme bestimmt wieder.« Sie fragte, ob sie fotografieren dürfe, und schickte Anna ein Bild.

»Das bringt die Saite zum Schwingen«, schrieb sie. Nur das. Sie betrachtete ein Selbstporträt. Ein alter Mann, wie ein Kind. Ob sie ein Poster wolle, fragte der Mann am Ausgang. »Nein, danke«, sagte Maria. »Wir sehen uns«, sagte der Mann. »Ja, bestimmt«, log sie und ging.

Zum Abendessen kaufte sie auf dem Markt fettiges, tropfendes Burek und aß es im Weitergehen. Sie betrachtete das Obst und Gemüse und beobachtete eine Touristin, die sich größte Mühe gab, auf Kroatisch Bananen zu kaufen. Die Marktfrau blieb mürrisch, weil sie nur um drei Bananen statt der wohl eher üblichen drei Kilo gebeten hatte. Maria blieb vor dem Stand stehen, aber die Marktfrau unterhielt sich schon wieder mit einer dicken Frau und kümmerte sich nicht um sie.

»Ist das alles von hier?«, versuchte Maria auf sich aufmerksam zu machen.

»Woher sonst«, sagte die Verkäuferin, ohne ihr Gespräch zu unterbrechen.

»Alles?«

»Ja.«

»Auch die Bananen?« Maria konnte es sich nicht verkneifen.

»Willst du was kaufen oder nur fragen?«

»Kaufen, wenn es passt.«

»Was denkst du, dass ich den ganzen Tag auf dich gewartet habe?«, murrte die Frau.

»Ich nehme die Bananen«, sagte Maria.

»Wie du meinst«, sagte die Marktfrau und nannte den Preis. Maria kaufte einen großen Bund, er würde matschig und braun werden. Sie hasste den süßlichen Geruch reifer Bananen, der nun aus der Plastiktüte strömte. Warum hatte sie nicht die Feigen genommen? Die Stadt brachte sie ganz durcheinander. Sie spiegelte sich in den Schaufensterscheiben, hinter denen immer helles Licht brannte und die ein Gefühl erzeugten, das dem Geruch reifer Bananen ähnlich war.

Immer wieder durchquerte sie stille Höfe, in denen die Katzen schliefen und die Mäuse raschelten. Von Anna kam keine Antwort. Sie sprang über eine Pfütze, lief durch Veli Varoš und stieg die Steintreppen zum Marjan hinauf. Ein abgerissenes Plakat blieb an ihrem nassen Schuh kleben.

Maria klaubte es von ihrer Sohle, es war verdreckt und fast unleserlich. Es kündigte eine Ausstellung an. Ein großer Schnurrbart unter einer dicken Nase war noch zu erkennen. Ein Stück der Adresse. *Altes Schloss, Maslinica, Šolta.* Maria warf es in den nächsten Mülleimer, setzte sich in das Café hoch oben über der Stadt und rief Adam an.

»Maria«, rief Adam fröhlich und erleichtert. »Endlich! Wie geht es dir?«

»Ich habe schrecklich Heimweh«, sagte Maria.

»Dann komm doch nach Hause«, sagte Adam.

»Ja, das tue ich bald. Aber wo ist es nur?«

»Ach Maria, wo steckst du denn?«

»Ich bin in Split und schaue aufs Meer.«

»Das klingt gut.«

»Ja.«

»Anna hat erzählt, du renovierst?«

»Du hast mit Anna gesprochen?« Maria rührte in ihrem Kaffee.

»Ich habe sie im Ort getroffen. Sie hat gesagt, sie holt ein paar Dinge ab.«

»Was denn? Sie hat gar nichts davon gesagt.«

»Ich weiß es nicht.«

»Wann war das?«

»Letzte Woche.«

»Ist sie wieder gefahren?«

»Ich glaube schon«, sagte Adam.

Maria schwieg. Sie sah Split mit den Augen einer Möwe. Sie beobachtete ihren Flug. Ob Adam ihren Schrei hörte?

»Du lässt Lucias Haus renovieren? Warum?«, fragte Adam.

»Ich will nicht, dass es zusammenfällt«, sagte Maria. »Ich will, dass es bleibt, wo es ist.«

»Verstehe.«

»Es ist keiner da, der sich kümmert«, sagte Maria. »Die Natur holt sich alles zurück, wächst einfach über das Haus, als ob sie es verspeist.«

»Gruselig. Wie lange wird es dauern?«, fragte Adam.

»Ich weiß es nicht, spielt es eine Rolle?«

»Alle fragen schon nach dir.«

»Wirklich? Wer?«, fragte Maria skeptisch.

Adam zögerte. »Na ja … Helga fragt. Zum Beispiel.«

Maria lachte. »Helga. Die Gute.«

»Und ich frage.«

»Das wars? Wirklich?« Maria tat entsetzt.

»Wir fragen dafür oft.«

Maria lachte.

»Du fehlst mir sehr«, sagte Adam.

Maria lauschte dem Schweigen nach diesem Satz.

»Und ich hoffe, dein Haus ist bald fertig.«

Maria sagte wieder nichts.

»So lange kann es ja eigentlich nicht dauern«, überlegte Adam laut, »nein, sehr lange wird es nicht mehr sein.«

Als Maria nicht antwortete, fragte er: »Oder?«

»Ich weiß es nicht. Gerade kann ich hier noch nicht weg. Auch wenn ich ständig nur wegwill, von allen Orten.«

»Schade. Soll ich nach deinem Haus hier schauen? Nicht, dass es zum Mittagessen gegessen wird oder so.«

»Danke.« Maria lachte. »Christiane kümmert sich.«

»Das ist nett. Wenn ich irgendwas anderes tun kann, sags mir.«

»Danke.«

»Nichts?«

»Nein.«

»Dann esse ich jetzt Lucias letzte Kohlköpfe, bis mir was Besseres einfällt.«

»Ist immer noch was übrig?«, rief Maria. »Oh Gott, mir wird schlecht.«

»Was soll ich erst sagen.«

Maria lachte wieder.

»Aber wir waren alle weniger krank«, sagte Adam.

»Wer ist denn alle?«

»Och, ich habe ein paar Portionen an die Patienten verteilt.«

»Wenn Lucia das wüsste. Sie wäre so froh.«

»Wann fährst du zurück zum Haus?«

»Morgen, denke ich. Spätestens übermorgen.«

»Den Handwerkern mal auf die Finger schauen.«

»Eben.«

»Sie sollen sich beeilen.«

»Ich sag es ihnen.«

»Ja, mach das und vergiss nicht, dass hier alle auf dich warten.«

»Du meinst: du.« Maria freute sich und als sie die Freude spürte, vermisste sie Adam. »Bis bald.«

Maria mochte es nicht, dass Auflegen kein Geräusch machte.

Am nächsten Tag nahm Maria die Fähre nach Šolta. An Bord traf sie die Familie wieder, heute waren beide Kinder in den Outfits der kroatischen Nationalmannschaft eingekleidet, beide trugen Sonnenhüte, hüpften aufgeregt auf und ab, standen an der Reling, wo der Wind das Haar zerzauste und die Gischt in der Tiefe sprudelte. Und ganz kurz hatte auch Maria das Gefühl von großem Abenteuer, der Wind wehte es herüber, das Hüpfen der Kinder steckte sie an, aber da nahm das Schiff schon Kurs auf den Hafen. Die Insel lag so nah am Festland, dass man meinte, zu ihr schwimmen zu können.

Es war eine Autofähre, aber Maria war zu Fuß gekommen, und als der Bauch des Schiffes sich in Šolta öffnete, lief sie in die grelle Sonne hinaus und fuhr mit dem Bus weiter, der sie und auch die Familie zum westlichsten Punkt der Insel brachte, nach Maslinica. Es war ruhig hier, ein paar bunte Holzboote schaukelten im winzigen Hafen vor dem einzigen Café, dessen Türen und Fenster ebenfalls bunt angemalt waren. Ein Laden hatte draußen sein Gemüse- und Obstangebot gestapelt, daneben lag ein Restaurant, das seine Terrasse mit Fischernetzen, Muscheln und Plastikfischen geschmückt hatte. Das Stadtschloss war heute ein schickes Hotel. Die Rezeptionistin erklärte ihr, dass die Ausstellung sich noch über die erste Etage und den hinteren Teil des Erdgeschosses erstreckte. Zu Marias Überraschung betrat nun auch die Familie das Hotel, offenbar war auch sie für die Ausstellung hergekommen.

Die Rezeptionistin wies auch sie ein. Die lustigen Figuren machten den Kindern Spaß, aber das Mädchen schien müde zu sein. Der Kleine zog die Eltern aufgeregt zu einer Skulptur, einem dicken Fischer, und Maria hörte sie lachen. Der Vater eilte hinter ihnen her. Plötzlich wollte das Mädchen nicht mehr weiter und lehnte sich erschöpft an eine Figur an, ein lebensgroßes altes Mütterchen vom Dorf, in schwarzen Röcken und mit Kopftuch. Im rosafarbenen Gesicht eine gigantische Nase. Eine liebevolle Karikatur. Das Mädchen kuschelte sich an sie und der Kopf reichte bis zum großen Busen, sie umarmte die Oma. Maria zückte die Kamera, schoss ein Foto, ließ den Apparat schnell zurück in die Tasche gleiten. Das Mädchen riss sich schließlich von der Alten los, rannte hinter den anderen her und Maria blieb allein zurück. Auf der Terrasse trank sie Wein und dachte kurz an Lucias Haus, an die Arbeiter und an die Baumärkte, die noch auf sie warteten. Sie holte ihr Skizzenbuch aus der Tasche und begann, die Skulptur und das kleine Mädchen zu zeichnen.

Auf der Rückfahrt am Abend drehte Maria einige Runden über das Schiffsdeck, aber die Familie, den Lockenengel und das hüpfende Mädchen mit Strohhut konnte sie nirgends entdecken. Eine Gruppe Jugendlicher saß auf dem Boden. Maria bewunderte ihre Fähigkeit, die Rucksäcke von sich zu schmeißen und sofort anzukommen, in jeder neuen Situation. Für eine Weile war das Schiff ihr Zuhause, dann ein anderer Ort. Behäbig lag die Fähre auf dem Wasser, sie ächzte und stöhnte, das Wasser schäumte, als das Schiff sich ohne Eile in Bewegung setzte, und wieder tat es, als ginge es auf eine große Reise, dabei setzte es nur hinüber, Split war schon zu sehen. Möwen segelten durch den rosa gefärbten Himmel über der weißen Gischtspur, die die Fähre durch das Meer zog. Die Abendsonne beendete diesen Tag heiß und färbte die Inseln, die aus der Adria ragten. Was für ein verwöhntes Land, dachte Maria.

Sie holte die Kamera heraus und fotografierte die orangefarbene Insellandschaft, eine Möwe im Sturzflug. Splits Promenade kam näher und die Ersten packten ihre Sachen und machten sich zum Aussteigen bereit. Auch Maria wollte los.

Die letzte Strecke fuhr sie hinter schweren Betonmischern den Berg hinauf. Sie krochen vorwärts und der Weg erschien ihr endlos. Zu überholen traute sie sich nicht, und sie spürte die Ungeduld der Fahrer in den Autos hinter ihr. Sie fluchte auf die Lastwagen, die Landstraßen, die kroatischen Autofahrer. Den ganzen Tag hatte sie in gigantischen Baumärkten verbracht, auch ihr Wagen war schwer und bis oben hin beladen. Endlich bog sie rechts ab, um tief ins Hinterland zu fahren, während die Lastwagen mit der Autokette im Schlepptau ihren Weg fortsetzten, Richtung Bosnien. Bosnien, das klingt so unendlich weit weg, dachte Maria, ein völliges Anderswo. Menschen auf der holprigen Straße traten beiseite, um sie durchzulassen, dann wurde es einsamer, die Natur dichter und Maria fuhr den Berg hinauf, nahm Kurve um Kurve.

Das Dorf, das eigentlich keins mehr war, hatte Besuch.

Was ist denn hier los, dachte Maria. Sie ließ das Fenster runter, grüßte. Der Weg war von Arbeitern gesäumt, sie fuhr weiter. Sie hielt neben Lucias Haus und stieg eilig aus.

»Entschuldigung?«, rief sie. Ein Arbeiter war damit beschäftigt, Daten einzutragen, am Straßenrand lagen Kabeltrommeln, ein Bereich neben Lucias Haus war abgesperrt. Auf der anderen Seite des Wegs, aber vor Lucias Küchenfenster, ragte ein gigantischer Betonpfeiler in die Höhe. Der Arbeiter grüßte, nahm den Helm vom Kopf und fuhr sich durch das verschwitzte Haar.

»Sie kriegen Licht«, sagte er zufrieden. Wie immer, wenn die Welt hier oben hereinschwappte, war Maria fassungslos.

»Wozu?«, fragte Maria entgeistert. Der Arbeiter zuckte mit den Achseln.

»Straßenlaternen.«

Sie konnte es nicht glauben.

»Warum direkt vor meinem Haus?«, fragte Maria, lief hinter dem Arbeiter her, der zu seinem Wagen ging.

»So lautet der Auftrag, so ist es hier verzeichnet.« Er tippte mit dem Stift auf eine Karte.

»Wozu brauchen wir hier Straßenlaternen?«

»Hat irgendwas mit der Europäischen Union zu tun.«

»Dieser Fleck interessiert irgendwen in der EU? Das ist völliger Quatsch.«

»Freuen Sie sich doch. Sie werden hier Licht haben, spart Ihnen auch Strom.«

»Ich will keinen Betonpfeiler vor meinem Haus haben«, sagte Maria wütend. »Ich will auch nachts kein Licht.« Sie fluchte.

»Da ist nichts zu machen«, sagte der Mann.

»Warum habt ihr den Pfeiler nicht zwanzig Meter weiter gesetzt?«

Der Arbeiter tippte auf die Karte und auf Dokumente, die in der nächsten Kleinstadt gestempelt waren.

»Das Ding muss weg«, sagte Maria.

Der Mann schaute verständnislos.

»Ich dachte, Sie freuen sich. Ausbau der Infrastruktur. Das erste Stück Straße wird im nächsten Monat geteert.« Er deutete Richtung Kirche.

»Was? Wozu?«

Der Mann zuckte wieder die Schultern. »Es liegt ein Antrag vor. Die Dorfgemeinschaft bewirbt sich um EU-Gelder … für den Tourismus.«

»Was?« Maria schluckte. »Welche Dorfgemeinschaft?«

»Die umliegenden Dörfer, es geht um die ganze Region.« Der Mann zeigte umher.

»Also diese Region hier gehört mir«, sagte Maria und zeigte auf die wilde Landschaft ringsum. Schweiß stand ihr auf der Stirn. »Sehen Sie das Land?«

»Ja«, sagte der Arbeiter.

»Gehört mir.«

»Den Berg dort? Und den?«

»Ja.«

»Gehört auch mir.«

Maria zückte ihr Portemonnaie. »Der Beton vor meinem Fenster muss verschwinden«, sagte sie. »Ich will in der Nacht kein Licht. Herrgott, wie soll ich schlafen?« Sie holte Scheine heraus.

Der Mann schüttelte den Kopf. »Da ist wirklich nichts zu machen«, sagte er.

»Seit wann?«, fragte Maria.

»Sie müssen sich an die zuständige Behörde in Trilj wenden.« Er stieg ein und zog die Tür zu.

»Den Touristen, der seinen Fuß hierher setzt, will ich sehen«, rief sie ihm hinterher, als er losfuhr.

Maria schüttelte den Kopf, öffnete den Kofferraum und

schritt zum Haus hinauf. Der Boden war fertig. Nackt noch, aber es war ein Boden, und alle Möbel standen wieder an Ort und Stelle. Die Wände für ein kleines Badezimmer waren eingezogen, sogar eine Tür gab es schon, außerdem Wasseranschlüsse, Steckdosen und eine neue Toilette. Maria drückte die Spülung, sie funktionierte.

Sie lief über den Boden, hin und her, zog die Schuhe aus, lief barfuß über den kalten Beton, der sich anders anfühlte als die schwankenden Dielen mit den großen Ritzen, dem Schwarz und den Erinnerungen darunter.

Am späten Nachmittag kamen die Arbeiter wieder. Maria hatte gar nicht mehr mit ihnen gerechnet, doch sie waren nur in der Mittagspause gewesen.

»Wir müssen auch das Dach machen«, sagte der Bär.

»Von mir aus«, sagte Maria. »Aber erst im nächsten Sommer. Ich hätte gerne eine Galerie, eine Dachterrasse, das Dach muss höher sein.«

»Ja«, sagte der Mann. »Kein Problem.«

»Die Fliesen sind im Auto«, sagte Maria.

Die Männer machten sich an die Arbeit, und weil Maria nicht wusste, was sie sonst tun könnte, spazierte sie den Weg zum Nachbardorf hinauf. Es war heiß. Auf der Mauer saßen die Kinder wie die Hühner, sie erkannte den Familienvater, der Eis verteilte.

»Das sind aber nicht alle deine«, sagte Maria lachend, als sie zu ihnen trat.

»Es ist anstrengend«, sagte er theatralisch. »Es werden immer mehr.« Er fuhr einem Jungen liebevoll durch die Haare. »Die drei gehören meinem Cousin«, sagte er. »Die drei sind meine.«

Maria erkannte seine Augen in den Gesichtern zweier dicklicher Jungen.

»Die zwei gehören den Nachbarn.« Maria erkannte die Mädchen vom Ziegenstall.

»Hier werden immer wieder Kinder abgeladen. Ich weiß nicht, wie lange sie bleiben.« Er grinste breit, boxte die Jungs liebevoll. Sie boxten zurück.

»Meine Tochter Meri.« Stolz strich er dem Mädchen über die langen blonden Haare. Meri hatte ein braun gebranntes Gesicht und die dünnen langen Beine übereinandergeschlagen. Entspannt saß sie zwischen ihren Cousins, aß ihr Eis. Hinter ihr erstreckte sich die Ebene.

»Du lässt das Haus machen«, sagte er nach einer Pause.

»Ja, das Bad ist fast fertig.«

»Das ist gut.«

»Es darf nicht zusammenfallen.«

»Toll, dass du dich kümmerst und nicht einfach verschwindest«, sagte er.

»Alles wuchert. Das Gestrüpp breitet sich schnell aus.«

»Wächst dir über den Kopf, was?« Er lachte. »Ja, da hilft wohl nur Feuer«, sagte er, »vertreibt auch die Schlangen. Ich helfe dir!«

»Danke.«

»Ivana ist im Haus«, sagte er. »Es gibt Pizza. Bleib doch zum Essen.«

»Gerne.« Maria ging zum Haus hinüber. Es war aus Holz und selbst gebaut.

»Hallo Maria.« Ivana begrüßte sie freudig, als sie eintrat.

Maria blinzelte. Als sie wieder sehen konnte, bewunderte sie das Haus, die schicke offene Küche. Ivana stand gut gelaunt hinter dem Tresen und belegte Pizzateig auf unzähligen Blechen. Sie wischte die Hand an einem Tuch ab und reichte sie Maria.

»Wirklich wunderschön, euer Haus.«

»Du kannst dir nicht vorstellen, wie lange das hier eine Baustelle war. Verflucht habe ich es. Jedes Wochenende haben wir uns hier abgerackert.« Sie zuckte die Schultern. »Weißt du ja«, sagte sie, »immer was zu tun.«

Maria nickte.

Eine unbekannte Frau in gelben Leggins und schlabbrigem T-Shirt half ihr mit der Pizza, der Fernseher war zu hören und Kinder kamen herein, parkten sich auf dem Sofa. Sie wollten den Film sehen, der nun im Programm lief, und stellten die Lautstärke hoch.

»Einen Liegestuhl brauche ich mir nicht kaufen.« Ivana lachte. »Ein Lebensprojekt. Die Kinder sind nun groß, und wir sind immer noch nicht fertig. Schau dir meine Kinder an.« Ivana musste nun laut sprechen, der Fernseher lärmte.

»Du bist auch am Bauen?«, fragte sie.

»Ich lasse bauen«, sagte Maria.

»Ja, so ohne Mann.« Der Satz ging im Lärm unter.

»Sie sind gerade mit dem Badezimmer beschäftigt.«

»Bleib zum Essen«, bestimmte Ivana und schob die Bleche in den Ofen.

»Hier.« Sie reichte Maria ein Glas. »Getränke sind draußen auf dem Tisch.« Sie schaute prüfend in den Ofen. »Es dauert nicht mehr lange.«

Maria ging hinaus. Der Garten war jetzt voller Männer, die Balota spielten. Maria setzte sich auf die Terrasse und sah ihnen zu. Ihr Magen knurrte. Sie hatte seit vielen Stunden nichts gegessen. Jelena mit Cowboyhut kam herüber und setzte sich zu ihr. »Komm, wir trinken einen«, sagte sie und schenkte ihnen ein. »Auf dich.«

Maria kippte ein Glas und blickte mit Jelena über die Wiesen. Der warme Schnaps floss durch den Körper. Im Garten blühten die Apfelbäume und der Lavendel. Alles leuchtete im goldenen Abendlicht. Immer wieder hörte sie den dumpfen Aufprall der Balotakugeln.

Die Unbekannte kam mit Platten voller Pizzastücke heraus. Es duftete. Sie rief die Kinder, die umherrannten und spielten. Der Hunger trieb die ganze Bande zum Tisch, auch die Männer kamen herüber. Die Frau in Leggins setzte die kleinen Mädchen auf Plastikstühle und drückte ihnen Pizza in die braunen Hände. Meri füllte die Gläser. Jemand reichte Maria Pizza herüber und es schmeckte köstlich.

Auf Lucias Beerdigung hatte sie Adam weinen gesehen. Seine Augen tasteten die Berge ab und dann liefen die Tränen. Sicher hatte er gehofft, bald abzureisen. Ob er an sie dachte? Ihre eigene Nummer leuchtete plötzlich auf dem Handydisplay auf und Maria ging ans Telefon.

»Mama! Na endlich!« Anna brüllte fast.

»Bist du zu Hause?«, fragte Maria erstaunt. »Warum rufst du von meinem Telefon an?«

»Ich habe mir Sorgen gemacht«, schrie Anna.

»Ich habe sehr schlechten Empfang«, sagte Maria.

»Dann such dir einen Platz zum Telefonieren, ich rufe in fünf Minuten noch mal an. In fünf!«

Maria nahm die Sonnenbrille, den Sonnenhut, Telefon und Tasche und ging den Weg zur Kirche hinauf. Die blauen Berge und die Schlangen schliefen in der Mittagshitze, tausend Blumen blühten in den hohen Wiesen. Maria ging bis zum höchsten Punkt vor der Kirche und setzte sich auf die einzige Bank.

»Wie lange bleibst du denn?«, fragte Maria.

»Das wollte ich eigentlich von dir wissen. Spinnst du?«

»Du weißt doch, dass ich das Haus renoviere«, sagte Maria gereizt.

»Als ich dort war, konntest du es kaum aushalten, und jetzt kommst du nicht wieder.«

»Ich mach das hier jetzt noch zu Ende.«

»Du bist jetzt schon fast einen Monat weg.«

»Na und?«

»Na und?« Maria hörte Anna fassungslos den Kopf schütteln. »Ich erreiche dich nicht, du reagierst nicht auf meine Anrufe oder E-Mails.«

»Anna, hör bitte mal zu. Ich habe hier nirgends Handyempfang. Und ich habe zwar eine Straßenlaterne vor dem Küchenfenster, aber noch lange kein Internet.«

»Liest du keine E-Mails?«

»Nein.«

Anna schnaufte. »Gehts dir gut, Mama?«

»Es geht«, sagte Maria.

»Möchtest du vielleicht wissen, wie es mir geht?«

»Natürlich.«

»Ach, vergiss es.«

»Was ist denn?«

»Ich habe gestern Adam und Helga getroffen und sie

wussten auch nichts von dir. Chris auch nicht. Alle finden das etwas rätselhaft. Bist du nicht schrecklich einsam da?«

»Ich bin in bester Gesellschaft«, sagte Maria und scharrte mit dem Fuß in der Erde. Sie zündete sich ein Zigarillo an. »Ich bringe das hier jetzt zu Ende. Dann komme ich.«

»Wann wird das etwa sein?«

»Bald.«

Die Glocken der Kirche läuteten die Mittagszeit. Die Luft duftete schon nach Sommer.

»Was machst du denn zu Hause?«

»Ich hatte Sehnsucht nach zu Hause, aber ich fahre morgen wieder, denn das Haus ist zu leer.«

»Vergiss nicht abzuschließen.«

»Natürlich nicht.«

»Adam hat erzählt, du warst vor ein paar Wochen schon mal da?«

»Astrid hat Geburtstag gefeiert, ich wollte ein paar Freunde treffen.«

»Und, war es nett?«

»Ja.«

»Hast du Sachen abgeholt?«

»Nur ein paar Bücher und Klamotten. Ich habe auch die Fotos mitgenommen.«

»Du kannst damit machen, was du willst.«

»Grüß Lucia von mir. Und meld dich ab und zu.«

SOMMER

17

Der Frühsommer kam, früher und heißer als die Sommer, die Maria kannte, und es gab keinen Regen. Die Feigen blieben klein, vertrockneten und fielen mit einem Plopp-Geräusch durch die Stille auf die Erde und auch die wilden Pflaumen reiften spät. Maria begann zu wässern. Es roch nach Minze und Lavendel, Schmetterlinge flogen herbei. Sie betrachtete einen großen mit dunkelblauen Flügeln, während etwas in ihrem Inneren mit ebensolchen Flügeln schlug, langsam und vorsichtig. Eine Katze schlich lautlos über die Mauer. Maria stellte das Wasser ab und wieder war nur Stille zu hören, doch plötzlich machte die Katze einen Satz, griff an, zerrte mit einem Kreischen eine riesige Schlange hinter sich her und verschwand mit ihr im Gebüsch.

Am Nachmittag stellte Maria der Katze Milch vor die Tür, dazu eine Dose Thunfisch. Wenn Lucia früher »ihre« Katzen zum Essen gerufen hatte, waren bis zu dreißig Tiere aus allen Richtungen gekommen. Füttere die Katzen, hatte Lucia ihr eingeschärft. Maria mochte keine Katzen, aber noch weniger mochte sie die Schlangen. Auf dem Tisch vor dem Haus stapelten sich Skizzen und Entwürfe, die Blätter hatte sie mit einem Stein beschwert. Mit einer Tasse Kaffee setzte sich Maria wieder an den Tisch. Sie holte den Bleistift hervor und zeichnete. Sie betrachtete die Fotos, die sie entwickelt hatte. Da hatte sie die Felder abgebrannt. Drei hatte sie geschafft. Dort wuchsen rot schon die ersten Tomaten. Zucchinipflanzen wie Kunstwerke. Am Morgen hatte sie mit ihrer Agentin eine neue Ausstellung besprochen. »Ich will Berlin«, hatte Maria gesagt.

»Wunderbar«, die Agentin.

Vor dem Haus hielt ein Auto. Der Chef der Bauarbeiter stieg aus.

»Das habe ich ganz vergessen«, sagte er, kam den Weg hinauf und reichte Maria einen kleinen Schlüssel. »Den haben wir gefunden. Ich habe völlig vergessen, ihn dir zu geben. Vielleicht kannst du ihn noch brauchen?« Er tippte sich an die Mütze.

»Danke«, sagte Maria. »Wofür er wohl ist?«

»Briefkasten, vielleicht.« Er klemmte sich eine Zigarette zwischen die Lippen und zündete sie an.

»Ich fahre runter, brauchst du was?«

»Nein, danke. Ich habe alles«, sagte Maria und schob den Schlüssel in die Hosentasche ihrer Shorts.

»Wir sehen uns«, sagte er. »Ich soll dir sagen, dass du mal wieder oben vorbeikommen sollst. Jelena fragt nach dir.«

Er hob die Hand zum Gruß.

»Grüß sie schön«, sagte Maria, sie winkte. »Ich komme am Sonntag.«

Maria sah dem Auto nach, das am Ende des Wegs in einer Kurve verschwand, unschlüssig tastete sie nach dem Schlüssel. Als sie den Briefkasten aufschloss, fielen ihr ihre eigenen Briefe an Georg entgegen. Wie Papierflieger segelten sie umher und Maria konnte nicht glauben, dass sie wirklich angekommen waren. Verwundert sammelte sie sie auf und packte sie schließlich in einen Karton, den sie in der Küche fand. Sie verklebte den Karton, suchte einen Stift und in großen Buchstaben schrieb sie darauf: ZA ANU – Für Anna. Dann stellte sie ihn in das kleine Zimmer. Langsam begann sie ihre Sachen zu packen. In der größten Hitze des Nachmittags machte sich die Katze über den Thunfisch her, eine Schnecke schob sich über das Fenstersims, ein paar Falter umschwirrten den Lavendel, und in der Ferne rief ein Kauz. Geckos huschten flink und lautlos die Steinwand empor und verschwanden in ihren Ritzen. Ein Wind raschelte in den Blättern und fuhr über die Wiesen, im strahlenden Himmel glühte die Sonne. Die Schlangen schliefen, und Maria fegte das Haus, das dunkel war, und brachte den Müll zum Auto. Barfuß spazierte sie zurück und genoss ein letztes Mal die Schritte auf dem kühlen Boden. Sie holte ihre Sachen, ließ alle Erinnerungen in den schweigenden Steinen zurück und verschloss die Tür.

FRÜHLING

18

Auf dem Friedhof läuteten die Glocken und verkündeten einen Tod. Maria beobachtete eine Gruppe, die sich langsam und fast lautlos bewegte. Es war ein geisterhafter Trupp und Maria folgte ihm mit einigem Abstand bis zu einem frisch ausgehobenen Grab. Sie setzte sich auf eine Bank und holte ihr Skizzenbuch heraus. Die Sonne wärmte das erste Mal in diesem Jahr, der Wind wehte über ein Meer aus Gänseblümchen und Samen von Pusteblumen segelten fast schon lächerlich schön hinab. Maria malte sie.

»Er ist ja schon längst nicht mehr hier«, sagte die alte Dame mit Hut und Regenschirm, auf den sie sich stützte, zum Friedhofsgärtner. Maria sah von ihrem Buch auf. Die Geistergruppe war fort. »Machen Sie ruhig«, sagte die Frau und winkte mit dem Regenschirm. Der Friedhofsgärtner, der in respektvollem Abstand gewartet hatte, kam herüber, begann schweigend mit seiner Arbeit. »Lassen Sie sich von mir nur nicht stören«, sagte die Frau munter. »Ich will Ihnen nur zusehen.« Der Gärtner nickte und warf den Nothügel auf, drapierte die wenigen Blumen.

»Er ist doch schon längst nicht mehr hier«, wiederholte die Frau und setzte sich neben Maria auf die Bank. Natürlich glaubte auch Maria nicht, dass Georg hier war, aber manchmal konnte sie seiner und ihrer selbst hinter dem Götterbaum, im Gesang der Vögel am ehesten habhaft werden. Wo Bäume standen, die noch stehen würden, wenn alle Körper längst vergangen, zerfallen und aufgelöst waren. Anna litt darunter, dass es keinen Hinweis auf Georg gab. Keinen Stein, keinen Namen. Wenn sie auf den Friedhof kam, brachte sie Steine, Muscheln und andere Markierungen mit, um aus der Wiese ein Grab zu machen. Maria schaute tief in ihr Skizzenbuch.

»Ist es nicht ein fabelhafter Tag?«, fragte die Frau fröhlich.

»Ja«, sagte Maria. Sie schob die Sonnenbrille hoch. »Haben Sie Ihren Mann begraben?«

»Ja«, sagte die Frau. »Wirklich ein schöner Tag.«

Maria betrachtete sie aus dem Augenwinkel, sie schaute in den Frühling und die großen Perlmuttknöpfe an ihrem Mantel leuchteten. Ihre Haare sahen aus, als würden sie süßlich duften. An ihrem Hut steckten grüne, schillernde Federn.

»Geht es Ihnen gut?«, fragte Maria.

»Ja, mir geht es sehr gut. Und Ihnen?«

»Stört es Sie, wenn ich rauche?«

»Keineswegs. Ich nehme auch eine«, sagte die Frau.

Maria reichte ihr die Dose.

»M. R.«, las die Frau und griff zu. »Schöne Dose.«

»Maria«, sagte Maria und reichte ihr die freie Hand, die aus monatelanger Gewohnheit in Handschuhen steckte.

Eine warme Stimme und ein fester Griff, dachte Maria, als sie ihre Hand drückte.

»Ich bin Ruth.«

»Freut mich.«

Sie rauchten.

Ein Grünspecht flog scheu vorbei und weiter in den verwilderten hinteren Teil des Friedhofs, wo Georg begraben war. Stundenlang war sie dort herumgelaufen und mit jedem Schritt tiefer in sein und ihr Inneres vorgedrungen. Und es passierte, was Georg sich vielleicht erhofft hatte: Sie fand Trost. Zeit verging. Sie lag auf der Wiese, versteckt in hohem Gras, saß an kalten Gräbern und fror, sie erinnerte sich und weinte über alle Tage. Sie lief und dachte an nichts. An manchen Tagen dachte sie an alles. Und sie arbeitete wieder.

»Sind Sie darauf vorbereitet, zu sterben?«, fragte Ruth.

»Ich denke schon«, erwiderte Maria. Sie zeichnete weiter. Ein Grabstein in der Nähe gefiel ihr. »Ich hatte eine gute Lehrerin.«

»Das ist schön. Woher kommen Sie?«, fragte die Frau weiter.

Maria sah sie an und überlegte. »Von dort hinten.« Sie zeigte in eine Richtung. »Hinter dem Hügel.«

»Und wollen Sie hier begraben werden?«

»Ich möchte in einem Pappkarton liegen und in Ruhe zu Erde werden. Aber das wird dann meine Tochter entscheiden.«

»Sie haben eine Tochter? Was für ein Glück.«

»Ja, stimmt.«

Maria klappte das Buch zu und ließ es mit dem Stift in

die Tasche gleiten. »Alles Gute«, sagte sie. »Ich muss jetzt los.«

»Auf Wiedersehen«, sagte Ruth.

»Mal sehen«, lachte Maria. »Ich glaube, ich habe vorerst genug von Friedhöfen.«

»Dann wünsch ich Ihnen ein schönes Leben«, rief Ruth hinter ihr her.

Beschwingt lief Maria zum Friedhofsausgang. Das Tor stand weit offen. Sie schloss das Fahrrad auf und fuhr bergab. Das Fahrrad klapperte auf dem Kopfsteinpflaster und ihre Kleider flatterten wie Fahnen. Sie ließ sich den noch kühlen Wind ins Gesicht wehen. Morgen würde sie mit Adam nach Berlin fahren. Schon jetzt prickelte die Vorfreude wie Sprudelwasser auf der Zunge. Sie pfiff eine alte Melodie, als sie durch die ruhigen Straßen fuhr, und sie liebte jeden Ton. Übermütig klingelte sie, als sie auf den Feldweg bog, und spreizte schnell die Beine ab, als sie durch eine letzte tiefe Pfütze fuhr. Gestern noch hatte es in Strömen geregnet. Maria lehnte ihr Rad an die Mauer, sprang die Stufen zur Haustür hinauf und holte die Post aus dem Briefkasten. Im Hof hüpften die Spatzen und der Flieder blühte, Maria ließ die Küchentür offen. An Lucias Haus weit weg in den Bergen wuchs der Wein, bald würden die Feigen reif, die Kirschen, Äpfel, Quitten, Trauben und die Nüsse. Das Jahr würde vergehen, Tag für Tag. Auf der Ofenbank am Küchentisch sah sie die Post durch und verwundert fischte sie ein offiziell aussehendes Schreiben aus Kroatien aus dem Stapel, öffnete es zögernd. Eine Behörde teilte ihr mit, dass viel Zeit vergangen und eine Frist verstrichen war und dass sie jetzt die Möglichkeit hätte, ihren Bruder Milan offiziell für tot zu erklären. Dann würden sie seinen Namen auf eine Gedenktafel schreiben. Das Land würde ihn nicht vergessen, versprach der Brief, und dann klingelte das Telefon.

»Anna!«

»Hallo Mama.« Die Stimme im Telefon war aufgeregt. »Ich habe jetzt alles reserviert. Das Hotel und nach der Vernissage gehen wir ins Clärchens Ballhaus und du lädst uns zum Essen ein. Das ist ganz in der Nähe, da können wir später noch tanzen.«

»Tanzen?« Sie faltete den Brief zusammen und legte ihn in ihren Schoß. »Ich weiß nicht, Anna.«

»Hab ich schon mit Adam besprochen.«

Maria schaute in den Garten.

»Wenn ihr meint.«

Anna lachte erleichtert. »Ich freue mich.«

»Ich mich auch.«

»Dann bis morgen, ich muss jetzt los.«

»Bis dann.«

Maria nahm den Brief, lief durch die Diele und die Treppe hinauf und vorbei an Georgs Zimmer, dessen Tür verschlossen war. In ihrem Schlafzimmer holte sie den Koffer vom Schrank. Sie wollte ihre Sachen packen.